COLLECTION
FOLIO DOCUMENTS

Daniel Schneidermann

Le cauchemar médiatique

Postface inédite de l'auteur

Denoël

Cet ouvrage a été précédemment publié
dans la collection Impacts aux Éditions Denoël.

L'auteur tient à remercier particulièrement
Émilie Giaime pour le précieux travail
de décryptage et d'analyse
qu'elle a effectué dans la préparation de ce livre.

Note de méthode

Ces analyses reposent sur le texte d'articles de presse et la transcription intégrale d'émissions de radio et de télévision, matériau auquel chaque lecteur a pu avoir accès (à l'exception évidemment du passage concernant *Le Monde*, qui fait aussi appel à une expérience personnelle). Le caractère oral de ces interventions a été conservé, non pour dévaloriser le discours des acteurs, mais parce que la familiarité, l'approximation, la brutalité parfois de la transmission orale, comptent pour beaucoup dans l'efficacité de la propagation des « légendes cauchemardesques » que nous tentons d'analyser ici.

Qu'il nous soit permis de saisir l'occasion pour remercier l'équipe de documentalistes de l'émission « Arrêt sur images », Benoît Leprince, Pierre-Henri Moreau et Yann Perdrix, collecteurs et gardiens de cette précieuse mémoire écrite et audiovisuelle.

Introduction

C'est un cauchemar très ordinaire. Des visages familiers (présentateurs de télévision, journalistes, comédiens), des voix qui respirent l'équilibre, la compétence et le bon sens (sociologues, psychiatres, anciens des services secrets, professeurs en Sorbonne, avocats, procureurs de la République, syndicalistes policiers, anciens ministres, ministres actuels, philosophes), toutes personnes apparemment saines d'esprit, exerçant d'éminentes responsabilités, détenteurs de cartes tricolores, habituées des plateaux de télévision, vous tiennent soudain des propos déments.

« Il n'y a plus de policiers sur le territoire national, livré aux gangs et aux voyous. Les autobus ne sont plus sûrs. Les écoles ne sont plus sûres. Les stades ne sont plus sûrs. Les rues ne sont plus sûres. Les vieillards, les enfants, les femmes tremblent en rentrant chez eux. La police ? Elle tremble aussi. Même les commissariats ne sont plus sûrs », disent-ils par exemple. Le gouvernement ne fait rien ?

« Évidemment, c'est lui qui a organisé la désertion. » « Des sectes organisent impunément, en plein Paris, des cérémonies de décapitations d'enfants », ajoutent-ils. La justice ne fait rien ? « Évidemment, elle est infiltrée par les réseaux pédophiles. D'ailleurs le soir venu, les juges goûtent aussi au péché dans leur cabinet déserté. Des enfants reposent dans des charniers proches de chez vous, mais on ne le saura jamais. Cette vérité-là, personne n'a intérêt à la dire. » « Demain, tout le monde fera l'amour sous le regard des caméras, et Loana sera la prochaine Marilyn. » Et le gouvernement ne fait rien ? « Évidemment, il est trop content que l'on parle d'autre chose que de l'insécurité ou des plans sociaux. La norme de demain, c'est l'amour en public, et aux heures de grande écoute. Consens au règne du simple talent de vivre. Consens au règne des séduisants barbares. »

C'est un cauchemar très partagé. Vous regardez autour de vous. Vos enfants, vos parents, vos grands-oncles, vos voisins de cantine, la standardiste, le sous-chef de bureau, la boulangère : personne ne trouve rien à redire à ces étranges récits. Chacun, vous le sentez, est troublé par ces histoires que répètent en boucle la télévision et les journaux. D'ailleurs vous-même sentez bien qu'un curieux engourdissement vous interdit de vous réveiller. Cette démission générale dure quelques heures, quelques jours ou quelques mois. Puis, chacun reprend apparemment ses esprits, et la vie apparemment éveillée reprend son cours. Mais chacun sait bien que le cauchemar recommencera.

C'est un cauchemar à deux temps. Toutes ces visions de cauchemar ne sont que les fruits monstrueux d'un silence, d'un non-dit. C'est une longue réticence à évoquer la délinquance qui ouvre les vannes du délire sur l'insécurité de la campagne présidentielle de 2002. C'est un immense embarras à propos de la pédophilie qui déchaîne les plus sombres cauchemars de charniers d'enfants. Omerta et emballement sont les deux versants successifs du cauchemar médiatique. Sans le foudroiement du 11 septembre, et son cortège d'autocensures, la supercherie de *L'Effroyable Imposture* [1] aurait-elle pu saisir à ce point les meilleurs esprits ?

Ayant échappé à toute autorité, brisé ses chaînes, fonçant dans les prairies sans cavalier, l'emballement médiatique est angoisse, griserie, ravissement, revanche, désir de rattraper le temps perdu.

C'est un cauchemar très consenti. L'emballé cauchemarde éveillé, et refuse d'être réveillé. En 1969, à Orléans, une rumeur s'empara de la ville : des jeunes femmes seraient droguées dans les cabines d'essayage de boutiques de prêt-à-porter tenues par des commerçants juifs, transportées endormies en Afrique, et livrées à des réseaux de traite des Blanches. Pendant plusieurs semaines, la rumeur

1. Thierry Meyssan, *L'Effroyable Imposture. Aucun avion ne s'est écrasé sur le Pentagone !*, Carnot, 2002.

galope impunément dans la ville, des marchés aux collèges en passant par les sorties d'église, folle cavale sans cavalier. Elle atteint essentiellement les femmes, rebondissant de commère à commère, de mère à fille. « Vous savez quoi ? Il paraît que dans les salons d'essayage... » Mais l'extraordinaire n'est pas là. Étudiant cette « rumeur d'Orléans [1] », le sociologue Edgar Morin remarque qu'aucun de ceux ou celles qui la colportent n'entreprend la moindre démarche pour faire cesser le scandale. Personne ne va porter plainte. Tout au plus certaines jeunes femmes disent-elles : « Moi, je ne vais plus dans ces magasins. » Comme si elles préféraient rester dans ce terrifiant cauchemar, plutôt que d'accomplir les gestes qui pourraient le dissiper.

Car c'est un cauchemar très obsédant. La voix qui vous chante cette mélopée, elle sourd de partout. De la télévision bien sûr, et des journaux, et des radios. Et d'Internet bien entendu, ce tam-tam planétaire, à la fois propagateur et objet de rumeurs.

De quelque côté qu'on se tourne, la légende noire est confirmée, enrichie, solidifiée par un journal, un chiffre, une image de télévision, un collègue qui a lu le journal, dont le journaliste a lu le chiffre, dont l'auteur statisticien a vu la veille le journal télévisé, dont le présentateur a une mère qui a lu le chiffre, etc. Ouvre-t-on le roman dont « tout le monde » parle ? Le thème y est traité. Les méfaits multiformes du

1. Edgar Morin, *La Rumeur d'Orléans*, Seuil, 1969.

modernisme, l'islamisme, l'insécurité, les promesses perverses de la génétique, l'effondrement de la figure paternelle, la marchandisation du monde en général et de la sexualité en particulier, la criminalisation des utopies soixante-huitardes, thèmes qui sous-tendent la plupart des emballements d'aujourd'hui, sont aussi des thèmes récurrents de l'œuvre du plus percutant romancier français contemporain, en tout cas du plus médiatisé, Michel Houellebecq. Pourquoi chaque livre de Houellebecq crée-t-il un mini-emballement ? Dans ce triangle infernal formé par les médias, Houellebecq et le public, s'établit une étrange résonance, les uns renvoyant à l'autre, l'autre aux uns, et le public se précipitant sur les livres.

La rumeur a toujours existé. Avant la création des *mass media*, elle trouve son point d'achoppement quand elle vient se heurter aux autorités, religieuses ou politiques, autorités à la tête froide, à même de la démentir. Dans la rumeur d'Orléans, ni les autorités ni les médias ne jouent le moindre rôle de propagation. Mystérieusement, ils sont tenus à l'écart. À croire que les femmes des journalistes ou l'épouse du secrétaire de la préfecture ne fréquentent guère les marchés, ou n'ont pas osé en parler à leur mari. Et quand les premiers articles y sont consacrés, alors que la rumeur est déjà sur la pente descendante, c'est pour la démentir, et dénoncer clairement son caractère diffamatoire. Autre époque, où les médias n'avaient pas peur de choisir le parti des institutions contre le peuple, quand le peuple déraillait.

L'irrésistible polyphonie...

Dans l'emballement tous les protagonistes se confondent, ceux qui parlent et ceux qui écoutent, journalistes et lecteurs, témoins et acteurs, tous colportent le même message. Le fleuve emballé ne laisse personne sur la rive. Chacun en est à la fois un peu auteur et victime. L'emballement nivelle les statuts. De l'élu politique au citoyen, la crédulité est la même, et ce ballet de ventriloques ne nous laisse d'autre choix que l'adhésion. Dans la stupeur créée par « Loft Story », cette formidable entreprise de confusion des statuts, qui transforme douze anonymes en vedettes, nous sommes tous à égalité, le député et la ménagère, le critique télé et le tenancier de bar, la collégienne et son professeur. Aucune échappatoire. Le système est clos.

Le premier but de ce livre est d'apprendre à repérer cet emballement, fruit et matrice à la fois du cauchemar médiatique. Car les emballés, d'abord, ne savent pas qu'ils sont emballés. Et pourtant les symptômes sont simples. Quand, dans les mêmes heures, les mêmes jours, les mêmes semaines, vous entendez tomber en grêle des messages convergeant par mille bouches, de votre entourage familial, amical, professionnel, ou des médias (autrement dit, de plusieurs sources sans aucune connexion apparente) et quand ces messages se succèdent à une cadence assez rapide pour ne laisser aucune chance à la moindre tentative critique, alors vous êtes déjà au cœur de l'emballement. La radio du matin : « Une nouvelle mise en examen dans l'affaire de la Vache folle. » Un collègue de bureau : « Moi je connais au moins deux familles, ils ne mangent plus de viande. » Une libre opinion dans un journal : « La responsable, c'est la mondialisation de l'industrie agroalimentaire. » La radio : « Les scientifiques tentent à présent de comprendre comment le prion a pu sauter la barrière des espèces. » Une photo, dans un magazine de salle d'attente : « Le premier malade français de Creutzfeld-Jacob garde espoir. » La télé : « Les bouchers se plaignent d'une diminution de 20 % de leur chiffre d'affaires. » Un boucher interrogé : « C'est fou, les gens ne veulent même plus manger de steak, alors que... » Un voisin de cantine : « Ah bon, vous avez pris de la viande ? Moi je ne prends plus que du poisson. J'ai entendu à la télé que même les steaks, il fallait se méfier. Et encore, ils ne disent pas tout. De gros intérêts sont en jeu. » La radio : « Le président a exhorté le Premier ministre à la vigilance dans l'affaire de la Vache folle. » Une voisine de bus : « Mais non, tant qu'on ne mange pas d'os à moelle... » Sa voisine : « Ils disent ça, mais qu'est-ce qu'ils en savent, au fond ? » Le journal : « Selon un sondage, 76 % des Français se déclarent prêts à bannir la viande de bœuf de leur alimentation. » Votre fils : « Non papa, pas de hamburger, s'il te plaît. Je vais prendre des Nuggets. »

... et la résonance

Donc l'emballement « prend » quand le public se l'approprie, le nourrit, le transforme, et vient à son tour stimuler les porteurs de la parole publique (journalistes, élus politiques, intellectuels).

Nous participons au dispositif qui nous cerne. Nous nous cernons nous-mêmes. Ainsi en 2003 le maire d'arrondissement parisien qui, en pleine panique de la propagation de la « pneumopathie atypique », préconise de refuser l'admission dans une école primaire d'un enfant revenant de vacances en Chine, est victime de l'emballement (s'il a peur, c'est parce que les médias ont amplifié l'angoisse) mais il vient lui-même grossir l'emballement, devenant lui-même un objet de médias. « On lit ça dans la presse [des articles concernant l'épidémie, *N.d.A.*] sans arrêt. Vous êtes un peu responsables. Des journalistes ont repris la chose et en ont fait une affaire d'État », explique-t-on aux journalistes au cabinet du maire du 15e arrondissement [1].

Un emballement est une symbiose miraculeuse entre les discours publics et les attentes intérieures. Ce moment de superposition, où la légende cauchemardesque colportée par l'extérieur vient exactement recouvrir les représentations intimes qui nous

1. Didier Arnaud, « École peu câline après des vacances en Chine », *Libération*, 29 avril 2003.

obsèdent. Devant la perfection de cette superposition, devant sa beauté géométrique, devant cet emboîtement de deux éléments « faits l'un pour l'autre » comme les corps de deux amants, nous démissionnons sans combattre.

Tout emballement suppose l'ambivalence du rêve éveillé, du demi-sommeil. Suis-je dans un rêve, ou dans le réel ? Si les romans de Michel Houellebecq sont de si puissants facteurs (et objets) d'emballement, c'est parce qu'ils cultivent en permanence une ambivalence identique entre l'écrivain et ses personnages. Houellebecq lui-même est-il ce dénonciateur de l'hypocrisie et de la décadence néo-soixante-huitarde des *Particules élémentaires* ? Appelle-t-il lui-même de ses vœux ce *Brave New World* de la création d'une humanité en éprouvettes ? *Plateforme* est-elle une dénonciation, ou une apologie du tourisme sexuel ? Houellebecq partage-t-il intimement l'islamophobie finale de ses personnages ? Et moi lecteur : suis-je vraiment capable de lire avec plaisir ces apologies des manipulations génétiques et du tourisme sexuel ? L'ambiguïté des livres, sur tous ces points, permet aux emballements de se donner libre cours. Et il faut la capitulation de Houellebecq lui-même, admettant dans une interview alcoolisée qu'il partage personnellement cette conviction que « la religion la plus con, c'est quand même l'islam [1] », pour rompre le charme, crever cette

1. Interview de Michel Houellebecq par Didier Sénécal, *Lire*, septembre 2001.

étrange crédulité incrédule qui nous emprisonnait comme une bulle de savon, et nous permettre une mise à distance avec ses livres. Jusqu'au prochain.

Comme tout cauchemar, le cauchemar médiatique est la revanche de nos peurs inavouées. Car nous craignons tellement, au fond de nous-mêmes, que tout foute le camp, que les dispositifs de contrôle ne contrôlent plus rien, que nos systèmes de régulation soient en carton-pâte, que nos hiérarchies de valeurs ne soient que trompe-l'œil, que les autorités s'effondrent, que tout ne soit que mensonge et complot autour de nous. Ces peurs sont en nous, enfouies, un peu honteuses, et totalement enchevêtrées avec nos certitudes de la période éveillée. De retour dans le monde des éveillés, nous savons bien que la police veille, que l'école, tant bien que mal, remplit sa mission, qu'un avion s'est bel et bien écrasé sur le Pentagone, et que la présence de caméras de surveillance dans les chambres à coucher ne va pas être rendue obligatoire demain. Mais au fond de nous, la civilisation ne nous a jamais vraiment rassurés, ou seulement en surface, et le cauchemar vient déclencher en nous l'amère confirmation qui précipite notre démission.

L'emballement est ce moment précis où le plaisir que nous prenons à la consommation médiatique est sans mélange, un plaisir animal, premier, une question de survie, un plaisir de succion, ce moment où nous suçons les balivernes des médias comme le nouveau-né tète le sein de sa mère, comme l'enfant dans le noir écoute des histoires d'ogre. Douceur du lait maternel, amertume de l'adrénaline : une histoire d'ogres qui coule au fond de nous comme un lait tiède, voilà l'emballement.

À ce stade, j'entends déjà les objections. « Mais alors, vous croyez que l'insécurité n'est qu'une légende ? » « Niez-vous que la pédophilie soit un des plus graves tabous de notre société, et que l'ampleur du phénomène, à l'école ou dans l'Église, ait été longtemps sous-estimée par les institutions ? » « Et le Loft ? Démentez-vous vraiment que cette émission ait propagé, dans la jeunesse, de déplorables modèles ? »

Non, trois fois non.

Disons-le pour ne pas avoir à le redire : on peut postuler l'existence, à la base de chaque emballement étudié ici, d'un noyau dur incontestable de réalité. Pas de fumée sans feu, bien entendu, à la différence d'Orléans. Mais l'emballement commence quand la fumée obscurcit si bien l'horizon, et terrifie si bien les observateurs, que chacun en oublie d'aller vérifier l'importance du feu.

1

L'insécurité dans la campagne, ou le cauchemar-marathon

« Nous ici, ça va. Mais avec ce qu'on voit à la télé ! »

Deux fois, cinq fois, dix fois, la phrase est revenue, dans des reportages télévisés, les jours de cauchemar qui ont suivi le foudroiement du 21 avril 2002. Le Pen au second tour ! Se débattant dans le même cauchemar que la majorité des Français qui n'avaient pas voté Le Pen, les reporters tentaient de comprendre pourquoi les habitants de tranquilles villages de l'Ain ou du Poitou avaient accordé tant de leurs voix à l'extrême droite. Et toujours la même explication : « Avec ce qu'on voit à la télé ! »

« Avec ce qu'on voit... » La télévision elle-même, pour la première fois, était donc obligée de reconnaître que ses images semblaient avoir pesé dans le résultat d'une élection majeure en France.

Les journalistes de télévision détestent le reconnaître. Ils répètent souvent : « Nous ne faisons rien d'autre que montrer le réel. » Ils refusent généralement d'accepter l'idée que ce sont eux qui sélectionnent l'infime partie de l'actualité qu'ils décident de montrer. Et l'immense partie de la réalité qu'ils décident de ne pas montrer. Ils font toujours semblant de croire (mais peut-être le croient-ils vraiment) que l'actualité existe en elle-même, que la hiérarchie des nouvelles s'impose « en soi » (d'abord, les embouteillages des retours du pont de l'Ascension ; ensuite l'essor des psychanalystes pour chiens ; enfin mille trois cents morts dans un tremblement de terre en Turquie). Ils détestent davantage encore qu'on leur rappelle que leurs images peuvent avoir un impact, influencer des électeurs, des consommateurs, des citoyens.

« Ça existe » : telle est la réponse rituelle des journalistes de télévision, quand on leur fait remarquer que leurs journaux dépeignent un cauchemar quotidien. « Ça existe. » « On en parle parce que ça existe. » Prenez un journaliste, et demandez-lui si rien ne le choque dans le « conducteur » imaginaire cité plus haut. Il vous répondra une fois sur deux : « Mais les psychanalystes pour chiens existent ! Je ne les ai pas inventés ! » PPDA : « Ce n'est pas moi qui ai inventé le 11 septembre. Ce n'est pas moi qui ai fabriqué ces images de gendarmes et de policiers manifestants repoussés par les CRS. Ce n'est pas moi qui ai créé Richard Durn, ou ce père de famille assassiné à Évreux. Si on n'avait pas parlé de tout ça, je peux vous assurer que l'extrême droite n'aurait pas fait 20 %, mais

35 %[1]. » Et les hommes politiques auraient bien tort de ne pas en tirer argument. Jacques Chirac : « Il aurait fallu être tout à fait sourd pour ne pas entendre ce que disaient les Français (...). Vous savez, je regarde aussi les journaux télévisés. Qu'est-ce que je vois depuis des mois, des mois et des mois : tous les jours ces actes de violence, de délinquance, de criminalité. C'est bien le reflet d'une certaine situation. Ce n'est pas moi qui ai choisi vos sujets[2]. »

Oui, « ça » existe. La délinquance existe certes, comme le chômage existe, chers confrères ! Et pourtant, combien de temps d'antenne avez-vous consacré au chômage, dans la période du 14 juillet 2001 au 21 avril 2002 ? Pour cette période, la base de données d'« Arrêt sur images » indique, sur les principales chaînes françaises, 643 sujets consacrés à la « délinquance », contre 147 au « chômage ». Croyez-vous une seconde, confrères, que la délinquance, dans la société française, soit un sujet quatre fois plus grave, quatre fois plus angoissant, quatre fois plus inquiétant pour l'avenir que le chômage ?

« Avec ce qu'on voit à la télé... » Il n'est pas habituel d'entendre cette phrase après une élection majeure. En dépit de toutes les craintes à propos du « conditionnement par la télé », c'est bien la première fois, dans l'histoire récente du pays, que la

1. Marie-France Etchegoin, « Le Pen : la faute aux médias ? », *Le Nouvel Observateur*, 9 mai 2002.

2. Interview de Jacques Chirac par Olivier Mazerolle, « Spéciale présidentielle », France 2, 24 avril 2002.

télévision semble avoir exercé une influence directe sur un scrutin important. La télé crée des modes, elle peut participer au lancement d'idées, elle modèle des états d'esprit, elle peut lancer ou accélérer la carrière de jeunes hommes politiques, mais sur le gros morceau de la politique, l'élection présidentielle, elle s'était jusqu'alors cassé les dents. Les Français voulaient bien manger, boire, écouter, lire ce qu'ils avaient « vu à la télé ». Ils s'étaient jusqu'alors refusés à voter pour un candidat « vu à la télé ».

Au contraire. Ils semblaient s'ingénier à désobéir aux ukases médiatiques.

En 1995, Édouard Balladur bénéficie d'une conjonction astrale exceptionnelle : il peut compter sur la bienveillance de l'union contre nature de TF1 et du *Monde.* Les électeurs ne cessent de le « voir à la télé », tandis qu'une journaliste de télévision demande à Jacques Chirac s'il va « vraiment » maintenir sa candidature jusqu'au bout.

Les électeurs recalent Édouard Balladur au premier tour.

Et auparavant ? Même scénario. Lors de la présidentielle de 1981, Valéry Giscard d'Estaing contrôlait la plupart des grands médias audiovisuels. Il perd.

« Avec ce qu'on voit à la télé. » Mais qu'a-t-on vu, justement ? Des victimes éplorées. Des policiers et des gendarmes débordés, ou manifestant contre le gouvernement. Un candidat (Lionel Jospin) regrettant sa « naïveté » passée. Des incendies de voiture.

Des voleurs à la portière, qui arrachent aux feux rouges les sacs des conducteurs et des passagers. Des petits malfrats du métro. Des présentateurs effondrés. Des experts péremptoires. Des statistiques alarmantes. Et dans les dernières semaines avant l'élection, une accélération de la course à l'apocalypse, culminant la veille du premier tour avec la promotion au rang d'un drame national de l'agression d'un septuagénaire à Orléans. Mille images, mille voix qui répètent la même chose : les rues ne sont plus sûres. Les trains ne sont plus sûrs. Les écoles ne sont plus sûres. La violence est partout. Tout le monde est en danger.

Tout commence le 14 juillet

« Avec ce qu'on voit à la télé... » Tout commence par le lancement en fanfare, le 14 juillet 2001, par le futur candidat Chirac alors président de cohabitation, sur les principales chaînes, du thème de l'insécurité.

Dans les jours qui précèdent l'entretien, un autre sujet semble pourtant s'imposer : l'enquête judiciaire sur les voyages payés en liquide par l'ancien maire de Paris, et notamment les confessions d'un ancien agent de voyages qui assure avoir reçu 2,4 millions de francs en liquide en règlement de billets d'avion. Le 10 juillet, la chef de cabinet du président, Annie Lhéritier, chargée de mission à la mairie de Paris de 1988 à 1995, et le sénateur Maurice Ulrich, proche de Jacques Chirac, ont été entendus par les juges. Le 11 juillet, c'est au tour de la fille du président, Claude Chirac.

Mais depuis quelques semaines, les proches du président ont trouvé la parade, grâce à Jean-Marc Lech, président de l'institut de sondages Ipsos et l'un des sondeurs de l'Élysée. En effet, les baromètres d'Ipsos établissent depuis dix-huit mois que l'insécurité est la première préoccupation des Français, devant le chômage. Lech : « Pour François Mitterrand, quand c'était tordu, on cherchait un journal pour publier un sondage sur les attentes des Français vis-à-vis du président de la République. C'est ce que je fais pour le 14 juillet. Je convaincs *Le Point* de publier un sondage [1]. » C'est d'autant plus facile que Lech travaille depuis une trentaine d'années pour le magazine. « Des habitudes se sont créées. On parle la même langue et c'est utile, particulièrement dans une campagne électorale [2] », explique Catherine Pégard, chef du service politique du *Point*. Le sondage est donc publié, et ses résultats sans surprise. À la question : « Le président de la République, Jacques Chirac, interviendra à la télévision comme chaque année à l'occasion du 14-Juillet. Parmi les sujets suivants, quels sont ceux que vous souhaitez qu'il aborde en priorité ? », la lutte contre l'insé-

1. Patrick Cohen, Jean-Marc Salmon, *21 avril 2002, contre-enquête sur le choc Le Pen*, Denoël, 2003.
2. *Id.*

curité arrive au premier rang (49 %), devant les plans sociaux (Marks & Spencer, Bata, LU, AOM-Air Liberté) (40 %) et loin devant « les affaires judiciaires où son nom est cité » : 23 % [1].

Ne reste plus à Béatrice Schönberg, Élise Lucet et Patrick Poivre d'Arvor qui l'interrogent, ainsi dûment avertis des sujets qui « intéressent les Français », qu'à se conformer aux vœux du sondage, et à se plier, au moins passivement, à l'agenda déterminé par Jacques Chirac, avant d'aborder les « affaires » qui gênent l'ancien maire de Paris.

Une dizaine de minutes après le début de l'entretien — d'une durée approximative de trois quarts d'heure — Jacques Chirac, profitant d'une question générale d'Élise Lucet, lance le thème de l'insécurité.

Élise Lucet : « Quelles sont les grandes réformes qui, d'après vous, restent en panne ? »

Jacques Chirac : « Il y en a à mes yeux beaucoup. Je parlais tout à l'heure de la démocratie. Je disais : il faut décentraliser très largement, donner aux élus, sous le contrôle de l'État, un certain nombre d'attributions qui sont actuellement exercées par des fonctionnaires de l'État, au niveau local et régional. Il faut donner le droit d'expérimentation (...). Je prendrai un exemple concret : la sécurité. La sécurité est un souci, je dirais lancinant, aujourd'hui, pour les Français, et je ne vous cache pas que je suis inquiet, dans ce domaine... très inquiet. La délinquance s'ins-

1. Carl Meeus, « La campagne est lancée », *Le Point*, 13 juillet 2001.

talle, l'insécurité s'installe, se banalise, et quand vous écoutez les Français, ils disent : “Ah ! c'est l'impuissance des pouvoirs publics, c'est l'impunité pour les délinquants...” Il y a là un grand problème, et je pense que ce problème devrait être mieux réglé [s'il était] assumé par les maires. Je le crois ! » Voilà. Ce fut aussi simple que cela.

De la rentrée 2001 au 21 avril 2002, l'insécurité va devenir la vedette des deux principaux journaux télévisés français, ceux qui rassemblent chaque soir quinze millions de téléspectateurs au total. Chaque soir, ce ne seront que voitures incendiées, quartiers à l'abandon, zones de « non-droit ».

L'emballement a parfois besoin d'un petit coup de pouce.

L'automne des écroulements

« Avec ce qu'on voit à la télé... » Le 11 septembre, les jours et les semaines suivantes, on y a vu et revu une scène très particulière de cauchemar : l'écroulement des tours jumelles du World Trade Center. Et ce 11 septembre semble donner le signal des effondrements. L'écroulement des tours, que l'on va garder en mémoire tout l'automne, va colorer notre vision du monde. Si les orgueilleuses tours, vigies de l'Occident, se sont ainsi effondrées, quelle valeur, quel empire, quel pouvoir résisteront ? À quoi croire ? Que peut-on imaginer éternel ? D'une certaine manière, dans ce petit pays qui s'appelle la France, l'effondrement des tours prépare le terrain pour la longue dépression qui va traverser l'automne et l'hiver 2001-2002.

D'autant que l'écroulement majeur semble connaître des répliques en France. Cette sidération du 11 septembre a aussi été ressentie, de manière atténuée, dans les médias français, où la lutte contre les groupes terroristes islamistes est un sujet périodique d'emballement. La rareté conjuguée des sources d'information et des journalistes bénéficiant de la confiance de ces sources entraîne périodiquement la diffusion de rumeurs invérifiables. Ainsi une dizaine de jours après le 11 septembre, les téléspectateurs de France 2 apprennent avec stupéfaction [1] qu'un petit groupe islamiste s'apprêtait à commettre... un attentat à l'hélicoptère, contre l'ambassade des États-Unis en France, place de la Concorde. À l'hélicoptère, rien de moins. Les policiers auraient retrouvé chez eux « un plan de vol, et des manuels de pilotage ». Un attentat à l'hélicoptère, quelques jours après le 11 septembre, c'est trop beau. Il se trouve donc un média pour « acheter » ça, et ce média est la chaîne publique France 2, qui accorde une place importante à cette fuite policière. En fait, comme l'établira l'enquête d'« Arrêt sur images » [2], ni « manuel de pilotage », ni « plan de vol » n'ont

1. « Treize heures », France 2, 22 septembre 2001.
2. *Terrorisme : d'où viennent les intox ?*, « Arrêt sur images », France 5, 26 janvier 2003.

été retrouvés. On a retrouvé un simple jeu vidéo de pilotage d'hélicoptère, ce qui n'est pas tout à fait la même chose. Un mini-emballement, mais significatif d'un climat.

« Avec ce qu'on voit... » Et tout se mélange. Arrestation d'un complice français d'Al-Qaida, islamisme, petits malfrats des cités, cohabitent au journal télévisé, finissant par former un groupe homogène de diablotins, qui font danser sur les Français une sourde menace quotidienne. En octobre, sans rapport apparent avec ce qui précède, « on voit » des manifestations policières se multiplier dans les rues. Les commentaires des journalistes précisent qu'elles sont pour partie la conséquence de la loi sur la présomption d'innocence, dite loi Guigou, adoptée en juin 2000, applicable au 1er janvier 2001 et qui alourdit notamment les conditions de la garde à vue, et du placement en détention provisoire. On a longuement « vu », à la télévision, des policiers de base se plaindre de l'alourdissement de leurs conditions de travail. En 2001 par rapport à 2000, le taux d'élucidation des crimes et délits passe de 25 à 15 %.

Dans la poudrière ne manque qu'une allumette. En octobre 2001, un cambriolage au Plessis-Trévise, dans le Val-de-Marne, tourne mal. Deux policiers sont tués. L'un des suspects, Jean-Claude Bonnal, dit Le Chinois, a été libéré quelques mois auparavant par la chambre d'accusation de Paris. Du fait de la loi Guigou ? Non. La décision a été prise par la chambre d'accusation de Paris le 21 décembre 2000, donc quelques jours avant l'entrée en application de la loi, par des magistrats qui expliqueront ensuite avoir ainsi souhaité protester contre les lenteurs de cette instruction particulière. La loi Guigou n'y est donc formellement pour rien. Sauf que les directives données par le ministère aux magistrats allaient toutes dans le sens de la limitation de la détention préventive. Les magistrats qui ont décidé la libération du Chinois ont donc peut-être été sensibles à un certain air du temps. Rien de plus, rien de moins. Mais ces nuances n'atténuent pas la colère policière.

Car les policiers « voient » la télévision, eux aussi, en même temps qu'ils y sont « vus ». Et même assorti verbalement de toutes les restrictions et de toutes les nuances, l'amalgame entre la loi Guigou et la libération du Chinois produit en effet un vacarme assourdissant.

Effondrement des tours, police abandonnée à elle-même, libération des multirécidivistes : toutes ces images se bousculent, se mélangent, et finissent par emballer les journalistes eux-mêmes. Résultat, par exemple, le journal de TF1, à 20 heures le 19 novembre 2001. S'y succèdent huit sujets traitant de l'insécurité. Après une longue ouverture du journal sur le début du procès du préfet Bernard Bonnet en Corse, PPDA file vers un autre tribunal, où l'on juge deux jeunes gens ayant perturbé le match amical de football France-Algérie le 6 octobre 2001. Et cela permet aux téléspectateurs de « revoir à la télé » les fameuses images de l'intrusion de supporters sur la pelouse du Stade de France (plus aucun sanctuaire n'est à l'abri des débordements, pas même les terrains de foot). Une nouvelle attaque d'un fourgon blindé de convoyeurs de fonds (un mort parmi les assaillants, un blessé parmi les convoyeurs) est l'occasion de « voir à la télé » de longs plans sur le fourgon mitraillé. Voici ensuite des images sinistres du ministre de l'Intérieur Daniel Vaillant recevant des syndicats de policiers (pendant que tout s'effondre, les politiques palabrent), et « à propos du malaise policier, malaise de plus en plus palpable qui empoisonne désormais la vie privée des policiers », TF1 nous emmène chez de jeunes policiers résidant près de leur lieu de travail et soumis à différentes vexations de la part des petits caïds des cités alentour. Sur l'écran, on « voit à la télé » un jeune policier embrasser tendrement son bébé dans la cuisine de son appartement. Petite incise par les images du Plessis-Trévise, même si elles n'ont rien à voir avec ces violences de proximité (puisqu'il s'agit, rappelons-le, de banditisme « traditionnel »), mais c'est l'occasion de les voir à nouveau. Une brève à propos du malaise des familles de gendarmes (« nous y reviendrons », promet PPDA pour ceux qui en doutaient), et nous voici dans les préparatifs du prochain congrès des maires de France. « La sécurité, explique PPDA, sera un des thèmes abordés. » C'est l'occasion de suivre le maire d'Amiens Gilles de Robien (qui n'est pas encore ministre de Jean-Pierre Raffarin) dans un commissariat de police municipale, et devant des victimes d'agression. Devant la caméra, un gardien d'immeuble y confirme qu'« on est de plus en plus confrontés à la jeune délinquance ».

Fini ? Non. « Parmi les phénomènes caractéristiques de la montée en puissance de cette délinquance violente, le vol de grosses cylindrées », lance PPDA sans reprendre son souffle. Témoignages convergents d'un magistrat, d'un commissaire, et d'une victime — « cette nuit-là, j'ai appris la violence avec ma chair ». Ne croyons pas être quittes : « Les affaires de pédophilie se multiplient. Nous avons rencontré la mère d'une de ces petites victimes. » Encore quelques images du meurtrier d'une collégienne anglaise, en voie d'extradition vers la France, et à 20 h 22, il est temps de passer à l'actualité internationale.

Ces vingt minutes, quelle trace indistincte vont-elles laisser dans la tête des téléspectateurs ? Un sillage cauchemardesque de policiers, de magistrats, de victimes, de mères, dont les images et les récits finalement se rejoignent et qui, comme l'avait noté l'Observatoire du débat public dans une étude réalisée pour *Le Monde* [1], emploient tous le même mot : « violence ». Violence dont sont victimes les poli-

1. Florence Amalou, « Les Français vivent leur journal télévisé comme une souffrance », *Le Monde*, 27 novembre 2001.

ciers du Plessis-Trévise, vol avec violence de grosses cylindrées, violences sexuelles, toutes ces violences se mêlent dans la fresque apocalyptique d'un monde où les convoyeurs de fonds demandent à être escortés par la police, mais où même les policiers et leurs bébés ne sont plus en sécurité.

Sa Majesté la Statistique

On ne critique pas les chiffres.

On ne conteste pas les chiffres.

Quand, en janvier 2002, le ministère de l'Intérieur publie la statistique de la délinquance pour 2001, avec cette augmentation globale, imparable, désespérante, de 7,69 % par rapport à l'année précédente, ce chiffre va clouer le bec des plus récalcitrants.

La statistique est publiée en deux étapes. D'abord, elle « fuite » dans une dépêche de l'Agence France presse le 17 janvier 2002. Dix jours plus tard, le ministère de l'Intérieur confirme cette effarante augmentation, qui vient parachever le dispositif d'encerclement des esprits, et confirmer ces images qui s'abattent en rafales depuis le 14 juillet. Le chiffre vient poser sur l'emballement le sceau de la vérité statistique. Donc, l'emballement n'est pas un délire de médias avides d'audience, ou d'experts suspects de partialité. Nous ne rêvons pas, puisque les chiffres eux-mêmes le confirment. PPDA le 17 janvier : « Certains démentent parfois ce que l'on appelle le “sentiment d’insécurité”, ils estiment qu’on joue avec les chiffres. Or ces chiffres, d’année en année, confirment une réelle hausse de la délinquance en France. Ce soir, les statistiques ne sont pas encore officielles, mais les chiffres ont été recoupés par l’Agence France presse, qui évoque une augmentation de près de 8 % par rapport à l’an dernier, elle-même en hausse de 5,7 %. »

Que « voit-on à la télé », pour illustrer cette augmentation ? Des rondes nocturnes de police, filmées de l’intérieur des véhicules, des reportages sur les incendies de voitures. TF1 fait témoigner « Yves », retraité SNCF et habitant d’un quartier de Vénissieux, qui a vu, « à peine fini de payer, sa voiture volée et retrouvée calcinée à cinq cents mètres de chez lui » : « C’est dur à digérer, comme on dit. Parce que c’est pas mal que des ouvriers [dans ce quartier]. Alors quand on n’a plus de voiture pour aller au travail le lendemain, c’est dur à avaler ! » « Maintenant il faut sortir de cette banalisation, il faut prendre des mesures exceptionnelles. Si on donne pas de coup d’arrêt on va à une sorte de loi de la jungle », confirme André Gérin, maire communiste de Vénissieux.

Sur France 2, l’annonce de la statistique le 17 janvier est aussi essentiellement illustrée par des images de voitures carbonisées. David Pujadas : « À Lyon, le chiffre est impressionnant : 1 230 voitures ont été incendiées, brûlées l’an passé, chiffre en augmentation de 22 % par rapport à l’an 2000. »

Et comme sur TF1, France 2 donne la parole au maire de Vénissieux, commune « la plus touchée » par la progression des incendies volontaires de voitures. Le maire : « On a le sentiment de banalisation, on a le sentiment d'impunité et je crois que ça, c'est catastrophique. Il me semble que le bilan du département du Rhône aujourd'hui montre qu'il faut absolument réagir et qu'il y ait un plan efficace. » Ainsi TF1 et France 2 ont-elles choisi d'illustrer la statistique avec le type de délinquance en plus forte augmentation (ce qui se défend, 1 230 voitures incendiées en une année, soit quatre par jour, c'est beaucoup), mais pas la plus répandue (les vols et recels, 62 % des infractions constatées, délinquance plus difficile à « montrer à la télé »).

On n'attaque pas une statistique, certes. Mais une statistique n'est pas sacrée. On peut tenter de pénétrer dans ses entrailles. De regarder « ce qu'elle a dans le ventre ».

Et par exemple, de se poser cette question : si la statistique a ainsi augmenté, n'est-ce pas aussi parce qu'il est plus facile de porter plainte ?

Plus de deux cents commissariats de quartier ont été créés entre 1998 et 2001. Paradoxalement, ce développement de la police de proximité, credo de la gauche, a peut-être contribué à gonfler le chiffre, en favorisant le dépôt de plaintes.

Mais cet argument, timidement avancé par des technocrates eux-mêmes inhibés par l'emballement, on ne l'entend ni ne le « voit à la télé », ce jour-là, pour commenter la publication du chiffre. Pas une enquête indépendante n'est menée sur le sujet.

Quant à la structure de la délinquance elle-même, les chaînes ne s'y appesantissent pas. Tandis que l'on « voit à la télé » de spectaculaires images de voitures carbonisées, il faut tendre l'oreille pour saisir au détour d'une phrase que « cette année, ont surtout augmenté les vols avec violence et les vols de téléphones portables » (TF1), et « parmi les plus fortes hausses, les vols à la tire, portables notamment » (France 2). Cette précision n'aurait-elle pas mérité davantage de développements ?

La hiérarchie policière l'affirme. « Pour expliquer la tendance continue à la hausse, la direction générale de la Police nationale (DGPN) évoque d'abord l'accroissement des vols. Cette catégorie, dans laquelle sont également comptabilisés les recels, représente 62,10 % de la totalité des infractions constatées. Elle concentre à elle seule près des deux tiers de l'augmentation de 2001 (187 650 faits sur un total de 289 943). Les téléphones portables restent une cible privilégiée des voleurs, qui recourent volontiers à la violence pour s'emparer des appareils. À Paris, par exemple, 40 % des vols avec violence recensés en 2001 sont des vols à l'arraché de téléphones portables. En zone de police, quatre infractions seulement (les vols à la roulotte, les cambriolages, les vols avec violence et les dégradations de biens) représentent à elles seules près des deux tiers (63,02 %) des faits supplémentaires enregistrés en 2001 [1]. »

Il paraît en effet évident que le taux de vols de portables ne peut que suivre le taux d'équipement en portables... Insister sur l'importance du vol de portables, c'est tenter de rendre leurs justes proportions aux choses, et réagir contre l'emballement. C'est limiter « la hausse de la délinquance » à un certain nombre de faits précis, « nommables », même s'ils sont évidemment désagréables. C'est réagir contre le fantasme d'une délinquance multiforme, insaisissable, d'un phénomène qui sourd de partout, et touche tous les secteurs de la vie. C'est tenter à toute force de revenir aux faits. Mais entre une forme de délinquance significative mais non spectaculaire (la hausse des vols de portables) et une forme spectaculaire et moins significative (les incendies de voitures), la télévision a choisi. Ce que l'on aura « vu à la télé », ce sont essentiellement les incendies de voitures qui, bien qu'en forte augmentation, ne représentent qu'une infime partie des quatre millions d'actes de délinquance recensés en 2001.

Pour mieux éclairer ce chiffre maudit, on aurait même pu aller plus loin. Écoutons une voix discordante, celle du démographe Emmanuel Todd. « Sur le thème de l'insécurité, j'ai des doutes. Le taux d'homicides en France est plutôt plus bas qu'il y a

1. Pascal Ceaux, « Le nombre de crimes et délits constatés a augmenté de 7,69 % en 2001 », *Le Monde*, 29 janvier 2002.

dix ans et reste un des plus faibles du monde. La délinquance a certes augmenté, comme il est normal dans une période d'expansion économique. On a fini par remarquer que l'axe central du développement de la violence contre les personnes, c'était les vols de téléphone portable, qui sont au cœur de la reprise économique. Si je devais donner une interprétation de ce thème, je dirais qu'il s'agit d'un symptôme du vieillissement de la population : l'âge médian de l'électeur n'est plus loin de cinquante ans. Cette société plus âgée, plus paisible, supporte beaucoup moins qu'il y a dix ans des niveaux de délinquance qui ne sont pas vraiment différents. Derrière ce sentiment d'insécurité, on retrouve donc une fracture générationnelle, une société de plus en plus inégalitaire entre les générations [1]. »

On peut juger cette analyse idéaliste, trop optimiste. On peut moquer l'aveuglement d'un homme qui vit loin des « quartiers sensibles ». On peut estimer Todd polarisé jusqu'à l'absurde sur la facette démographique d'une réalité qui est avant tout policière. Ne faut-il pas au moins l'examiner ? L'idée qu'il soulève (ce n'est pas tant la délinquance qui a augmenté qu'une société plus âgée qui l'accepte moins) ne peut-elle constituer une explication de l'émergence, dans le discours public sur la délinquance, des « petites incivilités », comme la présence de bandes de jeunes dans les halls d'immeubles,

1. Bruno Causse, Thomas Ferenczi, « Le thème de l'insécurité a pris le relais de la fracture sociale », *Le Monde*, 10 mars 2002.

devenues moins acceptables à une population plus âgée ?

L'emballement l'interdit. On ne conteste pas une statistique, surtout quand elle vient confirmer des semaines entières d'images de cauchemar télévisé.

Répétons-le : il ne s'agit évidemment pas ici de nier la sincérité de cette statistique, c'est-à-dire une forte augmentation des plaintes déposées au cours des années 2000 et 2001 (augmentation qui n'est pas seulement imputable à l'accroissement des vols de portables ou à la simplification administrative du dépôt de plainte). Mais l'emballement commence quand ce chiffre nous tétanise à tel point que plus personne n'ose aller fouiller dans ses entrailles. Quand le chiffre arrive au début de l'année 2002, il est comme blindé d'avance par six mois d'images d'effondrement. Et ce chiffre vient lui-même cimenter ces images, tous deux se renforçant, formant un bloc compact, et au total inexpugnable.

L'expert : Alain Bauer, le réel et les chiffres

À ce discours d'emballement, tenu en polyphonie par les médias et les politiques et qui semble ratifié par les chiffres, il faut une armature théorique, et des figures d'experts pour incarner cette armature. Ces experts existent, et on les « voit à la télévision » depuis déjà plusieurs années. Le plus emblématique d'entre eux est Alain Bauer, par ailleurs Grand

Maître du Grand Orient de France de septembre 2000 à septembre 2003, et l'un des vulgarisateurs en France de la « théorie de la fenêtre cassée ».

Alain Bauer est un expert complet. Son sujet, il le maîtrise à la fois en théorie et en pratique, puisqu'il est P-DG d'un cabinet de conseil en sûreté urbaine (expérience dont il se prévaut peu dans ses interventions publiques, préférant avancer ses titres universitaires, de manière d'ailleurs parfois imprécise : Alain Bauer enseigne dans le DESS d'ingénierie de la sécurité, administré en partenariat entre l'Institut des hautes études de la sécurité intérieure et l'université Paris V-Sorbonne, et assure une formation continue « Métiers de la ville » à Sciences-Po Paris [1]). Ce qui lui permet de se présenter, quand il est « vu à la télé », comme « enseignant à l'Institut d'études politiques de Paris et à la Sorbonne ». Son thème principal : la critique des pouvoirs publics qui, trop longtemps, se sont voilé la face et ont tenté de travestir le réel. Pour des raisons d'aveuglement idéologique ou d'opportunité politique, ils ont minimisé l'ampleur de la délinquance. En conséquence, le mal a progressé.

Mais, surtout, il se réfère inlassablement au réel. Aux tromperies de l'administration, Bauer oppose systématiquement « la réalité ». « Réalité », « réel », « vérité », « vécu », « vie », les termes reviennent continuellement. Sans relâche, Bauer apostrophe

1. Pierre Rimbert, « Envahissants experts de la tolérance zéro », *Le Monde diplomatique*, février 2001.

ses interlocuteurs, les exhortant à « se rendre compte de la réalité », à « cesser de nier le réel » ou encore à « revenir sur terre ». « Je crois qu'on a eu un certain nombre d'histoires qui se sont parallèlement intégrées, un peu paradisiaques (...) et puis les dures réalités se sont rapprochées [1]. » « Je pense (...) qu'il serait bien de revenir effectivement sur terre, puisque dans la réalité de tous les jours, un certain nombre de dispositifs existent suivant la logique française de capharnaüm : on en crée un effectivement nouveau sans supprimer l'ancien et avec du saupoudrage [2]. » « Il a fallu très longtemps pour que (...) l'on commence à se rendre compte que la réalité c'est la réalité, qu'il fallait cesser de nier le réel, ce qui était une pratique générale : le sentiment d'insécurité est une psychose, tout ça n'est pas vrai, ça n'existe pas [3]. »

Mais qu'entend-il par là, au juste ? Que désigne-t-il par « réalité » ?

La réalité, selon Alain Bauer, c'est la réalité du quotidien des gens, des vrais gens, dans la vraie vie. Et c'est l'observation à ras de terre de la réalité qui donne son nom au courant de pensée dont il se réclame : la théorie de la « broken window », la fenêtre cassée. Écoutons-le l'énoncer : « La théorie de la fenêtre cassée, ça dit simplement que quand vous êtes dans une cité, dans un espace territorial,

1. « La Marche du siècle », France 3, 19 janvier 2000.
2. « Mots croisés », France 2, 26 janvier 1999.
3. « La Marche du siècle », France 3, 19 janvier 2000.

quand une première vitre est cassée sur une fenêtre et qu'on ne la répare pas, eh bien à un moment il va y avoir une seconde vitre, puis la fenêtre, puis l'immeuble, puis le quartier... Donc, si on ne s'occupe pas des plus petits problèmes, on perd le contrôle d'un territoire [1]. »

Mais sur quelles données chiffrées Alain Bauer se fonde-t-il exactement ? Son émergence médiatique en tant qu'expert iconoclaste en sécurité peut être datée de janvier 1999, bien avant la phase aiguë de l'emballement sur l'insécurité. Son rapport intitulé *Où sont les policiers ?* provoque alors une véritable secousse d'effroi dans la presse et au gouvernement. La principale conclusion de ce rapport est une information terrifiante et facilement compréhensible : seuls cinq mille policiers en tenue sont effectivement opérationnels sur le terrain, en France, à un instant donné. Autant dire que le territoire français est livré à lui-même, sans protection, abandonné aux hordes de délinquants et d'auteurs d'incivilités.

Le rapport trouve, dès le jour de son évocation dans *Le Figaro* en janvier 1999, un écho sur les deux principales chaînes généralistes, TF1 et France 2.

Toutes deux lui consacrent les premières minutes de leurs JT.

TF1 d'abord. Le 22 janvier 1999 à 13 heures, après l'agression, au sein de l'établissement, du prin-

1. *Insécurité et fantasmes médiatiques*, « Arrêt sur images », France 5, 18 février 2001.

cipal d'un collège des Mureaux (Yvelines) par quatre mineurs, le présentateur Thomas Hugues introduit le rapport de Bauer : « Ce nouveau fait divers intervient alors qu'une étude indépendante souligne la mauvaise organisation de l'appareil policier et le manque d'effectifs opérationnels, surtout la nuit. Une étude qui provoque déjà une polémique. » Voix off : « Paradoxe : avec un des plus forts taux d'encadrement policier en Europe, la France ne disposerait que d'une présence quasi symbolique sur la voie publique. Selon un chercheur, sur les quatre-vingt-dix mille policiers de sécurité publique, seuls vingt mille fonctionnaires sont présents dans les rues. Il restait donc, au gré des congés, environ cinq mille policiers sur le terrain au jour le jour. Question : comment en est-on arrivé là ? »

Sur TF1 donc, l'indicatif est de rigueur : nul doute qu'« on en est arrivé là » où le dit Bauer. Reste à apprendre du « chercheur » les raisons de ce paradoxe catastrophique.

Désigné comme « Enseignant Institut études politiques de Paris », Alain Bauer livre donc son explication : « Dans ce pays, l'État a vampirisé à son bénéfice, pour la défense des institutions et pour le maintien de l'ordre, des policiers qui étaient normalement prévus pour le bénéfice des personnes et des biens des citoyens. »

L'accusation de « vampirisation » par l'État de la majeure partie des policiers complète et accentue l'accusation d'abandon. La thématique du « vampire » n'est pas inédite. On l'a déjà vue affleurer, par exemple lors de l'affaire du sang contaminé, où un magazine d'extrême droite avait caricaturé l'ancien Premier ministre Laurent Fabius en l'affublant de dents de vampire. Elle est reprise quatre jours plus tard dans « Mots croisés » (France 2) : depuis 1941 notre Police nationale est devenue « d'abord une police d'État, police de maintien de l'ordre qui a vampirisé les effectifs de tranquillité publique et de protection des citoyens », explique Alain Bauer. L'idée (le peuple est floué de son droit inaliénable à la sécurité par l'État) revêt une forme visuelle terrifiante : celle d'un État-vampire dévastant la nation et laissant derrière lui des citoyens exsangues. Les citoyens ne sont donc plus représentés ni défendus par l'État, mais trahis et dupés par lui ou par ses représentants.

Comme il se doit pourtant, la hiérarchie policière conteste le rapport Bauer.

« Une analyse et des chiffres contre lesquels le directeur central de la Sécurité publique, le patron des policiers en tenue, s'inscrit en faux », précise la voix off de TF1. « Ceux qui sont sur le terrain sont quatre fois plus importants que les chiffres qui ont été cités. De surcroît, nous avons un appui très fort de ceux qui travaillent à l'intérieur des commissariats. Je trouve que c'est donc une version complètement caricaturale. » Mais qui va croire le haut fonctionnaire ? Indiquer que « le directeur central de la Sécurité publique » condamne une « étude indépendante » qui lui est défavorable, n'est-ce pas désamorcer d'avance une parole (celle du haut fonctionnaire) et en légitimer une autre (celle d'Alain Bauer) ? Dans la controverse qui oppose le technocrate et le « chercheur » iconoclaste, quel téléspectateur-citoyen se rangera spontanément du côté du premier ?

D'autant que les syndicats de policiers, interrogés aussi, entrent dans la polyphonie pour confirmer les conclusions de l'expert contestataire. Voix off : « Au-delà de la polémique sur les chiffres, les syndicats jugent que trop de policiers restent affectés au fonctionnement des commissariats (trente mille, selon l'enquête) ou à des tâches indues comme les gardes de détenus ou les gardes statiques. »

Au « Vingt heures » de France 2, le rapport fait la « Une » de l'actualité nationale, avant le premier accord chez Peugeot sur les trente-cinq heures, sous le titre : « Police : le rapport qui fâche. » Mais France 2 introduit une nuance importante : la chaîne précise que le chiffre avancé (cinq mille), concerne les effectifs policiers « en province », précision absente sur TF1, qui évoquait de « cinq mille policiers sur le terrain au jour le jour » à l'échelle nationale.

Et la voix off, cette fois, vient à la rescousse de l'administration, en apportant une précision de taille : « Au ministère de l'Intérieur, on ne parle pas de cinq mille, mais d'au moins quinze mille policiers sur le terrain. En effet, curieusement, Alain Bauer n'inclut pas dans son calcul les brigades anti-criminalité, ni Police-secours, qui sont pourtant bien sur la voie publique. » *Le Monde* du lendemain détaillera d'ailleurs : « Reprenant en détail les statistiques avancées par le chercheur, on souligne, place Beauvau, qu'il faut ajouter aux brigades de roulement que comptabilise M. Bauer les brigades anti-criminalité (3 750 fonctionnaires), les compagnies et sections d'intervention (2 500), les brigades canines (800), les brigades dites "de jour" (2 500), les services d'investigation et de recherche, dont les sûretés départementales (8 500), les personnels à moto et les unités chargées de la circulation (3 800) et, enfin, les îlotiers (3 800) [1]. »

Rectifications d'importance qui n'étaient pas données sur TF1. Comme si les chiffres allégués par Alain Bauer importaient finalement peu au regard de la légitimité des questions posées et des accusations portées.

Ce rapport très controversé, aussi bien sur les motifs et les conditions de son élaboration que sur les sources de la recherche, la fiabilité des chiffres et l'honnêteté des conclusions, ouvre néanmoins à Alain Bauer les portes d'émissions telles que « Mots croisés » ou « La Marche du siècle », où il est invité à se prononcer sur les thèmes centraux de son étude (la désorganisation de la police, la mauvaise répar-

1. Pascal Ceaux, « Les chiffres sur l'utilisation des effectifs de police divisent les syndicats », *Le Monde*, 24 janvier 1999.

tition des effectifs, la vraisemblance des chiffres officiels) ainsi qu'à élargir le registre de ses compétences à des sujets connexes : la délinquance des mineurs, le bien-fondé de la loi, l'efficacité de la police de proximité, voire l'épaisseur du blindage des camionnettes de convoyeurs de fonds...

Un expert est né ! Que sa légitimité soit édifiée sur les sables mouvants d'un rapport approximatif, nul ne s'en souvient.

Par la suite, Alain Bauer interviendra relativement fréquemment dans les journaux télévisés, sur divers chapitres (convoyeurs de fonds, comparaison des chiffres de la délinquance en France et aux USA). Il devient une figure centrale d'un discours opposant une « réalité » ignorée et voilée mais terrifiante (celle que tentent de montrer les images de télévision), aux protestations lénifiantes des autorités. Ce discours rejette les tenants d'un discours adverse dans les rangs des « belles âmes » et des naïfs. Au fil des années, la théorie de la « fenêtre cassée » et sa cousine la « tolérance zéro » vont peu à peu gagner tous les esprits, jusqu'à emballer à son tour le candidat socialiste à l'élection présidentielle.

Le ralliement spectaculaire de Lionel Jospin

Ce dimanche soir 3 mars, près de deux mois avant le 21 avril 2002 face à Claire Chazal, le candidat socialiste Lionel Jospin est tout sourire. Les sondages le créditent d'une confortable avance sur Jacques Chirac. De fil en aiguille, on en vient à évoquer « le » sujet de l'insécurité. « L'insécurité a progressé pendant ces cinq années. C'est une tendance qui avait commencé avant nous, mais enfin nous ne l'avons pas fait reculer. J'ai péché un peu par naïveté. Je me suis dit peut-être pendant un certain temps : "Si on fait reculer le chômage, on va faire reculer l'insécurité." On a fait reculer le chômage — il y a 928 000 chômeurs en moins — mais ça n'a pas eu un effet direct sur l'insécurité. Il est clair que la sécurité pour moi est un défi prioritaire. L'ordonnance de 1945 [sur les mineurs délinquants] a déjà été modifiée dans le passé et elle le sera encore. Nous envisagcons des structures fermées pour les jeunes qui ont des problèmes de violence. »

« J'ai péché par naïveté » !

Un an plus tôt, au journal de 20 heures de France 2, le 17 avril 2001, Jospin assurait le contraire, et se présentait comme un des adversaires de la naïveté.

Gérard Leclerc : « Le gouvernement a défini six axes de lutte contre la violence, notamment en ce qui concerne la délinquance des jeunes avec la lutte contre les bandes, avec les centres de placement immédiat. Mais beaucoup voient là-dedans surtout des demi-mesures. Pourquoi ne pas aller au bout de la logique et pourquoi ne pas revenir sur la fameuse ordonnance de 1945, ce qui permettrait par exemple d'abaisser l'âge de la majorité pénale à treize ans, voire en dessous, de recourir davantage à des unités pénitentiaires pour les mineurs ? (...) On a le sentiment que les jeunes d'aujourd'hui ne sont plus ceux de 1945 (...). Pourquoi vous n'en tirez pas les conséquences ? »

Jospin : « Le gouvernement que je conduis a quand même tout à fait rompu avec une conception angélique des problèmes de l'insécurité... J'y ai contribué moi-même, y compris bien avant d'être Premier ministre, parce que je pensais que la violence, l'insécurité, frappaient notamment les milieux populaires (...). Mais je pense que la violence, elle est dans la société elle-même : elle a des sources sociales, elle a des sources urbaines, il y a des problèmes d'intégration, il y a des problèmes de non-connaissance des règles. »

Olivier Mazerolle : « Les Français ne semblent pas convaincus : ils ont retenu la loi sur la présomption d'innocence. Et ils disent : "Mais tous ces petits délits pour lesquels d'ailleurs les plaintes ne sont même pas toujours enregistrées par la police, ils ne sont pas punis, ils ne sont pas sanctionnés." Alors, d'un côté, présomption d'innocence, bravo pour les Droits de l'homme. Mais où est la sanction ? »

Gérard Leclerc : « Pourquoi ne pas aller par exemple jusqu'à la tolérance zéro ? Des plans, des mesures, il y en a depuis des années. Et on voit que l'an dernier encore la délinquance a progressé de 5 %. Pourquoi ne pas dire, carrément : la tolérance zéro ? »

Abjure ! crient les journalistes de France 2 à Jospin. Abjure ton angélisme ! Abjure ta foi absurde dans « les causes sociales » de la délinquance. Mais en 2001, Jospin résiste encore. Il tente de garder un pied dans chaque camp, un pied dans « les causes sociales » (la violence « a des sources sociales, elle a des sources urbaines, il y a des problèmes d'intégration »), un pied dans la répression (« j'ai rompu avec la conception angélique »). Abjurer les « sources sociales », ce serait renoncer à un des piliers des convictions des « progressistes », depuis Rousseau et Marx : l'homme n'est pas naturellement un délinquant. Ce sont les conditions de la vie en société, l'exploitation capitaliste, qui créent la délinquance.

Mais l'année suivante, le 3 mars 2002 face à Claire Chazal, Jospin ne se présente plus comme ayant « rompu avec une conception angélique ». Il se range lui-même dans les rangs des « naïfs ». Faut-il y voir un effet, à retardement, du travail de sape des journalistes qui le poussent à abjurer son « angélisme », et des sondeurs qui répètent que l'insécurité est « la première préoccupation des Français » ? Il est vrai que ce ne sont pas seulement les journalistes « sensationnalistes » de la télévision qui ont forcé Jospin à l'abjuration. Le 2 août 2001, quelques jours après l'interview de Jacques Chirac, à l'occasion de la publication des statistiques de la délinquance du premier semestre, *Le Monde* lui-même, journal emblématique de la résistance au sensationnalisme, édite et placarde dans les kiosques des affichettes : « Insécurité : alerte. » Donc, Jospin est lui-même cerné. Son « angélisme » n'a aucun soutien à attendre, même du côté de la presse « amie ». Virage sur l'aile. Et, succombant à l'emballement, il contribue à son tour à rendre cet emballement définitivement irrésistible. Si le candidat principal de la gauche qualifie lui-même de « naïveté » la vision traditionnelle de la gauche, alors au nom de quelle perspective politique continuer de s'y accrocher ? Au nom de quel débouché politique tenter encore de résister à « tout ce qu'on voit à la télé », l'étau que forment les théories d'Alain Bauer, les revendications des policiers, les ressassements du journal télévisé, puisqu'on a « vu à la télé » le candidat de la gauche rendre les armes ?

Quant à Jospin lui-même, son aveu le fragilise. La réaction de Chirac ne se fait pas attendre. « L'insécurité n'est certes pas une fatalité. Elle est avant tout le produit d'une attitude, l'attitude de tous ceux qui pouvaient exercer une autorité et qui ont systématiquement préféré l'indulgence à la sévérité », lance-t-il à Jospin. Et, sans toutefois le citer : « C'est la raison pour laquelle je n'hésite pas à dire que le gouvernement actuel porte une lourde responsabilité. La naïveté n'est pas une excuse. En l'occurrence, c'est une faute », déclare-t-il le 6 mars à Strasbourg.

La lecture univoque des causes de la délinquance s'impose désormais à tel point que plus personne n'ose en proposer d'autre. Plus personne n'ose désormais rappeler que la délinquance a « aussi » des « sources sociales et urbaines ». Chacun le sait bien, au fond de soi. Chacun sait bien que les solutions uniquement répressives ne feront pas disparaître la délinquance. Mais plus personne n'ose le rappeler, sous peine de se voir reprocher de « pécher par naïveté ». Le mot est désormais tabou.

Le père de famille d'Évreux, ou la victime imparfaite

La nouvelle de la mort de Guy-Patrice Bègue à Évreux, un des faits divers « vus à la télé » les plus marquants de la période électorale, éclate comme un coup de tonnerre le 12 mars 2002. Daniel Bilalian (France 2) : « Madame, monsieur, bonjour. À Évreux, un père de famille est mort des suites d'un véritable passage à tabac alors qu'il était venu demander des explications, voire des comptes, à ceux qui avaient racketté son fils. C'est alors qu'une bagarre avait éclaté. Deux jeunes gens, dont un mineur, ont été arrêtés. » France 3 : « Le père de famille était venu s'expliquer avec plusieurs adolescents qui avaient tenté de dérober sous la menace des objets de valeur à l'un de ses fils. Il aurait été atteint à la tête par un projectile lourd et se serait écroulé à terre. Une fois au sol, les coups auraient continué de pleuvoir, ne lui laissant aucune chance de s'en sortir. » PPDA (TF1) : « Jacques Chirac a téléphoné au maire de la ville, Jean-Louis Debré, et à des membres de la famille de Guy Bègue. » France 2, interview de Jean-Louis Debré, maire de la ville, ancien ministre de l'Intérieur : « Il faut que nous réagissions. On ne peut pas accepter, on ne peut plus accepter qu'un certain nombre de voyous veuillent imposer leurs règles, leurs lois et leur volonté. »

Élise Lucet (France 3) le lendemain : « À Évreux, sept nouveaux suspects ont donc été interpellés aujourd'hui, après l'assassinat d'un père venu défendre son fils contre le racket. » Daniel Bilalian : « L'affaire, aujourd'hui, est loin d'être terminée, bien au contraire. Deux jeunes gens ont été arrêtés, vous le savez, un majeur (dix-neuf ans), un mineur (dix-sept ans). Mais la justice et la police s'intéressent maintenant à une quarantaine d'autres jeunes, lycéens, collégiens, qui attendaient l'autobus vendredi dernier, lorsque a éclaté la bagarre. Certains ont participé, d'autres se sont contentés de regarder, ou d'ignorer la tragédie qui se jouait sous leurs yeux. À un titre ou à un autre, on peut les considérer comme complices, ou coupables, de non-assistance à personne en danger. »

Claire Chazal (TF1) le surlendemain : « Les obsèques de Guy-Patrice Bègue, ce père de famille lynché la semaine dernière à Évreux, se sont déroulées cet après-midi dans l'Eure. » France 3 : « Une marche à la mémoire de Guy-Patrice Bègue, ce père de famille mort pour avoir voulu défendre son fils. Une mort violente, choquante. »

Guy-Patrice Bègue a donc été tué, en présence de très nombreux témoins. Deux de ses meurtriers présumés ont été arrêtés. Ses obsèques se sont déroulées à Évreux. À partir de ces étapes marquantes, le « noyau dur de réalité » du fait divers, les journaux télévisés, dans l'emballement, nourrissent un feuilleton de plusieurs jours, à base de prolongements et de parallèles. Le 14 mars, pour le troisième jour consécutif, Daniel Bilalian conserve l'affaire d'Évreux à la première place de son journal. « La violence dans les établissements scolaires : après Évreux, dont nous reparlerons dans un instant, Valenciennes, où un père de famille a été mis en garde à vue après avoir blessé d'un coup de couteau un lycéen au cours d'une altercation entre sa fille et une autre élève devant l'un des lycées de Valenciennes. » La situation semble donc inversée, puisque cette fois c'est le père de famille qui a été mis en examen, apparemment pour être intervenu dans une altercation entre élèves. Peu importe. Le bandeau commun « la violence dans les établissements scolaires » permet de rapprocher les deux faits divers.

Le 15 mars encore, Daniel Bilalian semble avoir enfin décidé de passer à autre chose. Le premier titre du journal est cette fois consacré à « la guerre des bandes » à Corbeil-Essonnes : « La guerre des bandes : l'exemple de Corbeil-Essonnes. À la suite d'une rixe, un jeune homme est mort la semaine dernière. Marche silencieuse hier après-midi, mais rien n'y fait : la tension n'est pas retombée d'un quartier à l'autre. » Mais c'est encore au drame d'Évreux que le présentateur rattache l'affaire de Corbeil : « Madame, monsieur, bonjour. Les obsèques du père de famille tué au cours d'une bagarre à Évreux, il y a une semaine très exactement, auront lieu cet après-midi.

« Tout aussi dramatique, en banlieue parisienne à Corbeil-Essonnes, samedi dernier, un jeune est tué d'un coup de couteau au cours d'une rixe entre deux bandes rivales. Hier, plusieurs centaines d'habitants du quartier organisaient un rassemblement en hommage à ce garçon ; mais dès hier soir de nouveaux incidents éclataient entre les mêmes bandes rivales, comme si rien, rien ne pouvait endiguer ce phénomène de violence, devenu le quotidien de ces jeunes. »

Au total, en quelques jours, Daniel Bilalian, pour « fabriquer » l'actualité en période d'emballement, aura mis en œuvre quatre mécanismes distincts. Il aura rapproché l'affaire par « mots clés » avec d'autres faits divers (des rondes de « pères de famille » contre les dealers dans un quartier parisien), même si le rapport entre les faits eux-mêmes n'est que lointain. Il l'aura rattachée à un « phénomène de société » (le racket) ou à d'autres faits divers (la mise en examen de Valenciennes, et la bagarre entre bandes rivales à Corbeil). Il aura intensément couvert les suites données au fait divers par les institutions (les réunions d'expression organisées par le lycée). Il aura tenté de créer des « affaires dans l'affaire » (la polémique sur la non-intervention de la police).

Ainsi fabrique-t-on, entre tous ces faits divers, une chaîne invisible, mais efficace. La violence multiforme qui enserre la France surgit de partout, elle peut éclater en n'importe quel point du territoire français, mais elle procède du même chaos, du même magma souterrain. « Comme si rien, rien ne pouvait endiguer ce phénomène de violence, devenu le quotidien de ces jeunes », soupire Daniel Bilalian.

DANIEL BILALIAN, UN PRÉSENTATEUR EN 2002

Il est temps à présent de s'arrêter quelques instants sur Daniel Bilalian. Pourquoi Bilalian ? Pourquoi lui, davantage que Jean-Pierre Pernaut, David Pujadas ou PPDA ? Pourquoi, dans cette rétrospective de l'emballement sur la sécurité du printemps 2002, choisir un gros plan sur le journal de 13 heures de France 2, plutôt que son concurrent de TF1, ou les journaux de 20 heures ? Daniel Bilalian mérite-t-il bien cet excès d'honneur [1] ?

Pourquoi ? Nous pourrions retourner contre Bilalian les armes de l'emballement. Nous pourrions donner des

1. Question d'autant plus pertinente que dans une de mes chroniques du *Monde*, le 7 juin 2003, j'ai fort injustement critiqué Daniel Bilalian, parce que j'avais moi-même commis un contresens sur l'horaire d'une dépêche d'agence. Je lui ai présenté des excuses dans la chronique de la semaine suivante. Mais ce faux pas ne doit évidemment rien retirer au droit de critique.

chiffres. Rappeler que statistiquement, dans les semaines précédant le premier tour de la présidentielle, Bilalian fut le champion de l'insécurité à la télé. Quelque temps après le 21 avril 2002, « Arrêt sur images » procédait à un comptage des thèmes développés dans son journal. En mars 2002, le journal de la mi-journée du service public a évoqué 63 fois le thème de l'insécurité contre 41 fois pour le « Treize heures » concurrent de Jean-Pierre Pernaut sur la chaîne privée TF1.

Pour conforter ces chiffres, nous pourrions simplement citer les mots, les répétitions, les obsessions de Bilalian.

11 mars 2002, lancement d'un sujet sur les sapeurs pompiers victimes de violences : « L'insécurité, on le sait, est le thème majeur... l'un des thèmes majeurs en tout cas de la campagne présidentielle. »

12 mars 2002, à propos des rondes de police dans les trains : « L'insécurité, qui est un des thèmes majeurs de la campagne présidentielle, est un souci quotidien pour la SNCF, entre les casseurs, les vandales, les resquilleurs... »

8 avril 2002, à propos de l'inefficacité de la justice en France, à la suite de la publication d'un rapport de l'Union syndicale de la magistrature : « Sujet de réflexion pour les candidats à l'élection présidentielle pour qui l'insécurité, on le sait, est l'un des thèmes majeurs... »

Nous pourrions donc, chiffres et citations à l'appui, montrer le matraquage Bilalian. Mais au-delà des chiffres et des répétitions, la singularité Bilalian est ailleurs. Écoutons par exemple ce lancement du 25 mars, après l'agression (finalement fausse) d'un chauffeur de bus à Marseille : « On ne sait plus quel adjectif employer (soupir). On pouvait penser à l'impensable survenu la semaine dernière à Évreux, dans un supermarché à Nantes, ou encore à Besançon avec ces deux jeunes filles torturant une troisième... Eh bien, à Marseille, c'est encore autre chose. »

Ce soupir, cette impuissance, cette démission (« On ne sait plus quel adjectif employer ») : en quelques phrases, tout est dit de la manière Bilalian. Le présentateur ne se contente pas d'informer. Il ressent ces événements dans sa chair. Ces agressions, ces tortures s'impriment en lui. Ce sont elles qui lui arrachent ces soupirs, ces hochements de tête incrédules, jusqu'à ces bafouillements et ces hésitations caractéristiques, qui sont autant de transgressions aux règles de la présentation télévisée. Chargées de décrire ce cancer de la société, les phrases de Bilalian métastasent elles-mêmes, hors de contrôle. Il ne les domestique pas. Il tente de comprendre les faits divers qu'il est chargé de relater, mais ce sont eux qui le terrassent. À plusieurs reprises, les mots lui manquent devant la sauvagerie des événements. Ils prennent le dessus sur lui. Bilalian devrait être un sas entre l'insécurité et nous, il devrait nous permettre de prendre de la distance, mais il ne nous offre, chaque jour à la mi-journée, que le spectacle de son impuissance à trouver les mots. Ainsi se transforme-t-il en porte-parole de toutes les victimes. Et cette impuissance fait écho à l'impuissance de l'État, au délitement de l'autorité, à l'abdication générale devant les « zones de non-droit ». Chaque jour à 13 heures, Bilalian nous offre une « zone de non-compréhension ». S'offrant avec le moins de résistance à l'emballement, il constituait le meilleur terrain d'observation.

Daniel Bilalian, comme tous les journalistes, devrait fonctionner comme une machine à oublier. Qu'est-ce que les médias, sinon de terrifiantes machines à oublier aujourd'hui une partie des informations d'hier ? Une peur chasse l'autre, un fait divers chasse l'autre, une image chasse l'autre, et il est de la responsabilité des journalistes de savoir ce qu'ils doivent retenir, et ce qu'ils peuvent oublier. Mais Bilalian ne parvient pas à chasser l'angoisse de la veille. Les images de la veille le hantent. Les peurs ne se chassent pas, elles s'accumulent. Après chaque fait divers, il ressent le besoin de retourner sur le théâtre de l'atroce, pour en explorer les suites. Comme s'il ne parvenait jamais à décrocher, il fait durer les feuilletons, les étire en longueur, se livre à d'interminables rappels des épisodes précédents, pour les relier les uns aux autres, dans une fresque toujours inachevée.

Une fresque, oui. Une terrifiante apocalypse peuplée de démons ricanants et de victimes à la Jérôme Bosch, mais impressionniste. Maniant les « peut-être », les « depuis un certain temps », les « une certaine forme de » comme l'artiste mélange les couleurs sur sa palette, il abolit les frontières nettes, les faits avérés, s'affranchit ostensiblement des définitions rigoureuses et des statistiques, pour revendiquer une vision impressionniste.

Abdiquant son rôle de médiateur pour se poser en victime, Bilalian nous retire donc toute échappatoire, toute possibilité de recul par rapport à la course à l'apocalypse. C'est une victime, un miraculé, un rescapé qui, chaque jour, vient témoigner devant nous. Son exemple nous enseigne que l'on peut être à la fois propagateur et victime de l'emballement.

Le renoncement à penser

Invités à contempler chaque jour, à la mi-journée, l'autoportrait de Daniel Bilalian, nous voyons donc un homme dépassé. Cet homme a baissé les bras. Mieux : il baisse les bras en direct, devant nous, chaque jour. C'est pourtant un homme dans sa pleine maturité, honnête, qui parle le langage présumé de ses téléspectateurs, qui répugne aux mots savants et aux analyses désincarnées. Il a toujours tenté de faire de son mieux, d'affronter ses responsabilités de journaliste et de passeur. Mais justement, le passeur est dépassé par les événements, comme par les frasques d'enfants adolescents que leurs parents ne parviendraient plus à canaliser. Tout déborde. Les quartiers, les écoles, les stades. Si désespérés que soient ses efforts pour rationaliser la sauvagerie quotidienne, Bilalian n'est qu'un homme. Et parfois, souvent même, il lui faut avouer qu'il est impuissant à savoir « quoi penser » des faits divers qu'il relate, puisque sa mission de journaliste lui imposerait d'en penser quelque chose.

Le 21 mars : « Que dire ? Quoi penser, à propos de ces deux jeunes filles de la région de Besançon, âgées de treize et quatorze ans seulement, arrêtées pour tentative d'homicide volontaire avec actes de torture et barbarie à l'encontre d'une de leurs copines de classe, pour un soi-disant motif de jalousie amoureuse ? »

Déjà ce fait divers dépasse les capacités d'entendement du présentateur. Mais quatre jours plus tard, elles sont à nouveau soumises à rude épreuve : « La violence n'est jamais gratuite, mais elle peut être incompréhensible. » Et de développer : « On ne sait plus quel adjectif employer, etc. » (voir plus haut). Suit un sujet sur le chauffeur de bus de Marseille, qui prétend avoir subi une agression (et dont on apprendra quelques jours plus tard qu'il a inventé toute l'histoire).

Ce sujet terminé, Daniel Bilalian ne tente pas moins, dans le même journal, d'établir une gradation à propos d'un autre chauffeur de bus, sommé par un père de famille de le raccompagner jusqu'à son domicile. « Alors euh, moins grave, peut-être, et encore, mais tout de même aussi inquiétant... »

Enfin à propos de la froide tuerie, perpétrée par Richard Durn, au conseil municipal de Nanterre (huit morts et plus d'une quinzaine de blessés), Daniel Bilalian avoue sans ambages son incapacité, cette fois radicale, à penser. Il ne tente même plus. Lancement du 27 mars : « Comment expliquer l'inexplicable ? » Deux jours plus tard, alors que le journal tente, « à froid », de revenir sur l'événement, la tentative d'explication n'a pas progressé : « Nanterre : enquête sur l'impensable. » Il faut une semaine pour que le présentateur offre à ses téléspectateurs « le pourquoi et le comment du geste mûrement réfléchi » de l'assassin de Nanterre.

Du bon usage des compléments de temps : la violence s'accélère

Si Daniel Bilalian peine à penser la violence, c'est parce que la violence court plus vite que lui. Le 29 mars : « La police connaît une crise de légitimité. C'est la conclusion inquiétante d'un rapport remis au ministère de l'Intérieur : l'uniforme n'inspire plus le respect, voire la crainte, on s'en rend compte jour après jour. Dans les quartiers où ils résident, les policiers se mettent en civil de peur d'être repérés, reconnus. Hier encore un couple de policiers a été attaqué sur un parking de grande surface. La peur a souvent changé de camp. »

Trois compléments de temps : jour après jour, hier encore, souvent. Le « hier encore » vient renforcer le « jour après jour ».

Peindre la fresque de la montée inexorable de l'insécurité suppose de la jalonner de dates : avant l'enfer d'aujourd'hui, un paradis a jadis existé. C'est le rôle du complément de temps, substitut bienvenu à la statistique précise. Ainsi le 11 mars : « Aujourd'hui, non seulement les policiers, mais les sapeurs-pompiers, à leur tour, sont victimes de violences lors de leurs interventions dans certains quartiers difficiles. »

Le 13 mars : « Le phénomène de vol ou de racket à l'intérieur ou aux abords des établissements scolaires prend de plus en plus d'importance. D'après les statistiques officielles de l'Éducation nationale, un établissement sur dix en serait victime. Cela peut commencer très tôt, dans les petites classes, par le vol d'un goûter ou d'un stylo, pour se poursuivre ensuite par le racket proprement dit : de l'argent, des valeurs, des bijoux. »

Le racket, devenu un « phénomène », est en augmentation constante, nous dit Bilalian. Néanmoins, les statistiques alléguées n'appuient pas son propos : un établissement sur dix, c'est beaucoup ; mais combien était-ce auparavant ? Pour cette fois, Bilalian est d'ailleurs contredit par le commentaire du reportage : « Le racket représenterait un peu plus de 3 % des actes de violence à l'école. Mais le phénomène est difficile à évaluer, encore tabou, malgré les campagnes menées depuis 1995 par les gendarmes et les policiers dans les établissements scolaires. » Si « le phénomène est difficile à évaluer », comment Bilalian y est-il parvenu ? Dispose-t-il d'informations inconnues du reporter, auteur du sujet ?

Comment noircir les récits des reportages

Si Daniel Bilalian semble parfois mieux informé que les journalistes de terrain, il sait aussi dans ses lancements forcer le trait d'un fait divers. Le 14 mars : « C'est tout simplement une attaque en règle dont a été l'objet un commissariat de la banlieue de Mulhouse hier. Une expédition punitive en bonne et due forme : une trentaine de jeunes venus avec l'intention de libérer trois d'entre eux, de leur quartier, arrêtés à la suite d'une altercation dans une grande surface. Les policiers du commissariat ont dû faire appel à des renforts pour se dégager. » Voix off : « Dialogue de sourds entre un policier de Wittenheim et un jeune du quartier dit sensible du Markstein. Des jeunes qui, hier soir, sont venus ici pour soutenir trois des leurs, interpellés après avoir agressé un vigile d'un supermarché. Une dizaine d'entre eux sont rentrés dans le commissariat. Ils auraient alors essayé de libérer de force leurs amis. »

Le décalage est patent entre le lancement, qui informe de l'irruption d'une « trentaine de jeunes venue avec l'intention de libérer trois d'entre eux » et le commentaire qui précise dans le sujet que les trente jeunes « sont venus ici pour soutenir trois des leurs », que seule « une dizaine d'entre eux sont rentrés dans le commissariat » et prend la précaution d'avancer au conditionnel l'hypothèse de la tentative de libérer leurs comparses : « Ils auraient alors essayé de libérer de force leurs amis. » Enfin le témoignage de la commissaire Valérie Hatsch corrobore nettement la version de l'auteur du reportage. « Ils sont arrivés tous effectivement d'un coup, donc effectivement il y a eu un effet de surprise qui fait que bon, sur le coup il y a un ordinateur qui tombe, les gens sont bousculés... Mais enfin, très rapidement, ils ont été repoussés. »

On est loin du lancement de Bilalian, qui évoquait « tout simplement » (aucun doute possible) une « attaque en règle » à l'encontre du commissariat, une « expédition punitive en bonne et due forme », autant de faits autrement plus inquiétants qu'une bousculade ou qu'une chute d'ordinateur. Où est la vérité ? Que s'est-il réellement passé dans ce commissariat de la banlieue de Mulhouse ? La commissaire Valérie Hatsch ne tente-t-elle pas d'atténuer l'ampleur et la portée de l'intrusion, pour maintenir de bons rapports avec les « jeunes » du quartier, ou faire bonne figure auprès de ses supérieurs ? Je n'en sais rien. Je n'étais pas présent dans le commissariat de Mulhouse. Je constate simplement que les histoires que raconte Daniel Bilalian ne sont pas toujours les mêmes que celles des reportages qu'il lance.

Papy Voise, ou l'apothéose nécessaire

Trois jours avant le premier tour de la présidentielle, le 18 avril 2002, un septuagénaire est agressé à Orléans. Selon son récit, deux voyous auraient tenté de le rançonner avant de mettre le feu à son pavillon. C'est TF1 qui, le 19 avril dans son journal de 20 heures, diffuse la première les images émouvantes du visage contusionné du vieillard. « Un autre fait divers inquiétant à Orléans, lance Claire Chazal. C'est un septuagénaire qui a été agressé par deux jeunes qui voulaient lui prendre de l'argent. Ayant refusé de se faire racketter, lui-même a été roué de coups, sa maison a été incendiée. »

« Avec ce qu'on voit à la télé... » Ce soir-là, les téléspectateurs sont servis. Car il est irrésistible, Paul Voise, avec sa gouaille sympathique et émouvante de vieux titi, avec sa belle tête décharnée, et ses grands yeux humides de vieillard sans défense. « Ils ont mis le feu à ma maison (pleurs). Ils voulaient des sous. Moi j'en ai pas. » Dans un plan de coupe, « on voit à la télé » la journaliste de TF1, accroupie, prendre la main du vieil homme. Une voisine : « Le monsieur, ça faisait la troisième fois qu'il était agressé. » Une autre voisine : « Ici dans le quartier, c'est de pire en pire. »

Jusqu'à présent, rien d'anormal. Un fait divers sans doute banal hélas, mais émouvant, traité dans le cœur d'un journal télévisé. Néanmoins, Claire Chazal ne s'y est pas trompée, qui a jugé le fait divers « inquiétant ». Entendez : il n'est pas simplement navrant en lui-même, il est inquiétant pour la suite, il témoigne d'une évolution inéluctable. Si Paul Voise a été agressé, plus aucun vieillard nécessiteux n'est à l'abri dans son modeste pavillon.

Première gagnée sans doute par cette « inquiétude », TF1 y revient donc logiquement le lendemain soir, veille du premier tour de l'élection, prenant prétexte du « véritable élan de solidarité » déclenché par « cette terrible histoire ». Il est vrai que, de toutes parts, affluent les propositions d'aide pour participer à la reconstruction du pavillon incendié. Mais ce deuxième reportage est surtout l'occasion de « voir encore à la télé » longuement, en gros plan, pleurer Paul Voise, sorti de l'hôpital le samedi matin, pour remercier ses voisins : « De tout cœur, de tout son amour, M. Voise vous dit merci », soupire-t-il en se prenant la tête entre les mains, tandis que la caméra revient sur le visage compatissant de Claire Chazal.

Avec ce deuxième reportage un deuxième soir de suite, on n'est plus seulement dans l'information. Elle aussi vraisemblablement gagnée par « l'inquiétude », France 2, qui avait raté l'information la veille, se joint à la danse en forçant les commentaires, et en évoquant, dans une surenchère d'adjectifs, « la violence stupide et révoltante à Orléans... ». En vingt-quatre heures, on est donc passé de « l'inquiétude » à « la révolte ». L'agression de Paul Voise n'est plus un simple fait divers, c'est une affaire, un emblème.

Emballement ? De nombreuses incohérences dans les témoignages de Paul Voise (ainsi il ne donne pas la même description de ses agresseurs à la presse et à la police) restent sur le moment ignorées par les journalistes, qui reproduisent sa version sans la moindre distance.

Emballement ? Aussitôt après le 21 avril, la polémique va enfler. L'élection passée, plusieurs contre-enquêtes, constituant finalement un embryon de « contre-emballement », ont tenté de mettre au jour une « manipulation » autour de l'agression de Paul Voise. Adjoint à la sécurité de la municipalité d'Orléans, Florent Montillot, qui appartient à la Droite libérale-chrétienne, mouvement de Charles Millon, ne s'est-il pas rendu coupable d'une exploitation médiatique effrénée, en rameutant la presse, et en favorisant l'accès des équipes de télévision à l'intérieur de l'hôpital ? « M. Montillot n'aurait-il pas activé les médias par des coups de fil ? » demande avec franchise Régis Guyotat, du *Monde*[1]. Réponse de l'intéressé : « J'avais autre chose à faire. J'ai passé une grande partie de ma journée à recevoir des appels et à accompagner des journalistes sur les lieux[2]. » Ce qui est, il est vrai, une manière de demi-aveu, même si les journalistes n'avaient nul besoin d'un accompagnateur pour leurs reportages. On n'ira pas plus loin.

Il ne reste plus alors qu'à décrire minutieusement la précipitation médiatique. La contre-enquête du *Monde* multiplie les exemples. Alors que la dépêche AFP relatant l'agression, datée de 12 h 47, est classée non urgente, dès 14 heures une équipe de TF1 est au chevet de Paul Voise, à l'hôpital. Dès 20 h 10,

1. Régis Guyotat, « Saint Paul Voise martyr des médias », *Le Monde*, 23 avril 2003.
2. *Id.*

le commissaire Van Agt, patron des services de police du Loiret, est appelé par le cabinet du directeur général de la Police nationale à Paris. La rédaction nationale de France 3 rabroue la rédaction régionale d'Orléans, plus réservée. Il est vrai que le premier jour, sans pénétrer à l'hôpital, l'équipe locale de France 3 s'est contentée de tourner quelques images du pavillon calciné et d'interroger quelques voisins.

Faute de découvrir une conspiration crédible, un deuxième soupçon du « contre-emballement » se porte alors sur Paul Voise lui-même. L'agression s'est-elle bien déroulée comme l'a raconté le gentil vieillard ? Sur un trottoir d'Orléans, un reporter du « Vrai Journal » de Canal+ extorque à Paul Voise l'aveu haché qu'il a été condamné, voici quelques années, pour « un problème sexuel. Mais c'était pas méchant (...). Parce que des fois je parlais un peu trop ouvertement avec les gosses [1] ». Mais ni les médias ni évidemment la justice ne vont véritablement creuser cette piste-là.

Ainsi l'emballement Voise garde-t-il son mystère. Mais quel mystère, au fond ? A-t-il vraiment besoin d'explications ? Ne peut-on imaginer que l'emballement ait trop bien « fonctionné » sans chef d'orchestre clandestin ?

L'emballement sur l'insécurité est le crime parfait : il n'a pas d'auteur. Il n'a pas de coupable. Il

1. « Le Vrai Journal », Canal+, 2 mars 2003.

n'a que des acteurs. Et tous ont parfaitement bonne conscience. Depuis le coup d'envoi du 14 juillet, chaque emballé à sa place a d'excellentes raisons. Jacques Chirac, le 14 juillet 2001, a d'excellentes raisons : il répond aux attentes des électeurs. Les « maires de France » qui, en novembre, consacrent leur congrès à la sécurité ont d'excellentes raisons : leurs électeurs, qui regardent PPDA (ou Chirac), ne leur parlent que de cela. Et puis, les statistiques confirment la hausse de la délinquance. Les journalistes qui citent ces statistiques sans rappeler la part imputable à l'augmentation du parc de téléphones portables ont d'excellentes raisons : même si les statistiques sont en elles-mêmes opaques, elles traduisent un phénomène réel. Les experts ont d'excellentes raisons : les statistiques leur donnent raison. Lionel Jospin a d'excellentes raisons : il regardait à la télé les manifestations policières. Il lisait les chiffres. Ses électeurs, qui regardaient la télé, ne lui parlaient que de l'insécurité.

Et sur l'affaire Voise, donc, les journalistes de TF1 ont d'excellentes raisons : l'insécurité a été longtemps niée, donc longtemps négligée, dans les années précédentes. Leurs patrons ont de tout aussi bonnes raisons : l'insécurité fait vendre. Les journalistes de France 2 qui galopent derrière TF1 sur le chemin d'Orléans ont d'excellentes raisons : ils ne veulent pas se laisser distancer par TF1.

Le visage tuméfié du gentil vieillard tombait à pic. Comme si la fresque apocalyptique brossée, toute l'année précédente, sur les écrans de télévision, avait besoin de l'image de la victime absolue, faible d'entre les faibles, un vieillard sans ressources, et naturellement dépourvu de toute méfiance, triplement faible, triplement victime, victime idéale. Des ruines du World Trade Center aux ruines du pavillon du quartier de l'Argonne, à Orléans, tout se passe comme si l'emballement des ruines avait galopé en ligne droite, et trouvé son apothéose.

L'après-emballement

À propos de la mort de Guy-Patrice Bègue, le père de famille d'Évreux, on a appris après l'élection présidentielle que le meurtre s'était déroulé de manière moins simple que les médias ne l'avaient relaté. Guy-Patrice Bègue, en effet, était arrivé en compagnie de plusieurs hommes de sa famille, le petit clan familial étant en possession d'un cutter (et peut-être deux). Mais surtout, se rendant enquêter à Évreux pour « Arrêt sur images », Michaël Richard a découvert que plusieurs journalistes connaissaient ces éléments et les avaient, à l'époque, passés sous silence [1].

Papi Baki, un jeune de l'Association des jeunes du quartier de la Madeleine, nous disait par exemple : « De France 3, j'ai eu en ligne directe — j'ai même

1. *La France a-t-elle encore peur ?*, « Arrêt sur images », France 5, 17 mai 2002.

mis le haut-parleur à côté pour que les jeunes puissent entendre — [un journaliste] qui me disait : “Oui, Papi, je sais bien ce que tu me racontes, c’est sûrement vrai, mais en tout cas mon rédacteur en chef, ça l’intéresse pas, ton histoire. Lui, ce qui l’intéresse, c’est d’aller dans le même sens que tout le monde. Et puis avec la campagne électorale, actuellement, on peut pas revenir en arrière, la machine est lancée, laissons-la continuer comme ça et peut-être qu’après les élections on pourra revoir cette affaire.” » Quant à Gilles Dauxerre, rédacteur en chef de *Paris-Normandie*, quotidien régional qui n’a fait état de la présence d’un cutter dans la main de Guy-Patrice Bègue qu’un mois après les faits : « C’est vrai aussi que dans le contexte, on a vu que la famille Bègue a été reçue par M. Chirac, bon... on touche pas à une icône, d’une certaine manière. Donc on a quand même senti un peu ça. C’était pas le moment d’aller fouiller. »

À propos de Paul Voise, l’enquête n’a jamais débouché. Un suspect a été mis en examen le 28 février 2003, mais laissé en liberté, « comme si on avait des doutes sur sa culpabilité », estime Régis Guyotat dans *Le Monde*[1].

Quant à la fresque des écroulements, brossée soir après soir par le journal télévisé, elle a commencé à s’estomper dès le 22 avril 2002. Comme par magie, les images d’apocalypse disparaissent des écrans. Terminons donc par une statistique, nous aussi.

1. Régis Guyotat, *cit.*

Pour « Arrêt sur images », en mai 2002, nous avons procédé à un comptage. Du 1er au 21 avril 2002, nous avons dénombré sur TF1 cinquante-quatre sujets sur l'insécurité, dont 5 % de sujets « positifs » (par exemple, mettant en valeur des dispositifs de prévention). Après le 21 avril 2002 et sur une période équivalente de trois semaines, nous avons compté seulement dix sujets sur l'insécurité en général, dont 40 % de sujets « positifs ».

2

Les réseaux pédophiles, ou l'insubmersible cauchemar

Si l'affaire Dutroux foudroya d'abord la Belgique, ses effets, atténués mais puissants, se firent aussi sentir en France. La monstruosité du ferrailleur arrêté en 1996, les fouilles cauchemardesques, de jour comme de nuit, dans les jardins où l'on cherchait les corps des fillettes, la révélation de l'incompétence des gendarmes, passés sans les voir à quelques mètres des malheureuses emmurées alors qu'il était encore temps de les sauver, les petits cadavres découverts à Jumet quelques semaines après l'arrestation de Dutroux, l'émotion d'un peuple entier, et puis la recherche interminable d'éventuelles complicités « haut placées » puisqu'il n'était certainement « pas possible que Dutroux ait agi seul », les rumeurs persistantes que le ferrailleur n'était qu'un rouage d'un réseau impliquant des policiers, des juges, des élus politiques : de tout cela, les Français ont vécu l'onde de choc. Puisque l'inimaginable était advenu en Belgique, alors cet inimaginable était possible dans le pays voisin, en France, il fallait s'y préparer.

De fait, depuis l'affaire Dutroux, des faits divers se rapportant à la pédophilie apparaissent presque quotidiennement dans les médias. Découvertes des agissements suspects, récents ou anciens, d'un instituteur ou d'un prêtre, campagnes contre le tourisme sexuel, procès de « réseaux » d'échange d'images sur Internet, etc. Si la vérité des faits, le plus souvent, est difficile à découvrir ou à démontrer, ainsi l'inquiétude est-elle entretenue. Et la difficulté pour la police et la justice d'établir des certitudes et des conclusions définitives, loin d'éteindre les soupçons, semble au contraire les aiguiser.

Dans un domaine comme celui des sévices à enfants, la soif d'inimaginable semble inextinguible. Et le culte du complot dans lequel tremperaient « les institutions », l'interminable recherche des complicités forcément « haut placées », semblent y trouver un terreau fertile, et jamais épuisé.

« On ne saura jamais la vérité ». Complot et mensonge généralisés

Friande de complots en tous genres, inlassable traqueuse de « complicités haut placées », l'émission de Canal+, « 90 minutes », intitulée « Les zones d'ombre de l'affaire Dutroux », s'ouvre le 11 avril 2000 sur le constat suivant : « Sur l'affaire Dutroux, quatre ans après les faits, le mystère n'est pas élucidé. »

Est-ce « imaginable, se demande le rédacteur en chef de l'émission Paul Moreira, qu'un homme seul ait pu monter tout ça, ou existe-t-il des réseaux pédophiles qu'on veut dissimuler à la population » ? Et dès le début de l'enquête, le commentaire précise : « D'un fait divers sordide, l'affaire Dutroux prend [en 1996] la tournure d'un scandale pouvant avoir des ramifications au plus haut niveau. » Car c'est bien autour de cela que vont tourner les questions : l'implication des responsables politiques dans le scandale pédophile, et l'imbrication des réseaux et d'éminentes personnalités belges.

Le documentaire de Canal+ retrace d'abord les grandes étapes de l'affaire : le dessaisissement du juge Connerotte, qui était en passe de prouver que « l'affaire pouvait impliquer des personnalités » (et à qui il fut surtout reproché une trop grande proximité avec les familles des victimes, allant jusqu'à partager un repas au restaurant avec certaines d'entre elles), ou encore la Marche blanche rassemblant dans les rues de Bruxelles quelque trois cent mille personnes qui, nous dit la voix off, « exigent la vérité ».

Les enquêteurs de Canal+ rencontrent deux policiers chargés de l'audition des témoins qui ont, au lendemain de la révélation du drame, contacté la police, se présentant comme des « victimes de réseaux pédophiles impliquant même des personnalités ».

L'un des deux policiers semble d'abord minimiser : « C'est toujours la même chose, en Belgique. Dès qu'il y a quelque chose, on lance : oui mais le Palais royal est impliqué, untel est impliqué, et c'est ce qu'on fait croire. Mais c'est faux, tout ça. »

Le journaliste : « Alors c'est quoi, la vérité ? »

Le policier : « Il faut raisonner en termes de personnalités, mais pas aller chercher le roi, ni les ministres. » Son collègue ajoute : « Oui, mais des personnalités économiquement bien placées, c'est aussi des personnalités... »

Le journaliste : « Et ça, ça fait peur ? »

Le policier : « Ben faut croire... »

Si ces deux policiers (écartés de l'enquête au moment où ils témoignent devant la caméra de Canal+) semblent d'abord minimiser, c'est en fait pour mieux déplorer les lacunes de l'enquête : « C'est un peu trop facile, quand il y a certaines choses qui correspondent pas ou qu'on ne peut pas vérifier, de dire "elle a menti". Moi, je suis d'avis qu'il faut toujours enquêter, aller au fond de ces affaires. Même si c'est négatif par la suite. Au moins, la justice et la police ont fait leur travail à ce moment-là. Mais là, on a fermé la porte, et on a dit "y a rien". Mais y avait... »

Les autorités (hiérarchie policière, dirigeants politiques...) ont donc « fermé la porte » au lieu de l'ouvrir toute grande pour faire la lumière sur l'affaire. Vérité scellée, obscurité entretenue.

Car, nous dit la voix off, « une chose est sûre, ces témoignages semblaient déranger en haut lieu ».

Des témoignages qui « semblent déranger », dont « il faut croire » qu'ils « font peur » parce qu'ils impliquent « des personnalités économiquement bien placées » : en quelques phrases, toute la vulgate habituelle du complot est en place, suggérant sans rien affirmer, évoquant de manière vague d'hypothétiques puissants (qu'est-ce qu'une « personnalité économiquement bien placée » ?), procédant à coups de « questions » puisqu'on ne peut rien affirmer.

S'ensuit un entretien avec Marc Toussaint, le gendarme ayant remplacé les deux policiers écartés pour mener une enquête parallèle (avant d'être à son tour dessaisi). Il confie : « Les milieux des décideurs, ici, en Belgique, côtoient probablement les milieux criminels. Certaines personnes dans les milieux criminels ont compris ça et ont décidé de faire chanter les gens. Tout simplement pour les tenir. Et le meilleur moyen de tenir quelqu'un, c'est de le tenir par le sexe. Donc on organise des soirées, des repas arrosés, on balance de la cocaïne, on fait tourner les soirées en partouzes. Ce sont donc des criminels qui organisent ces soirées. Ils injectent par moments des mineurs, prennent des photos, font des films. Et ils ont fait chanter tout le monde. Il suffit que des décideurs soient pris au piège pour que tout bloque. »

Soirées qui « tournent en partouzes », « décideurs », « photos », et « films » : mot pour mot, on croirait entendre avec plusieurs années d'avance les légendes noires des « soirées sado-maso » de

Toulouse qui enfiévreront la France en 2003, à propos de l'affaire Alègre. Témoins psychologiquement fragiles vers qui se tendent des micros et des caméras : bien des éléments de l'emballement semblent communs.

En Belgique, en tout cas, la cause semble entendue. Sans que le moindre nom, le moindre élément précis ait été avancé dans l'enquête de Canal+, tout est fait pour suggérer que nous sommes bien au cœur d'un complot crapuleux, d'un honteux mensonge d'État.

Le feuilleton du cédérom pédophile

Les mystères de l'affaire Dutroux semblent donner vigueur à des feuilletons périphériques, mettant en scène les mêmes personnages : enfants victimes innocentes, pédophiles monstrueux et institutions laxistes, complices ou parfois même gangrenées. En témoigne par exemple le long feuilleton du cédérom pédophile, ce document découvert aux Pays-Bas, au domicile d'un pédophile néerlandais, et contenant les photos de centaines d'enfants, victimes (ou présentés comme tels) d'abus sexuels. Des mères françaises auraient découvert dans cet épouvantable fichier la photo de leurs propres enfants. Et d'en tirer la conclusion que ces enfants auraient été introduits par leur père dans des réseaux pédophiles.

Plusieurs médias français, pendant des années, ont « enquêté » sans relâche sur les photos contenues dans ce cédérom. En France, trois se sont notamment distingués. Outre la chaîne de télévision France 3, sur laquelle nous reviendrons, on note l'alliance étrange, mais d'une efficace polyphonie, du *Figaro* et de *L'Humanité* (un journaliste de *L'Humanité*, Serge Garde, et une collaboratrice du *Figaro*, Laurence Beneux, ont cosigné en 2001 un ouvrage, *Le Livre de la honte, les réseaux pédophiles* [1], auquel sont empruntés la plupart des éléments du présent récit à propos du cédérom).

L'affaire commence en juillet 1998 par la découverte, aux Pays-Bas, « d'un important réseau de pédophilie sur Internet, qui diffusait des clichés particulièrement choquants de viols d'enfants parfois âgés de moins de deux ans », explique l'AFP, découverte que selon l'agence « les Pays-Bas ont appris avec stupéfaction ».

Cette découverte est révélée par une chaîne de télévision néerlandaise, Vara, qui raconte, selon le résumé de l'AFP, que « des enquêteurs privés d'une association belge de lutte contre la pédophilie, Morkhoven, ont découvert au domicile de l'un des membres néerlandais du réseau, G. Ulrich, tué en juin à Rome, des milliers de photographies stockées sur disquettes et montrant des viols d'enfants ».

Dès la première dépêche de l'AFP, intégralement

1. Serge Garde, Laurence Beneux, *Le Livre de la honte, les réseaux pédophiles*, Le Cherche-Midi, 2001.

publiée par plusieurs journaux français dont *Le Figaro*, plusieurs signes avant-coureurs de l'emballement sont perceptibles. Ainsi dès ce stade on trouve un personnage habituel de la polyphonie : l'expert aux éloquentes suppositions. « Des sédatifs ont dû être administrés aux enfants, certains d'entre eux ne réagissant visiblement pas aux sévices qu'on leur fait subir. Jamais au cours de ma vie je n'ai vu des photos aussi effroyables. C'est abominable », affirme à la radio publique NOS un psychiatre pour enfants, confronté à plusieurs de ces clichés.

Mais une autre information, citée par un troisième média, va être à l'origine de l'emballement français sur l'affaire. Selon une « source proche de l'enquête » citée par *De Telegraaf*, le caractère international du réseau paraît indéniable. « La disquette est montée de manière si professionnelle et son orientation est si internationale que nous n'avons pas à enquêter qu'aux Pays-Bas », indique cette source.

Une télévision, une radio, un journal, un policier, un expert : aux Pays-Bas, la polyphonie s'organise.

L'Ogre et ses complices

Déjà se dessine, en sus de l'évidente figure de l'Ogre (le pédophile), la silhouette d'un méchant secondaire : les institutions établies. À commencer par la justice. « C'est peu dire », écrit par exemple *L'Humanité* en février 2000, « que les Morkhoven dérangent les institutions belges bousculées par les contrecoups de l'affaire Dutroux [1] ».

Dans une interview à *L'Humanité*, le président belge de l'association, Marcel Vervloesem, introduit le thème des institutions complices.

« Comment expliquez-vous le laxisme des enquêtes ? » lui demande *L'Humanité*. Réponse : « Pas seulement par la naïveté, l'incompétence ou la bêtise. Cette inertie peut aussi traduire une volonté délibérée d'effacer des affaires dans lesquelles sont impliqués des gens haut placés [2]. »

Et dès cette interview, le thème des institutions complices se déplace inévitablement vers la France. Question de *L'Humanité* : « Quelles sont vos relations avec les autorités françaises ? » Réponse : « Nous n'en avons pas. Pourtant, la situation en France ne me paraît pas moins grave que celle que nous connaissons en Belgique. Votre pays sous-estime le problème, comme d'ailleurs la plupart des nations de l'Union européenne. Soit elles ne sont pas capables de voir, soit elles ne le veulent pas. À l'époque d'Internet, elles continuent de nier l'existence de réseaux internationaux. » Et encore : « En traquant la pédophilie, nous mettons en cause des personnalités au-dessus de tout soupçon. La loi du silence qui prévaut actuellement vise d'abord à les protéger. Il faut la briser. »

1. Serge Garde, « L'association Morkhoven parle d'"inertie criminelle" », *L'Humanité*, 24 février 2000.
2. France Berlioz, Laurence Beneux, Serge Garole, *cit.*

Des réseaux ? Oui, et dans tous les pays. « Sur le carnet d'adresses de Gerrit Ulrich, écrit *L'Humanité*, nous avons relevé des contacts aux Pays-Bas bien sûr. Mais aussi en France, en Grande-Bretagne, en Espagne, en Suède, aux USA, en Bulgarie, en Ukraine, en Pologne, et en Lettonie [1]. » Comme la peur de la Vache folle, ou l'effroi à propos de « Loft Story » que nous croiserons plus tard, la peur des réseaux pédophiles trouve un de ses accélérateurs dans le spectre de la mondialisation. Évocation de terres lointaines et pauvres où les touristes fortunés vont acheter de la chair fraîche, valse des noms de pays : la France n'est qu'un petit élément dans la mondialisation de la pédophilie vénale. Le seul fait que *L'Humanité* se soit emparée du thème donne d'ailleurs à la croisade contre les réseaux pédophiles un « parfum » d'antimondialisation, d'anticapitalisme, qui ne va pas rester sans effet sur la suite de l'emballement.

En deux ans, l'affaire devient donc française. Une mère au moins est certaine de reconnaître son fils parmi les enfants photographiés du fichier. *L'Humanité* nous fait vivre le moment foudroyant de l'identification : « Une première fois, Chantal feuillette l'album photos, à toute vitesse, comme pour ne pas voir. Elle murmure : il y a un enfant qui lui ressemble, mais ce n'est pas lui. Puis elle prend le

1. Serge Garde, « Histoire secrète. Un répertoire photographique et un cédérom restent inexploités dans la lutte contre les réseaux transnationaux », *L'Humanité*, 24 février 2000.

temps de regarder, l'un après l'autre, les 470 portraits d'enfants. Elle pointe l'index sur les clichés 79 et 80, puis sur les deux photos numérotées 301 : c'est lui ! Moment terrible. Elle sort de son sac des photos de son fils, appelons-le Olivier, pour que nous puissions comparer. Même frimousse. Une ressemblance parfaite. À moins que ce ne soit son sosie, Olivier figure bien dans le fichier photographique, établi par la police néerlandaise, des petites victimes des trafics pédophiles transnationaux [1]. » Et *L'Humanité* de faire la synthèse : « En deux semaines, trois enfants ont été formellement identifiés. »

Aux yeux du journaliste de *L'Humanité*, l'affaire ainsi dévoilée met en cause la responsabilité de l'administration. « L'identification des trois garçonnets, écrit-il, n'est ni le travail de policiers, ni de magistrats émus par nos révélations. C'est l'initiative de journalistes qui ont créé les conditions pour permettre à des parents de consulter le terrible album photos [2]. »

Cette indifférence policière et judiciaire est-elle seulement le fruit de l'incurie ? Hélas non. Dans le même article, s'insinue le soupçon que les causes pourraient être bien plus « terribles ». Qui est en effet le père d'Olivier, séparé de la mère avant la naissance ? « Un haut fonctionnaire de l'administra-

1. France Berlioz, Laurence Beneux, Serge Garde, « Trois enfants identifiés parmi les petites victimes d'un réseau international de trafic pédophile », *L'Humanité*, 13 mars 2000.
2. France Berlioz, Laurence Beneux, Serge Garde, *cit.*

tion pénitentiaire », révèle *L'Humanité*. Entendez bien : « haut fonctionnaire », comme les complices « haut placés ». Quel poste occupe exactement ce « haut fonctionnaire » ? Son appartenance à l'administration du ministère de la Justice (dont dépend la pénitentiaire) a-t-elle joué un rôle dans l'impunité dont il semble avoir bénéficié ? Rien de tout cela n'est précisé, tout est suggéré.

L'affaire du cédérom affine donc le personnage du « méchant » dans la fantasmagorie pédophile. Ce monstre, hélas, peut aussi parfois être le père. Ce père monstrueux, qui amène son enfant dans des partouzes pédophiles, nous allons le retrouver dans l'affaire de « Pierre et Marie », sur France 3. Il ne surgit pas dans le vide. Comme tous les personnages des légendes noires, on y reconnaît un produit dérivé de l'une des hantises majeures de l'époque : l'effondrement de la paternité. Non seulement l'enfant d'aujourd'hui grandit de plus en plus sans père, non seulement le nombre de familles monoparentales se multiplie, mais son père le vend, et le livre à la cruauté perverse des adultes. Ou comment l'évolution démographique vient revivifier le mythe du petit Poucet.

Ce père vénal et pervers n'est d'ailleurs pas le seul méchant secondaire intéressant dans la légende noire de la pédophilie. On y trouve aussi l'intellectuel qui, dans les années 70, a fait preuve de complaisance. « Les pires soupçons commencent à courir en France sur les protections dont bénéficieraient des pédophiles. Il est vrai qu'ils ne seraient pour certains que des esthètes de la libération sexuelle [1]. » Et les noms qui circulent en boucle sont ceux de l'écrivain Gabriel Matzneff, ou de l'ancien leader de Mai-68 Daniel Cohn-Bendit, dont on exhumera d'ailleurs l'année suivante des écrits (un court extrait d'un livre, *Le Grand Bazar*, édité en 1975) pouvant passer pour complaisants à l'égard de la pédophilie. On retrouve ici, dans le même rôle de l'intellectuel « aveugle à la réalité », l'équivalent des « belles âmes » qui ont si longtemps minoré le phénomène de l'insécurité, si souvent croisées dans les argumentaires des théoriciens de la « fenêtre cassée », comme Alain Bauer. Même reproche de complaisance à l'égard du crime (les « petits caïds des cités » dans un cas, les pédophiles dans l'autre) pour des raisons idéologiques fumeuses et blâmables (dans un cas, la croyance dans « les causes sociologiques de la délinquance », et dans l'autre cas de coupables théories sur la reconnaissance de la sexualité enfantine).

La justice cette fois semble se réveiller, puisque le parquet de Paris annonce l'ouverture de deux informations, concernant le cas de Chantal et celui d'une autre mère ayant reconnu son fils sur le fameux fichier.

Ainsi, dans le contexte de l'affaire Dutroux et de ses mystères, des journalistes, des rédacteurs en

1. Ivan Rioufol, « Pédophilie : le cauchemar français », *Le Figaro*, 6 avril 2000.

chef, des lecteurs, des magistrats acceptent de considérer comme plausible l'idée qu'en France, aujourd'hui, des pères, socialement intégrés, voire « haut placés », aient impunément introduit leurs enfants dans des fichiers pédophiles internationaux. Ce terrain favorable explique le brutal emballement que va connaître le soupçon pédophile avec une émission spéciale de France 3, « Viols d'enfants : la fin du silence ».

Car d'autres médias prennent le relais des « pionniers » de *L'Humanité* et du *Figaro*. Et *L'Humanité* y trouve évidemment la légitimation de sa campagne. « Le 27 mars, en seconde partie de soirée et sans publicité excessive, France 3 a diffusé une enquête de Pascale Justice à partir d'affaires pédophiles hexagonales. Ce document terrifiant démontrait les activités de véritables organisations. Deux enfants témoignaient de l'existence de rituels et parlaient de mises à mort de petites victimes. Après ce film-choc, un débat animé par Élise Lucet s'est prolongé jusqu'à 1 h 30 du matin. Deux invités, le président du Cide (Comité international pour la dignité de l'enfant) et une magistrate de Seine-Saint-Denis confirmaient ce que le représentant de la police judiciaire refusait d'admettre : des réseaux pédophiles criminels sévissaient bien sur notre territoire sans être inquiétés. Le standard de France 3 a explosé : neuf mille six cents appels jusqu'à l'aube ! Et, parmi eux, plus de quatre cents témoignages ou signalements. Sans parler de l'avalanche de courrier qui a suivi. Au point que se trouve posée, pour la chaîne nationale, la question d'une rediffusion de cette remarquable enquête. (...) Le mur du silence, le tabou était enfin brisé [1]. »

France 3, les décapitations et les charniers d'enfants

C'est donc dans ce contexte d'emballement sourd, sur fond de charniers belges, de réseaux de « gens haut placés », et de recherches inlassables sur le fichier pédophile, qu'Élise Lucet, le 27 mars 2000, proclame sur France 3 la fin d'une époque maléfique. « Pédophilie : la fin de la loi du silence » : désormais le silence est brisé. Cette « loi du silence », imposée notamment par les institutions, a conduit à refuser de croire l'incroyable, et donc à nier « la parole de l'enfant », comme le rappelle la présentatrice dès l'entrée en matière : « Que vaut la parole d'un enfant face au système judiciaire français ? Quelle est sa chance d'être entendu quand il est confronté à des actes de violence sexuelle ? »

Sur le plateau, se trouvent « quelques-uns des acteurs qui sont confrontés chacun dans leur rôle au drame de la pédophilie » (Élise Lucet). Sont présents Frédérique Bredin, alors députée PS de Seine-Maritime et rapporteur de la loi Guigou sur la

1. Serge Garde, « Du nouveau après les révélations de *L'Humanité*. Le tabou brisé », *L'Humanité*, 10 avril 2000.

répression des infractions sexuelles ; Martine Bouillon, substitut du procureur au tribunal de Bobigny ; Martine Nisse, thérapeute familiale ; Georges Glatz, président du Comité international pour la dignité de l'enfant et député de Lausanne ; enfin Jean-Yves Le Guennec, commissaire principal, chef de la sûreté départementale des Hauts-de-Seine, qui dirige une brigade des mineurs.

Dès l'introduction, l'animatrice souligne la disproportion entre le « système », monstre titanesque, et la « parole de l'enfant », fluette et fragile. L'enfant est face au mammouth, confronté au titan. Dans ce face-à-face, c'est bien le système qui apparaît le danger principal, l'Ogre monumental qui couvre de ses mugissements la petite voix inaudible de l'enfant.

Un tableau de cauchemar : les témoignages de Pierre et Marie

L'émission commence par une longue enquête filmée sur les sévices dont auraient été victimes deux enfants, renommés Pierre et Marie par le commentaire, assurant avoir été emmenés par leur père (divorcé de leur mère) dans une sorte de partouze pédophile meurtrière, organisée par des adultes en longue robe blanche. « Marie et son frère, que nous appellerons Pierre, affirment que leur père et d'autres adultes les auraient violés et terrorisés au cours de cérémonies étranges. Leur histoire, Pierre et Marie l'ont déjà racontée une vingtaine de fois aux policiers et aux juges. C'est donc un récit maintes fois répété, construit et riche en détails que les enfants nous ont livré », explique d'emblée la journaliste Pascale Justice. Pierre et Marie ont respectivement cinq et huit ans au moment où « tout commence », en 1994.

Quand prend fin le reportage, Marie a treize ans, et Pierre dix.

« Marie », devant un grand tableau blanc, dessine et raconte ses souvenirs en commentant ses dessins. C'est ainsi qu'elle témoignera tout au long du document, toujours de dos, ses cheveux dissimulés sous des chapeaux, des bonnets ou des foulards.

Elle raconte donc que leur père les amenait dans « un endroit à Paris » où il était le chef, « un grand mage ». Les gens y étaient vêtus de longues robes blanches aux bords dorés.

La caméra filme longuement les dessins.

« Et puis ils faisaient des prières, ils violaient les enfants et ils leur faisaient peur. »

« Marie » raconte aussi qu'on les endormait, son frère et elle, avec des « espèces de bouillies ». Leurs agresseurs les attachaient, et approchaient des aiguilles de leurs yeux afin de leur faire croire qu'ils allaient devenir aveugles. À plusieurs reprises, « Marie » raconte que son père les terrorisait en se livrant à ce type de mises en scène macabres.

La journaliste : « Et est-ce qu'ils vous faisaient

vraiment du mal, est-ce qu'ils vous frappaient ? » « Marie » : « Ben oui, ils nous frappaient ! », avant de fondre en larmes. Elle se tourne vers la caméra située derrière elle et son visage est aussitôt flouté. Les sanglots de « Marie » sont violents, insoutenables. Mais l'entretien continue.

La journaliste, qui n'apparaît pas encore à l'image, lui demande pourquoi ils ont décidé de parler. « Marie », suffoquant : « C'était des monstres, c'était horrible. Ils m'ont violée. »

Dessins à l'appui, « Marie » raconte ensuite à la journaliste avoir assisté à des décapitations d'autres enfants.

La voix off : « La peur s'est estompée, mais pas la douleur, surtout quand ils évoquent les faits les plus graves dont ils auraient été témoins. »

La caméra montre un dessin de « Marie ». Sur une table, un enfant se fait égorger. Partout, du rouge, pour représenter le sang. Et à nouveau, ses larmes et ses gémissements quand elle raconte qu'« ils leur coupaient la tête », évoquant les cris de terreur et de douleur des victimes. Puis, ajoute-t-elle, ils assuraient à « Pierre et Marie » qu'ils allaient leur couper la tête à leur tour. « On croyait qu'on était morts... »

L'histoire de « Marie » présente une force de suggestion remarquable. Qui n'a pas rêvé qu'il était menacé, qu'il allait mourir enlisé sans parvenir à s'enfuir ? Et, au réveil, l'hésitation : suis-je bien vivant, n'était-ce qu'un rêve ? Le récit de « Marie » est donc exactement un récit de cauchemar. Mais rien, dans le commentaire de la journaliste, n'introduit la moindre distance. Au contraire, tout suggère en creux que la journaliste elle-même considère comme plausible ce récit. Ainsi les téléspectateurs se retrouvent-ils en première ligne avec ce récit ratifié par la neutralité du commentaire, livrés à eux-mêmes pour savoir s'ils doivent y croire ou non.

Les adultes qui entrent en scène dans le reportage ne vont pas aider les téléspectateurs à se distancier du récit des enfants. Au contraire. L'écriture journalistique de Pascale Justice semble les partager en deux camps irréductibles : les bons (ceux qui croient les enfants) et les méchants (ceux qui mettent leur parole en doute).

Les « bons » sont psychiatres, sociologues, responsables associatifs. Ils ont en commun une longue pratique au contact des enfants, parfois « Pierre et Marie » eux-mêmes, parfois des enfants en général. Tous vont corroborer, avec force arguments, la parole des enfants. Parmi eux Paul Ariès, « sociologue, spécialiste des sectes et de la maltraitance des enfants, qui a mené des études pour le ministère de la Santé ».

La journaliste, réaffirmant sa neutralité : « Le récit des enfants est-il crédible ou “inimaginable”, comme l'écrit la juge d'instruction ? »

À l'écran, l'expert analyse des extraits filmés du témoignage de « Marie », et la voix off précise qu'une grande partie des interventions de la fillette lui a été remise. S'ensuivent de longs plans sur son expression concentrée alors qu'il prend des notes à propos des images qui lui sont soumises. Il s'en dégage une impression de sérieux et de fiabilité.

Vient enfin le moment du verdict. « J'aurais tendance à dire que ce qui nous est raconté ici est "inimaginable", c'est-à-dire qu'une enfant ne peut pas l'imaginer, ne peut pas l'inventer », explique-t-il, retournant ainsi le sens du mot « inimaginable » pour en tirer la conclusion inverse de celle, on le verra, de la juge d'instruction.

Et le sociologue d'analyser le récit de « Marie » : « Il me semble qu'on se trouve ici entre deux types de réseaux : d'un côté les réseaux soucoupistes ("qui croient en l'existence des soucoupes volantes", explique une inscription sur l'écran), et puis d'un autre côté des réseaux de magie sexuelle. On sait que ces connexions s'établissent de plus en plus. »

Les violences sexuelles dans un cadre sectaire à tendance soucoupiste étant, comme « on sait », en pleine expansion, le récit de « Marie » n'étonne manifestement pas le sociologue. Les membres coupés et conservés dans des bocaux décrits par la fillette ? Il les rapproche de pratiques cannibales destinées à s'approprier la force de l'adversaire. Les tortures, aussi cruelles soient-elles, se justifient par la nécessité d'apprendre à endurer la souffrance, qui passe selon l'expert par celle d'apprendre à faire souffrir. Ainsi, grâce à notre spécialiste, « l'inimaginable » est-il doté d'une explication rationnelle.

Après le non-étonnement de la journaliste, l'impavidité de l'expert devant les récits des enfants vient donc encore renforcer leur crédibilité.

Comme dans le mystère du cédérom, policiers ou magistrats vont osciller entre incrédulité, incurie et complicité. Deux ans après le divorce des parents, en octobre 1996, l'affaire est prise en main par la Brigade de protection des mineurs de Paris, la mère ayant porté plainte. L'enquête s'annonce prometteuse, car les policiers « entendent le témoignage des enfants, qui évolue d'audition en audition », explique le commentaire. Cette « évolution » ne doit pas passer pour suspecte, car elle est à mettre au compte « de l'émotion et de la tension intérieure », « de la crainte, aussi, car ce sont des enfants qui sont sous terreur », explique le pédopsychiatre Pierre Sabourin, autre spécialiste cité par l'enquête de France 3. « Les souvenirs de traumatismes précoces sont en mille morceaux, affirme-t-il, et c'est avec beaucoup de difficulté qu'ils arrivent à livrer un petit passage, un petit morceau de souvenir qui laisse tout le monde sidéré. »

Peut-être est-ce là le motif de l'incompréhension de la police et de la justice qui, elles, « cherchent la vérité, mais la vérité judiciaire [qui doit] pouvoir s'écrire comme ça : à telle heure ça s'est passé comme ci, comme ça. Mais ça ne marche pas avec des enfants ».

De ce constat lucide des fragilités du témoignage enfantin, dressé par Sabourin, l'enquête journalistique pourrait conclure à la nécessité de rester prudent. Tout au contraire, pour Pascale Justice, le témoignage des enfants est présumé fiable, dans tous ses détails. Il est donc logique que toute prise de distance par rapport à ces témoignages, notamment celle des policiers, soit interprétée comme de la pusillanimité.

Cette fois, c'est « Marie » qui ratifie la méfiance de la journaliste, affirmant « ne pas avoir ressenti la confiance de la juge d'instruction » au cours de la seconde confrontation, en avril 1998.

La journaliste : « Mais tu avais une avocate avec toi ? »

Marie : « Ben oui, mais elle faisait rien, elle était assise à côté de moi et puis elle m'écoutait, elle me regardait... Tandis que lui, il avait deux avocates qui le défendaient, et moi j'en avais une et elle faisait rien du tout. »

Le commentaire précise alors qu'« il s'agit d'une avocate choisie et nommée par la justice ».

Cette avocate attribuée par la justice ne défend pas « Marie », et se distingue par sa passivité et son incompétence. La justice réaffirme ainsi sa préférence pour le coupable, qui dispose de deux avocates qualifiées.

À l'écran apparaît un dessin de « Marie » représentant cette juge d'instruction sévère et sceptique. Une bulle rapporte ses propos : « Ah oui ? bla-bla-bla... »

La voix de la justice se résume à un borborygme

absurde. Son indifférence à l'égard des victimes, son incrédulité, relèvent du « déni » et se traduiront par un verdict aberrant : le « coupable » innocenté et les victimes obligées de s'enfuir pour ne pas être livrées par la justice aux mains de l'Ogre. Les représentants de la police et de la justice sont complices de la « loi du silence ».

Mais l'auteur de l'enquête de France 3 va tenter de forcer cette muraille du silence. La voici face au commissaire Nicole Tricart, de la Brigade de protection des mineurs. Alors qu'elle apparaît à l'écran, le commentaire prévient : « La commissaire divisionnaire ne souhaite pas s'exprimer sur l'affaire de Pierre et Marie. »

L'équipe sollicite donc une visite des salles d'audition. La plus récente, tout d'abord, équipée d'un studio d'enregistrement, aux meubles de couleur claire et à l'ambiance « apaisante », comme le fait fièrement remarquer la commissaire. L'ancienne, ensuite, bureau lugubre dans lequel furent auditionnés « Pierre et Marie ». Pendant toute la durée de la visite, Nicole Tricart se montre amène et souriante. Elle escorte l'équipe dans les couloirs et précède toujours la caméra. Mais arrivée dans l'ancienne salle d'audition la journaliste aborde le sujet qui fâche, rompant de ce fait le pacte apparemment conclu avec la commissaire.

La voix off : « Nous tentons à nouveau de l'interroger sur l'affaire de Pierre et Marie. Au moment de l'interview la commission judiciaire n'est pas encore terminée. De ce fait, Nicole Tricart est tenue au devoir de réserve, même si l'enquête policière, elle, est bouclée. »

La journaliste : « Est-ce que c'était une enquête difficile ? »

La commissaire, se précipitant hors champ : « Euh... non, je ne veux pas répondre parce que cette enquête n'est pas terminée... »

La journaliste : « L'enquête est en cours, encore ? Parce qu'il y avait eu un non-lieu... »

La commissaire : « Euh... je n'en sais rien, je ne tiens pas à m'exprimer là-dessus, parce que, franchement, ç'a été une enquête particulièrement difficile. Je ne suis certainement pas d'accord avec ce qui va être dit [dans le reportage, *N.d.A.*], je sais que la Brigade des mineurs a été mise en cause, donc il est hors de question que je m'exprime là-dessus. »

La journaliste : « Mais qu'est-ce qui s'est passé ? En quoi elle a été mise en cause ? »

La commissaire : « Ben par euh... par la famille, par la maman, notamment. Elle a trouvé que bon, peut-être on faisait pas ce qu'il fallait... »

La journaliste : « Mais quelles sont les raisons de dire que vous ne faisiez pas ce qu'il fallait ? Moi j'ai entendu dire que vous faisiez une grosse enquête là-dessus... » La commissaire, mise en confiance par les flatteries de la journaliste : « On a fait une très grosse enquête, et si on n'a rien trouvé, c'est peut-être qu'y avait rien à trouver... »

La journaliste : « Vous pensez que ces enfants pouvaient affabuler dans cette affaire ? »

La commissaire : « Je ne veux pas m'exprimer là-dessus. »

La journaliste : « Non, mais je viens vous demander votre avis parce que ça m'embêterait d'avoir interviewé des enfants qui... euh... »

La commissaire, réapparaissant en très gros plan à l'écran, s'adressant à la journaliste et non à la caméra : « Je souhaiterais qu'on change de sujet parce que je ne veux absolument pas avoir à parler de cette affaire. »

La commissaire refuse de montrer son visage dès que l'on aborde la question fatidique. À l'image, et bien qu'il soit précisé que Nicole Tricart est « tenue au devoir de réserve », cette fuite précipitée sonne comme un aveu de culpabilité. Les flatteries de la journaliste ont pour but de lui extorquer un second aveu : celui de son scepticisme, de sa méfiance envers la parole des enfants. Et le résultat est atteint : « Si on n'a rien trouvé, c'est peut-être qu'y avait rien à trouver. » Cet aveu de la commissaire sceptique renforce évidemment dans leur conviction tous ceux qui n'ont de cesse de reprocher à la police de ne pas être « suffisamment curieuse ». Ainsi les sceptiques, forcés par France 3 à témoigner, adoptent toujours le même système de défense. Ils ne croient pas les enfants. Ils dévalorisent « la parole de l'enfant ».

Progressant pas à pas dans cet univers nauséabond de tueurs en longues robes blanches, de lâches et de complices, l'équipe de France 3 tente enfin d'approcher l'entourage de l'Ogre. L'avocate du père accusé de pédophilie accepte de les rencontrer. Son témoignage intervient immédiatement après celui du sociologue Paul Ariès, qui affirmait avoir foi en l'histoire des enfants, précisant néanmoins que leurs souvenirs lui semblaient émaillés d'hallucinations dues à la prise de drogues.

« Pour la défense, résume la voix off, c'est-à-dire pour Me Smadja-Epstein, l'avocate du père de Pierre et Marie, il ne s'agit pas d'hallucinations mais simplement de l'imagination des enfants. »

« On a retrouvé des bandes dessinées exactement dans le même style que les paroles des enfants. Des Tintin, *Les Cigares du pharaon*, qui contient des scènes assez violentes. Ils ont à la base, semble-t-il, été influencés par un récit de la mère, et ensuite ils ont puisé dans les bandes dessinées et la télé », affirme benoîtement l'avocate du père, extrayant d'un dossier deux planches de BD photocopiées qu'elle montre à la journaliste et que nous voyons à l'écran : Tintin inhalant des substances hallucinogènes avant de s'évanouir, entouré de masques grimaçants.

« C'est le père qui a retrouvé des lectures qu'avaient pu avoir ses enfants », glisse-t-elle avec un sourire attendri. L'habileté avec laquelle le père justifie par des motifs qui le disculpent les dires de ses enfants est déconcertante. Le commentaire ne formule aucun jugement. Mais cette irruption tardive de Tintin, tendre personnage de l'enfance, au cœur de ce récit de décapitations sataniques, laisse l'impression d'une défense pour le moins légère, même si rien n'est explicitement entrepris pour la discréditer.

L'essentiel, le clou de l'enquête, est pourtant à venir : le contact avec l'Ogre en personne, le père des enfants. La voix off : « Le père des enfants a refusé une interview filmée. Mais il a accepté de nous parler par téléphone après quelques recommandations de son avocate. »

Entendons : l'avocate lui a donné des conseils de communication pour faire bonne impression, sans quoi il risquerait de se trahir.

La journaliste, à l'écran : « Le récit de votre fille semble tout à fait incroyable : elle parle de cadre sectaire, de rituel... »

Le père : « Nous avons tous un imaginaire : Zorro, les fées, les machins, les trucs (...). L'illusion aide beaucoup, l'imaginaire, la lecture, ces choses-là. »

La journaliste : « Mais est-ce qu'un enfant lit des choses de ce type ? »

Le père : « Ben, rappelez-vous votre enfance. Chaque enfant a un imaginaire, et heureusement d'ailleurs. Voilà comment je vois les choses. La petite, en fait, parle de choses absolument incroyables... euh (...). Bon, je crois qu'on était en pleine affaire Dutroux, donc vous imaginez. »

Voix off : « Quelques instants avant cet enregistrement téléphonique, le père des enfants avait évoqué le thème de l'inceste. »

À l'écran, la journaliste : « Autour du thème de l'inceste, vous me disiez tout à l'heure : "L'inceste, cette pulsion qui remue chacun de nous-mêmes..." »

Le père : « Euh... non... »

L'avocate, précipitamment : « Je crois qu'on arrête là, je dois recevoir d'autres clients. »

Le père : « Voilà. Allez... » Il raccroche.

Comme tout contact direct entre les justiciers et le méchant, cette rencontre avec l'Autre est un moment fort de l'enquête télévisée. Il n'apporte évidemment aucune information définitive, posant davantage de questions qu'il ne livre de réponses. On peine à comprendre quelle folie aurait poussé le père à faire de telles confidences à la journaliste. Même s'il est impossible de tirer de cet entretien avorté quelque conclusion définitive, la gêne de l'avocate et du père passe pour un indice de la culpabilité de ce dernier.

Si les compagnons présumés du père dans la secte satanique, ceux-là mêmes que les enfants accusent de les avoir violés et violentés, ne témoignent évidemment pas, le reportage nous fournit des informations sur eux, et notamment sur leur profession.

« Huit personnes sont interrogées dans cette affaire : le père, ostéopathe de profession, ainsi que deux kinésithérapeutes, une femme et un homme, un pilote de ligne, une conseillère en communication, un journaliste, un enseignant et une décoratrice de cinéma, spécialisée dans les effets spéciaux. » Tous jouissent donc d'un statut social avantageux, qui n'est pas sans rappeler les « personnalités économiquement bien placées » citées par le policier belge de Canal+ dans l'affaire Dutroux. « Économiquement bien placés », mais introduits dans les milieux de la communication et du spectacle, milieux aux multiples tentations et aux mœurs dissolues. Et puis cette « conseillère en communication », professionnelle de la manipulation par les mots, ainsi qu'une « décoratrice de cinéma, spécialisée dans les effets spéciaux » ! Pourquoi ce détail sur la spécialisation professionnelle de la suspecte ? Peut-être parce que les effets spéciaux trompent le spectateur. Technique de mystification, ils font croire que ce que l'on voit est vrai alors que c'est faux. Une spécialiste en « effets spéciaux » est une illusionniste, susceptible de faire croire que le témoignage des enfants est mensonger alors qu'il est véridique...

Même si la chose n'est jamais affirmée, le thème des complicités judiciaires dont pourrait bénéficier ce petit groupe meurtrier est sans cesse effleuré. Certes, à l'inverse de l'affaire du cédérom, la bande satanique ne compte pas de « haut fonctionnaire de l'administration pénitentiaire ». Mais dans le reportage, le père accusé de pédophilie confie à une amie, par téléphone, alors que la police a fait mettre sa ligne sur écoute : « J'ai des renseignements de ce qui se passe en fait chez le juge, de temps en temps. » Dans le procès-verbal rédigé par l'inspectrice qui décrypte les bandes enregistrées, il nous est confirmé que « M. X, le père, a su par des indiscrétions dans le cabinet du juge que sa fille avait parlé de la secte. » La voix off nous apprend que « plus tard, les enquêteurs soupçonneront la tante du père de Pierre et Marie, greffière dans un autre tribunal, d'avoir organisé ces fuites ». Voilà enfin la complicité haut placée : sa « tante », « greffière dans un autre tribunal ».

Ainsi est dépeinte la troupe des abuseurs d'enfants. Autour de la figure centrale de l'Ogre paternel, une petite troupe de comparses aux professions bohèmes, artistiques et avantageuses, et dans un troisième cercle, les auxiliaires sourds et aveugles volontaires de la police et de la justice. Tout ce monde, bien évidemment, refusant de témoigner devant les caméras. Ils se dérobent à l'écran, s'extraient de l'image, comme la commissaire de la Brigade des mineurs quand on la questionne sur l'enquête, ou encore « ne souhai(tent) pas parler de ce dossier », comme le répète à plusieurs reprises l'avocate de Marie, « choisie et nommée par la justice ».

Judiciairement, l'affaire s'est terminée par un non-lieu accordé au père, faute de preuves, après une instruction dont France 3 souligne longuement les lacunes — les amis du père, complices présumés, bien qu'identifiés, n'ont par exemple jamais été filés ; certaines expertises ont été refusées par la juge d'instruction, arguant du caractère « inimaginable » des allégations des enfants, etc.

Mais le non-lieu, évidemment, n'éteint pas le soupçon. Et l'enquête de France 3 de citer longuement la juge d'instruction : « Attendu en effet que si l'on ne peut nier l'existence de sectes en France, ni leur emprise grandissante, il apparaît en revanche inimaginable que, dans le cadre de ces groupements, il puisse y avoir, ainsi que le déclare Marie, "des têtes d'enfants au bout de piques" qui brûlent, "une tête d'enfant et des mains d'enfants coupées et des bocaux sur une table contenant des mains d'enfants". »

Conclusion logique : la justice rend au père son droit de visite. La voix off résume ce verdict absurde et tragique : « La mère doit maintenant convaincre ses enfants de retourner voir le père, sinon c'est elle qui risque une condamnation pour non-présentation d'enfants. »

Ainsi le mot « inimaginable », employé sans doute maladroitement par la juge, lui est-il retourné en boomerang par le reportage. « Inimaginable », donc impossible, dit la justice. « Inimaginable », donc forcément vrai, répondent les voix de l'enquête de France 3, ratifiant ainsi le terrifiant tableau de cauchemar brossé par le reportage : un monde sauvage, dans lequel des enfants martyrs se heurtent à l'incrédulité ou à la duplicité des adultes. Le dispositif pluridisciplinaire de l'emballement est bien en marche.

Le débat — à visages découverts, cette fois — qui suit le film tente de nous ramener au réel. D'emblée, la députée Frédérique Bredin s'avoue « terrifiée » par le film, et assure que cette enquête judiciaire mériterait pour le moins une inspection du ministère de la Justice. La magistrate assure pour sa part que les dessins de « Marie » lui en rappellent d'autres, d'autres dessins de têtes coupées, dans un autre dossier.

Tout au long du débat, adossés à « la parole de l'enfant », que l'on vient d'entendre dans le reportage, ils vont offrir à cette fresque cauchemardesque un second niveau de confirmation.

L'Ogre est organisé et méthodique

La figure de l'Ogre esquissée par le reportage, le débat va s'attacher à la compléter et à l'enrichir.

D'abord grâce à Georges Glatz, surprenant militant suisse antipédophile qui, pour les besoins de la démonstration, va emprunter fréquemment, au cours du débat, le point de vue du pédophile. « On a assisté, il y a quelques années, à ces pédophiles qui allaient en Extrême-Orient consommer l'enfant, en Asie, à Bangkok, etc. », commence Glatz. Mais, ajoute-t-il, « c'est pas très rentable parce que, malheureusement, ce pédophile ne peut aller qu'une ou deux fois par an jusque là-bas. Donc, si on veut accélérer le marché, eh bien on va rapprocher l'objet de consommation du consommateur, à savoir les enfants, et là on organise des filières. Ainsi, sur le pourtour de la Méditerranée, notamment au Maroc, il y a des centres où vont les pédophiles, parce que là on y va avec une heure d'avion, on peut y aller sous le prétexte d'un voyage d'affaires, avec la bénédiction de la famille, et puis on revient ».

Dans cette étrange description de la « pédophilie institutionnelle », Georges Glatz apporte une précision supplémentaire : « Et puis évidemment, si on veut travailler tranquillement, en toute sécurité, pour être sûr de n'être pas repéré, on va, si possible, dans une institution pour handicapés mentaux. Alors, là, on n'aura pas de problème, on pourra effectivement exploiter les enfants. »

Cette précision ébauche cette fois le portrait de la « victime idéale » du « crime parfait » qu'est la pédophilie : un enfant, innocent comme un ange, et qui plus est un enfant handicapé, plus démuni encore.

« Rentable », « accélérer », « consommateur » : se glissant ainsi dans la tête d'un pédophile, Glatz nous fait vivre, de l'intérieur, la logique maléfique des « consommateurs » pédophiles. Car, si la « victime idéale » est la plus innocente possible, l'Ogre idéal s'adonne « innocemment » à sa perversité. « Innocemment », c'est-à-dire sans mauvaise conscience, sans remords, sans être torturé par un sentiment de culpabilité, sans conflit intérieur entre le bien et le mal. Chez l'Ogre, le mal règne sans partage. Il agit froidement, consciencieusement. Froide logique de profit (« rapprocher le consommateur de l'objet de consommation »), froide logique de dissimulation et de manipulation (« sous le prétexte d'un voyage d'affaires, avec la bénédiction de la famille »), froide logique de satisfaction des pulsions, froide logique du vice (« alors, là, on n'aura pas de problème, on pourra effectivement exploiter les enfants »). Ainsi se trouvent entremêlées les légendes noires de la mondialisation et du complot.

Mais l'Ogre n'est pas un solitaire. Il agit en réseaux.

Les réseaux, ou comment le mal nous encercle

À ce stade du débat, Élise Lucet pose la question : « Est-ce que cela veut dire, et là, je me tourne vers vous, Georges Glatz, qu'il y a en France des réseaux organisés de pédophilie ? »

Glatz : « J'en suis totalement convaincu (...). Je crois que pour comprendre la pédophilie, il faut distinguer trois secteurs. »

Les deux premiers secteurs ne méritent pas qu'on s'y attarde, car « ça ne touche pas aux réseaux ». Il s'agit de la « pédophilie classique », intrafamiliale, ainsi que des pervers isolés, de ceux qui rôdent à la sortie des écoles. Il poursuit : « La troisième forme de pédophilie est la pédophilie dite institutionnelle.

Bien évidemment, j'entends ceux qui aiment s'approprier les enfants, le corps de l'enfant, vont chercher des professions qui les mettent en contact plus facilement avec des enfants... »

Élise Lucet : « Oui, bien sûr. »

Georges Glatz : « Alors, c'est les chefs de scouts, éventuellement les prêtres, des policiers, aussi, des magistrats, c'est pas moi qui le dis, c'est un procureur, on reviendra là-dessus, des éducateurs, des assistants sociaux, etc. »

Nous voilà donc cernés, de l'intérieur, cette fois. Un réseau, au sens propre, est un filet destiné à la capture d'animaux. La pédophilie s'abat sur la France comme un gigantesque et redoutable filet pour enserrer le pays, l'étouffer, recueillant dans ses mailles serrées d'innombrables proies humaines. Dans tous les secteurs de leurs activités, à tout moment de leur vie quotidienne, les enfants sont susceptibles d'être confrontés à l'Ogre. Les adultes qui les entourent, ceux qui les instruisent, les éduquent et les guident (les éducateurs, les prêtres, les assistants sociaux), ceux qui les distraient (les chefs scouts), ceux qui les défendent (les policiers et les magistrats) sont des Ogres potentiels. Les institutions ne représentent plus une protection ni un rempart. Bien au contraire, elles sont la tanière où se tapit le mal, vivier de pervers auxquels elles fournissent de quoi satisfaire leur vice. Les institutions représentent donc un terrain miné, une base piégée.

Et Georges Glatz de préciser : « Parce que c'est la

technique du cheval de Troie : quand un pédophile arrive à s'insinuer dans une institution, souvent à une tête, tête de pont, il fait venir d'autres pédophiles. »

Horreur ! Les réseaux pédophiles sont structurés par une technique. Qu'est-ce qu'une technique ? C'est un ensemble de procédés, méthodiquement mis au point, employés pour parvenir à un résultat déterminé. Mieux encore : la technique du cheval de Troie est une technique de guerre, comme le souligne la référence de Glatz à la « tête de pont ». Tapis à l'intérieur du cheval, les guerriers d'Ulysse surgissent par surprise et prennent leurs ennemis de court. Le complot pédophile est donc marqué du sceau de la machination perfide. Dans la légende noire, les pédophiles s'illustrent eux aussi par leur ruse. « Insinués », infiltrés, ils se sont faufilés à la « tête » des institutions, de manière d'autant plus efficace qu'ils appartiennent à des milieux favorisés.

La figure de l'Ogre, telle qu'elle se précise au cours de l'émission, est donc la suivante : armé culturellement, professionnellement, socialement, il s'est « insinué » à la tête des institutions, « inséré » dans le système pour le pervertir, et a intégré ses semblables à sa suite. Et même une fois soupçonné, accusé, traduit en justice, il parvient à manipuler ceux qui ont pour mission de prouver sa culpabilité. La thérapeute familiale Martine Nisse, elle aussi présente sur le plateau, insiste sur la nécessité d'acquérir une meilleure « connaissance du fonctionnement quasi hypnotique de ces personnes qui exercent sur les différents intervenants — juges d'instruction — une emprise tellement forte que l'on se dit : "Oui, c'est vrai, c'est l'enfant qui ment." »

À la vérité, il semble que cette controverse à l'égard des réseaux repose sur un malentendu. Si aucune enquête policière ni judiciaire n'est jamais parvenue à attester l'existence de réseaux durablement organisés et hiérarchisés, il semble en revanche que plusieurs enquêtes judiciaires aient démontré l'existence de connexions utilitaires, de plus ou moins longue durée, entre pédophiles, y compris de différents pays. « Les gens croient qu'il existe des réseaux de pédophiles semblables aux filières des trafics de drogue : de véritables entreprises, avec des dirigeants très organisés », explique un policier, cité par *Marianne* (17 avril 2000). « En réalité, il n'existe pas de "réseau" au sens mafieux du terme. Les pédophiles ont des liens entre eux. Ils forment des sortes de cercles. Ils se rencontrent par le biais d'associations, parfois même dans les centres où on les oblige à suivre des thérapies, comme cela s'est produit il y a peu en Belgique, où l'on s'est aperçu qu'un de ces organismes était devenu un véritable lieu de retrouvailles. » Sur ce noyau vraisemblable de réalité (les « sortes de cercles », les « retrouvailles » des « centres de thérapie »), l'emballement vient donc greffer la légende noire de « réseaux » durablement structurés et hiérarchisés, légende désormais indissociable de toute information, de tout débat sur la pédophilie.

Juges, avocats et policiers : incompétents ou complices ?

Pourquoi la police est-elle impuissante ? Plusieurs explications sont suggérées. Dans la plus favorable, les institutions peuvent invoquer le manque de moyens. Au cours du débat, Élise Lucet insiste sur le manque de temps et de qualification des policiers chargés d'auditionner les enfants. Le commissaire principal proteste et défend ses troupes : certes, le travail est lourd et délicat mais le personnel est motivé, formé pour cela. Ses hommes s'investissent à fond. Ils disposent de locaux adéquats : une salle de jeux, accolée à une salle d'audition équipée d'une caméra vidéo permettant d'enregistrer les témoignages des enfants, leur épargnant ainsi de devoir répéter des confidences traumatisantes. Élise Lucet, Georges Glatz et Martine Bouillon s'insurgent : les policiers ne sont pas formés, ils manquent cruellement de qualification (les stages volontaires sont de durée trop brève).

La présentatrice se montre sceptique sur l'utilisation du dispositif d'enregistrement audiovisuel récemment mis au point.

S'adressant à la députée : « Mais franchement, est-ce que c'est vrai, sur le terrain ? »

Frédérique Bredin : « Vous avez l'air de dire que ce n'est pas appliqué... »

Élise Lucet acquiesce : « Je crois qu'on peut aller plus loin, car c'est franchement ce qui est constaté sur le terrain, où il y a de nombreux enfants qui ne peuvent pas être entendus comme ça... » Mais l'émission ne produit aucune statistique à l'appui de cette accusation.

Le manque de moyens n'est pas la seule explication de l'inefficacité des autorités. Si ces dernières ne voient pas le problème, c'est aussi parce qu'elles se complaisent dans un aveuglement volontaire. Après s'être attachée à prouver que les policiers auraient dû être secondés par des experts (médecins, pédopsychiatres...), Élise Lucet repart à l'assaut : « Je voudrais vous poser une question très précise, qui est le fait que les deux pédopsychiatres qui ont suivi Pierre et Marie n'aient pas été entendus par la juge d'instruction. Ils en ont fait la demande et ils n'ont jamais reçu de réponse. Comment c'est explicable, ça, Martine Bouillon ? »

La magistrate : « Les magistrats instructeurs n'ont pas pour habitude d'entendre les thérapeutes, pour la simple raison que les thérapeutes ont toujours voulu se retrancher derrière le secret professionnel... »

Élise Lucet l'interrompt : « Mais là ils ont demandé à être entendus et ils n'ont reçu aucune réponse. »

Martine Bouillon, paraphrasant la juge d'instruction : « Il n'est pas imaginable qu'ils ne soient pas entendus. Mais de toute façon, si vous voulez, on vient de comprendre que la pédophilie existait, on ne peut pas encore comprendre qu'il existe encore pire que la pédophilie, dirais-je, “simple”. Et il y a des gens qui résistent de toutes leurs forces et de tout leur intérieur, et visiblement la juge d'instruction, là, qui dit dans son ordonnance : “C'est tellement inimaginable que c'est pas crédible”, celle-là résiste et résistera toujours. »

Traduire : l'institution refuse l'aide qui lui est proposée, et qui permettrait de corriger ses erreurs et de rendre justice aux victimes. C'est donc intentionnellement que la juge d'instruction ne répond pas à la proposition spontanée des experts qualifiés. Les institutions « résistent » de toute la force de leur inconscient. Ce refus d'« entendre » (que l'on pourrait rapprocher du refus de « regarder la réalité en face » déploré par Alain Bauer dans le cas de l'insécurité) est criminel, car il vaut condamnation à perpétuité pour les victimes. Ce reproche adressé aux gouvernants de refuser d'entendre « la vérité », de regarder « la réalité en face », est symptomatique de l'emballement.

Les carences de l'enquête, qui auraient pu être imputées au manque de moyens, le sont donc désormais, sans l'ombre d'un doute, à la mauvaise volonté, voire à la passivité intentionnelle.

Ainsi donc, les autorités ont les mains sales. Elles

sont tenues par l'Ogre, infiltrées par l'Ogre, complices de l'Ogre. Elles sont l'Ogre par excellence. D'où le complot : juges, policiers dessaisis en Belgique. Mesures d'intimidation, « accidents » visant à faire taire des témoins. Dans le feu du débat de France 3, Georges Glatz livre ainsi une révélation qui ne sera pas relevée : « Mme Tina Bernard (...) m'avait dit qu'elle avait aussi un cédérom [de photos d'enfants] à nous faire parvenir pour le faire sortir à la justice, mais malheureusement, elle est décédée dans des circonstances assez mystérieuses, et je n'ai jamais pu produire cette cassette à la justice. »

Le policier, réfractaire malmené

D'où la méfiance à l'endroit des réticents, qui s'accroît à mesure que nous accréditons l'inimaginable. Les réticents sont les vestiges de l'« ancien régime », celui de la « loi du silence ». Du temps où on ne savait pas encore, où on se laissait berner. À mesure que l'emballement s'accélère, les sceptiques sont perçus comme une menace, comme de dangereux « négationnistes ».

D'où le balayage des sceptiques et la mise en accusation des réticents.

Et c'est précisément ce qui se produit sur France 3. Car le plateau d'Élise Lucet compte un réfractaire. Sceptique sur l'activisme des réseaux internationaux en France, prudent quand les accusations de pédophilie sont portées au moment du divorce, enthousiaste sur les progrès effectués ces dernières années grâce au travail conjoint de la police et des victimes, permettant une augmentation annuelle de 25 % du nombre de dossiers — « ça signifie bien que les gens parlent ! », « l'évolution a été énorme » : c'est le policier, le commissaire Le Guennec.

Après la dénonciation des institutions comme « viviers d'enfants » par Georges Glatz, Élise Lucet donne la parole à la défense, à « Jean-Yves Le Guennec, qui représente ici la police ».

Le commissaire avoue immédiatement ne pas pouvoir « vous donner un scoop ce soir », pour la simple raison qu'il n'a « jamais eu à traiter ce genre de dossier, ni jamais eu connaissance de réseaux de fourniture d'enfant ».

Devant son refus d'obtempérer, les autres invités opèrent un tir groupé.

Georges Glatz : « Je ne vous accuse pas vous, mais je dis qu'il y a des affaires qui existent. »

Le commissaire, surpris, répond qu'il ne se sent pas accusé, et s'entête.

Élise Lucet : « Mais pourquoi vous réagissez avec autant de véhémence ? » Le commissaire : « Moi, je tiens à ce qu'on parle de choses qui sont avérées... Si vous m'apportez effectivement la preuve qu'il y a des réseaux... », Élise Lucet : « Mais est-ce que ça n'est pas à vous d'aller la chercher, la preuve ? » Le commissaire, au beau milieu de cette tourmente, semble bien frileux : « On est dans un État de droit, et moi je ne peux pas me permettre de vous dire, à partir du moment où je n'en ai pas la preuve, que des enfants se passent, comme ça, pour être abusés... »

Encore un qui cherche « la preuve », qui ne souhaite se prononcer que sur « des choses qui sont avérées », et ne se réfère qu'à des « dossiers » administratifs, ceux-là mêmes qui exigent « la vérité judiciaire », celle qui doit pouvoir « s'écrire comme ça : à telle heure, ça s'est passé comme ci, comme ça... », comme le déplorait le pédopsychiatre dans le document.

Élise Lucet trouve alors une comparaison choc : « Vous êtes en train de nous dire que c'est comme le nuage de Tchernobyl, ça s'est arrêté à la frontière ? »

Cette comparaison des crimes pédophiles avec la catastrophe nucléaire est éclairante. Premièrement, elle signifie que rien ne peut stopper la déferlante pédophile. Car un nuage ne s'arrête pas à la frontière. La pédophilie, vent de terreur, s'abat sur notre pays. Mais surtout, elle assimile le policier sceptique aux « autorités rassurantes » qui avaient, dans un premier temps, minimisé l'impact en France du nuage de Tchernobyl. Le policier rejoint donc le terrible cortège des auteurs de communiqués lénifiants, des « responsables » qui minimisent les menaces, et endorment le peuple.

La magistrate Martine Bouillon renchérit : « Les réseaux pédophiles, vous savez parfaitement qu'ils existent en France. Ils existent en Espagne, ils existent en Italie, ils existent en Belgique. De l'Italie, pour aller en Belgique, et de l'Espagne, pour aller en Belgique, on ne passe pas par la France ? Alors je sais que je suis mauvaise en géographie, mais la France, elle est là, au milieu. »

Le fléau que constitue la déferlante pédophile est donc imparable.

La France est *là*, encerclée, envahie, sans rempart, sans défense, sans résistance, comme violée à son tour par les réseaux supranationaux.

Le foudroiement final...

L'apogée de l'emballement reste à venir. Nous sommes à quelques minutes de la fin de l'émission. Sans susciter de démenti catégorique — le commissaire Le Guennec lui-même semblant s'accommoder de la position défensive à laquelle le dispositif l'a acculé — « Pierre et Marie » ont installé sur le plateau la conviction que des sectes satanistes pouvaient impunément organiser des cérémonies solennelles de décapitation d'enfants en plein Paris. « Spécialistes » de la lutte contre la pédophilie, députée, journaliste, personne n'a protesté. Tous ont donc, au moins implicitement, ratifié l'atroce révélation. Nous sommes prêts à tout croire. Et c'est le moment choisi par la magistrate invitée par France 3, Martine Bouillon, pour déclencher le tonnerre final :

« Je peux vous dire qu'en région parisienne j'ai effectivement eu connaissance de charniers d'enfants, et je pèse mes mots. Je n'en dirai pas plus parce qu'il y a une instruction en cours. »

« Je n'en dirai pas plus. » À nouveau le silence, les mots couverts. Secret professionnel, instruction en cours, commandement éthique... la vérité emballée ne se laisse jamais intégralement dévoiler.

À ces mots, Élise Lucet est foudroyée : « Non mais c'est extrêmement grave, ce qui est dit sur ce plateau, c'est extrêmement grave... »

À cet instant, Élise Lucet pourrait se souvenir qu'elle est journaliste, et qu'il lui appartient de dissiper le cauchemar. Elle pourrait par exemple demander à la magistrate : « Comment avez-vous eu connaissance de l'existence de ces charniers ? » « S'agit-il d'un dossier que vous avez personnellement traité ? » « Dans quel département exactement sont-ils situés ? » « Connaissez-vous personnellement le nom du juge chargé de l'instruction en cours ? Pouvez-vous nous l'indiquer ? » Mais par réflexe, l'animatrice foudroyée démissionne, et se tourne plutôt vers la représentante de l'autorité politique, Frédérique Bredin : « Madame la députée, vous avez une réaction ? »

... et le ralliement de l'autorité politique

La députée, qui jusqu'à présent nuançait et relativisait, est à son tour forcée de se rendre : « C'est absolument, euh... effrayant. Mais je voulais dire : pourquoi est-ce si difficile à entendre ? C'est parce que c'est inconcevable. (...). Il y a une grosse difficulté, pour l'enfant, à parler, et pour tous (policiers, magistrats, nous tous), quand on entend ces histoires, sans doute une grosse difficulté à entendre, parce que c'est du domaine de l'inconcevable. Mais il faut savoir dépasser ça, se dire que ça existe. »

Ce ralliement est inattendu de la part de Frédérique Bredin. En début d'émission, la députée avait paru sceptique. Prise à partie à propos du manque de moyens avancé dans le reportage (les filatures), elle s'évertuait à ramener cette défaillance aux proportions d'une enquête particulière, « vraiment surprenante », « si les choses qui nous sont montrées sont justes, je le répète », à quoi Élise Lucet rétorquait : « Elles sont à l'issue d'une enquête d'un an et demi, je vous le rappelle. »

Dans tout autre contexte, une révélation aussi effarante serait accueillie avec un certain scepticisme. Mais le terrain a été préparé. Si la justice, la police sont aussi défaillantes, voire complices, alors il n'est pas étonnant que des charniers d'enfants puissent exister en région parisienne, sans avoir jusqu'ici soulevé d'émotion particulière. Victime de l'emballement, la députée s'en fait aussi un agent actif. Si ces révélations sont faites en sa présence, sans qu'elle en soulève l'invraisemblance, alors leur crédit n'en est que plus important.

Tout est possible. *A fortiori* ce qui semble impossible. Le pire. Le pire du pire. Le summum de l'horreur. Mais nous pénétrons dans une nouvelle ère. Nous savons. Nous savons même ce que l'on nous cache. Car, comme disait la magistrate des charniers, « on vient de comprendre que la pédophilie existait, on ne peut pas encore comprendre qu'il existe encore pire ».

Le ralliement implique effectivement une surenchère. Mais le cauchemar pédophile, qui s'élabore aux confins de l'imaginable, est difficilement critiquable. Si l'essence de ce cauchemar est d'être « inimaginable », alors comment relativiser, nuancer ? Pas d'autre solution que de « se dire que ça existe », se convaincre soi-même, se soumettre corps et âme à l'emballement. La frontière entre le plausible et l'impossible tombe, elle aussi.

Dans l'emballement, la dynamique des ratifications et des confirmations n'est pas identifiée comme telle. Chaque emballé cite l'autre comme si l'autre venait simplement le conforter dans son jugement, jugement qui se donne comme intime, personnel, et nullement soufflé par le voisin. Cette confirmation par le nombre, ce chœur qui, comme par enchantement, s'exprime à l'unisson, donnent sa puissance persuasive à l'emballement. Les discours d'emballés s'entremêlent, se réfèrent les uns aux autres, s'appuient les uns sur les autres, s'entraînant de plus en plus haut, de plus en plus loin. Celui qui est porté s'appuie sur celui qu'il porte. Pas d'appui, donc, ni de socle, de base identifiable. Les portés sont des porteurs croyant s'appuyer sur ceux-là mêmes qu'ils portent. Nul ne sait plus qui donne le ton. Parallèlement à cette déresponsabilisation collective, l'emballé est comme suremballé par le tumulte. Les échos répercutés à l'infini l'incitent à croire qu'il entend sa propre voix. Aussi, chaque emballé peut-il penser qu'il donne le la, qu'il est la pièce maîtresse de la révélation. D'autant que les autres, à l'extérieur, sont aveuglés ou déterminés à nous faire taire. Georges Glatz : « On essaie de faire croire qu'il n'y a pas de réseaux. » Qui est « on » ? Nul ne le saura. Ce « on » est massif et fantomatique. *On* nous trompe, *on* nous ment, *on* nous manipule. D'où l'émulation, le dynamisme de l'emballement. La surenchère, aussi. Et la magistrate qui, pour gagner ses galons dans le concours d'emballement, crie aux charniers.

Dans l'unité de temps et de lieu de ce plateau de France 3 comme dans les cadres multiples de la campagne présidentielle, l'emballement reste « le crime parfait ».

Jusqu'à l'ultime surenchère de Georges Glatz, à qui incombe la tâche de conclure l'émission, et qui se livre à une ultime confirmation : « Car les réseaux existent, et je confirme, effectivement, que les histoires de charniers sont vraies. Je l'ai entendu il y a deux ans dans les hauts milieux français qui touchent l'Interpol. » Et, s'adressant à la députée : « J'ai d'autres exemples que je vous donnerai en fin d'émission. »

Rideau.

L'après-emballement

Près de trois semaines après cette bacchanale de révélations, Élise Lucet, le 12 avril, reçoit au « 19-20 » la ministre de la Justice. Oui, la ministre elle-même, celle qui trône encore plus « haut » que tous les « gens haut placés » ou « les hauts milieux ». Enfin, on va savoir ! Hélas, la ministre ne peut que raconter son enquête infructueuse. Oui, elle a demandé à ses services de corroborer les affirmations de la magistrate. Laquelle a varié dans ses souvenirs. Elle croyait d'abord se souvenir que ce « charnier », dont elle n'avait qu'une connaissance indirecte, se trouvait en Seine-et-Marne. Le ministère a vérifié : ni dans les archives ni dans les mémoires, aucun souvenir de « charnier » dans ce département. Mme Bouillon a évoqué ensuite les Yvelines : on a donc vérifié les Yvelines. Rien. Cette fois, ces explications semblent convenir à Élise Lucet. Aucune allusion n'est faite au « nuage de Tchernobyl ».

Quant aux récits de « Pierre et Marie », les petits témoins des décapitations, hélas, Élise Lucet avait dû oublier : pas une question à la ministre à propos d'une éventuelle réouverture du dossier judiciaire. Comme si au fond d'elle-même, finalement, la journaliste n'avait pas vraiment cru aux allégations des enfants, longuement diffusées sur sa chaîne, et crédibilisées par sa présence à elle, présentatrice du « 19-20 », de la même manière que les femmes emballées d'Orléans, en 1969, propagent la rumeur sans rien entreprendre concrètement pour faire cesser le scandale des « enlèvements ». Comme s'il était possible, face à ces terrifiants récits, de les croire — on les diffuse — et de ne pas les croire — on les oublie — en même temps.

« Sans doute d'ailleurs croyance et méfiance, pulsion et raison, se partagent-elles chacun d'entre nous. Cérémonies nocturnes d'immolation d'enfants, complicités occultes jusqu'au cœur des palais, réseaux, conspirations, sabbats infernaux : en chacun d'entre nous, depuis la nuit des temps, prospère une indestructible croyance à toute cette fantasmagorie. Que l'on imagine des enfants martyrisés par des adultes, et immédiatement se déchaînent fantasmes et soupçons : pourquoi la recherche du "charnier" n'a-t-elle pas été poussée aux autres départements de la région parisienne, voire à la France entière ? Des dossiers n'ont-ils pas pu opportunément "s'évaporer" ? Que cherche-t-on à cacher ? Que peuvent opposer les enquêteurs à cela, sinon leur désespérante absence de preuves, leur triste et pauvre vérité ? Mais ils rament en vain. Aucune enquête, jamais, n'apaisera la vieille soif d'inimaginable »,

concluais-je dans *Le Monde* après avoir vu les deux émissions [1].

Quant à l'instruction ouverte à propos du cédérom, après que plusieurs mères eurent cru reconnaître leur enfant sur les photos, elle s'est terminée elle aussi par un non-lieu, rendu le 2 avril 2003, cinq ans après le début de l'affaire. Après un travail de plusieurs années, les policiers ne sont pas parvenus à apporter la preuve de l'identité des enfants figurant sur les photos que leurs mères avaient cru reconnaître.

1. Daniel Schneidermann, « L'inimaginable », *Le Monde*, 16 avril 2000.

3

L'Effroyable Imposture,
ou l'incroyable cauchemar

De tous les emballements, c'est le plus monstrueux, le plus incompréhensible. Rôdant, quelques mois plus tard, autour de son cadavre, nous sommes encore mortifiés. Comment avons-nous pu gober *ça* ? Ou au moins, pour beaucoup d'entre nous, nous laisser troubler par *ça* ?

Quelques mois après le 11 septembre 2001, les Français recevaient à la figure une révélation d'une égale brutalité : aucun avion ne s'était écrasé le même jour sur le Pentagone. Aucun. Ce n'était pas seulement une « question », un « doute », il ne s'agissait pas seulement des éléments balancés d'une contre-enquête. La conclusion était parfaitement résumée par le titre du livre de Thierry Meyssan, porteur de la révélation : *L'Effroyable Imposture. Aucun avion ne s'est écrasé sur le Pentagone !*

Aucun avion ! Même pas un avion maquillé. Même pas un avion qui ne serait pas l'avion que l'on croit. Aucun avion ! Le « faux attentat » du Pentagone n'était qu'un monstrueux complot, ourdi par des putschistes de l'ombre qui, à Washington, avaient supplanté le gouvernement légal.

À l'appui, une photo, celle qui figure en couverture du livre. On y voit le Pentagone après l'impact supposé du Boeing 757 des terroristes, mais « debout », et apparemment intact. Certes, sa façade (ou ce qu'en laissent voir les deux volutes de fumée qui la masquent partiellement) est largement carbonisée, mais rien ne ressemble à l'effondrement que pourrait provoquer le choc d'un Boeing. Si bien que la question survient immanquablement : mais où est donc passé l'avion ?

Quand Meyssan, pour la promotion de son livre, intervient à la télévision, sa référence principale, sa preuve centrale, la clé de voûte de sa démonstration, est cette photo... longuement commentée, en gros plan, analysée dans le moindre détail. « Quand on regarde les photos qui sont disponibles sur cet attentat, explique le prophète de *L'Effroyable Imposture* chez Thierry Ardisson [1], qu'on se fonde d'abord sur celles qui sont fournies par le département de la Défense et sur les photos diffusées par Associated Press après l'attentat, on peut constater qu'il y a une impossibilité matérielle pour que la version officielle fonctionne. Dans la version officielle, on nous raconte qu'un Boeing 757, c'est un engin énorme, arrive devant le Pentagone, descend jusque sur la pelouse qui se trouve à l'avant, frappe cette pelouse, rebondit, touche la façade au niveau

1. « Tout le monde en parle », France 2, 16 mars 2002.

du rez-de-chaussée et du premier étage, est totalement happé à l'intérieur du bâtiment et brûle là, à l'intérieur. Maintenant, n'importe qui peut regarder la photo qui est sur la couverture du livre, qui est la photo d'Associated Press, qui est la première photo qu'on ait prise après l'attentat. Donc, sur la partie gauche de la photo, vous avez de la fumée et vous avez, caché par cette fumée, un trou qui est censé être celui qui a absorbé un Boeing 757. »

Pour Meyssan, démontrer, c'est avant tout montrer : « Vous avez » ici, « vous avez » là, « on voit que », « on peut constater », « moi, je constate »... on a presque l'impression d'y être.

Ce Pentagone est encore debout, insolemment debout, et cette résistance vient étrangement contraster avec le souvenir de l'effondrement du 11 septembre. Car ce bâtiment de la photo, touché mais pas coulé, rappelle par contraste les ruines des tours jumelles, la panique *live*, telle que nous l'avons tous interminablement vue et revue. Immobilité de la photo de Washington, écroulement des images vidéo de New York. Silence énigmatique de l'immobilité, fracas de l'écroulement de l'orgueil du capitalisme.

Il n'existe aucune image de la collision du Boeing avec le Pentagone, et c'est dans cette brèche que s'engouffre *L'Effroyable Imposture.*

Pendant quelques heures, voire quelques jours, des millions d'esprits vagabondèrent avec l'idée qu'il était « possible » que les médias du monde entier aient été abusés ou aient menti, qu'une gigantesque intoxication ait fait croire à la planète à un faux crash sur le Pentagone.

Le terrain : la vérité est ailleurs

Comment ce délire cauchemardesque a-t-il franchit la barrière des médias ? En bénéficiant d'un terrain favorable : la conviction, installée par une culture du complot d'origine nord-américaine, que les médias et les dirigeants politiques nous mentent. Et pas seulement par un vaste enchaînement de dysfonctionnements : ils nous mentent intentionnellement, méchamment, vicieusement. Cette conviction, que « la vérité est ailleurs », traverse films et séries télévisées, de l'immortel combat de David Vincent contre « les envahisseurs » à la série *X files* en passant par le *JFK* d'Oliver Stone. Cette puissante légende noire a son Méchant, et ce Méchant a une caractéristique : il niche toujours au cœur même du pouvoir. Officier supérieur, voire dirigeant des services de renseignement américains, vice-président des États-Unis en exercice (ou même le président lui-même, l'imagination des scénaristes est fertile), l'Ennemi invisible est habilement caché où personne ne songerait à le chercher : au cœur même du dispositif.

Sur cette légende noire colportée par les fictions hollywoodiennes, vient se greffer une attaque, de nature politique, contre l'idéologie diffusée par les grands médias américains. Asservis au lobby militaro-indutriel, obéissant au doigt et à l'œil à des consignes politiques, ils n'ont de cesse de débiter des futilités au kilomètre, pour empêcher « la masse imbécile » de réfléchir à l'essentiel (c'est la thèse, depuis de longues décennies, du linguiste Noam Chomsky) ou bien de diffuser une idéologie patriotique et sécuritaire, pour complaire à leur audience (thèse plus récente du cinéaste Michael Moore).

Autant dire que « les médias américains » ne bénéficient plus d'un *a priori* favorable en France, où la légende noire de l'asservissement à l'oligarchie économico-politique a supplanté depuis longtemps la légende rose des Woodward et Bernstein, reporters héros du Watergate, tombeurs d'un président, champions de la liberté de la presse.

Après le 11 septembre, il est vrai, les médias américains ont semblé s'ingénier à ressembler à leur légende noire. Fabriqués par des journalistes qui sont aussi citoyens américains, ils ont « collé » frénétiquement au sentiment national dans son évolution : saisissement, terreur, émotion, désir de vengeance. La confusion de l'après-attentat, l'effroi des journalistes américains et leur tonitruante empathie à l'égard des victimes n'ont pas été sans conséquence sur l'information produite. Exagérations, approximations, lacunes, contradictions non relevées entre les différentes versions livrées par les autorités, confusion générale : voilà le terreau sur lequel prospérera, plus tard, le contre-emballement de *L'Effroyable Imposture.* L'absence d'images de corps de victimes du World Trade Center dans la presse internationale entretient la conviction diffuse que ces images ont été censurées sur pression, directe ou indirecte, du gouvernement américain. Les restrictions pourtant imposées, plusieurs jours après le 11 septembre, à l'accès au site du World Trade Center — restrictions pourtant imposées sur le site de tous les attentats, de toutes les catastrophes, et qui visent à ne pas entraver le travail des sauveteurs — vont faire renaître l'éternelle conviction que les autorités américaines « ont quelque chose à cacher ». Pas d'information sans image : l'invisibilité des corps des victimes suscite d'emblée un doute, que colportent Internet et les nouveaux médias de masse à capitaux arabes (au premier rang desquels la chaîne Al Jazeera), comme l'invisibilité de l'épave du Boeing générera un doute à propos de la réalité du crash du Pentagone. Les incertitudes, qui subsistent de longues semaines, sur le nombre réel des victimes des tours jumelles entretiennent aussi ce trouble. Dans plusieurs forums Internet, tout nouveau comptage « en baisse » diffusé par la mairie de New York devient immédiatement le sujet d'exégèses et de sarcasmes.

Mais ce n'est pas tout. Dans l'emballement patriotique suscité par le foudroiement et sous l'influence polyphonique des journaux, radios et chaînes de télévision du groupe Murdoch, qui embouchent jour après jour les trompettes du patriotisme et de la revanche, les grands médias ont démissionné, et abandonné pour plusieurs années toute distance critique à l'égard de l'administration américaine. Sur toutes les chaînes de télévision américaines, journalistes, amuseurs, spots de publicité, simples citoyens prennent part à l'union sacrée. C'est l'heure des présentatrices décorées aux couleurs du drapeau, des présentateurs en veste de pompier. Cette démission générale permettra, dans les mois suivants, à l'équipe néo-conservatrice de George W. Bush de faire avaler aux médias, et donc à l'opinion, les mensonges les plus énormes pour justifier la guerre contre l'Irak : la tentative irakienne de se procurer de l'uranium au Niger (on y reviendra) ou par exemple le bobard increvable de la rencontre à Prague entre le chef des pirates de l'air du 11 septembre, Mohammed Atta, avec des agents irakiens, assertion dont tous les journalistes pouvaient savoir qu'elle était infondée, alors même que les responsables américains continuaient de l'exploiter.

Dans cet emballement, quelques rares taches. Ce sont deux journalistes de journaux locaux texans brutalement licenciés pour avoir traité de « froussard » le comportement du président Bush dans les premières heures de l'attentat, et critiqué le retard avec lequel il a regagné la Maison Blanche. Et c'est un inconscient amuseur, Bill Maher, présentateur du talk show « Politically Incorrect », diffusé par la chaîne ABC (sorte de Ruquier américain), qui répond le 17 septembre de manière inattendue à Bush, qui avait qualifié de « lâches » les attaques terroristes : « C'est nous qui étions des lâches lorsque nous avons lancé nos missiles de croisière à trois mille kilomètres de distance ! Ça, c'est de la lâcheté ! Rester dans l'avion alors qu'il se crashe sur un building, vous pouvez dire ce que vous voulez, ça n'est pas de la lâcheté. » Cette innocente bravade provoque un tollé. Le porte-parole de la Maison Blanche la qualifie d'« antipatriotique », et ajoute : « Les médias et les Américains doivent faire attention, dans cette période, à ce qu'ils disent et à ce qu'ils font. » Le présentateur de « Politically Incorrect » est contraint de s'excuser auprès des militaires, reconnaissant que « ces termes étaient offensants ».

Les grands quotidiens de la côte est gardent davantage de distance. Ainsi le *Washington Post* dans un éditorial du 26 septembre 2001 soutient la station publique Voice of America, qui avait décidé contre l'avis du Département d'État de diffuser une interview du mollah Omar, dans laquelle celui-ci disculpait Ben Laden des attentats du 11 septembre. À propos de cette affaire, l'éditorialiste du *Post* appelle à résister « à l'instinct de censure ou d'autocensure avant qu'il ne s'exerce, et non pas après ».

Mais ces voix restent minoritaires dans le tumulte médiatique de l'émotion post-11 septembre. Et cet emballement emporte Bill Maher. Deux annonceurs, parmi les plus puissants, retirent leurs campagnes de la chaîne ABC et une douzaine de stations locales refusent de diffuser son émission. Bill Maher confiait dès la fin 2001 qu'il redoutait le non-renouvellement de son contrat (qui en effet n'a pas été renouvelé).

Au moins autant que par patriotisme ou conformisme idéologique avec l'administration, les dirigeants des médias américains décident en gardant l'œil fixé sur leurs courbes de vente et d'audience. Ce conflit de logiques est particulièrement net à propos de la diffusion par les chaînes américaines des cassettes d'Oussama Ben Laden, diffusées après le 11 septembre. Le premier réflexe de CNN consiste à reprendre en direct, avant même d'en connaître le contenu, les allocutions surprises de Ben Laden, diffusées par Al Jazeera. Ainsi CNN, toute à son désir de ne pas laisser échapper un scoop, l'œil rivé sur ses concurrentes, diffuse-t-elle en octobre 2001 une de ces cassettes de terrorisme médiatique dans laquelle Oussama Ben Laden se propose de « porter la terreur d'est en ouest et du nord au sud des États-Unis ». La Maison Blanche devra déployer des pressions fortes (et publiques) pour que les chaînes acceptent d'observer une plus grande prudence. Mais la pression « patriotique » sur les médias américains ne vient pas seulement « d'en haut » (du pouvoir). Elle vient surtout « d'en bas » (des clients). C'est d'ailleurs davantage la pression des annonceurs, des lecteurs et téléspectateurs, plutôt que celle de l'administration, qui fait peser cette chape de conformisme et d'autocensure sur les médias américains. Les sanctions contre les deux journalistes texans ont été adoptées sous la pression des lecteurs, sans aucune intervention de l'administration. Quant aux photos des victimes du World Trade Center, plusieurs responsables des grands médias américains admettront par la suite les avoir censurées de leur propre initiative, réagissant davantage en New-Yorkais horrifiés qu'en journalistes. « Cela ne m'inquiète pas outre mesure, assure par exemple Lucy Dalglish, directrice du Reporters Committee for Freedom of the Press, aux enquêteurs de l'association française Reporters sans frontières à propos de la vague de patriotisme. Les médias, comme le reste de la société, sont devenus hypersensibles après les attentats. Moi-même, je me rends compte que je suis beaucoup moins sarcastique ou désinvolte que d'habitude. Nous sommes probablement tous pareils en ce temps de crise [1]. »

Pourtant à l'étranger, et notamment en France, l'autocensure patriotique des médias américains est largement imputée à une censure gouvernementale. Et cette légende noire d'un gouvernement contrôlant largement la presse, colportée par une méconnaissance des règles des médias américains,

1. Rapport de Reporters sans frontières, « Entre tentation patriotique et autocensure. Les médias américains dans la tourmente de l'après-11 septembre », 11 octobre 2001.

va certainement contribuer, en France, à l'embrasement Meyssan.

Mais dans ce cas particulier, il y a davantage. Cet embrasement s'appuie aussi sur des images de cinéma.

Dès le 11 septembre, dès que nous découvrons ces images (en direct ou aux journaux du soir), nous ressentons une impression de déjà-vu. Pas seulement parce que les télévisions les rediffusent en boucle. Mais parce que ces images d'apocalypse urbaine, même si nous ne saurions exactement nous souvenir dans quels films, nous savons en tout cas que nous les avons déjà vues. Foudroiement d'un building, ruée des passants hors des voitures, fuite éperdue dans la direction opposée à la catastrophe que l'on voit se dérouler à l'arrière-plan, cris, tandis que le feu et la fumée envahissent la rue : ces images, exactement, nous les avons déjà vues (par exemple dans le film *Independance Day*), et nous découvrons que les terroristes de l'ombre, les auteurs des attentats, les ont vues comme nous. Nous découvrons qu'ils connaissent parfaitement nos intimes sources de frisson, et savent exactement comment nous toucher au cœur. Nous les avons vues avec un futile plaisir de spectateurs — « ouh, fais-moi peur ! » —, et voilà qu'il nous faut les revoir, avec stupeur, avec douleur, avec une authentique angoisse. Et c'est justement parce que nous les avons déjà vécues, parce que dans notre tête réalité et fiction se mêlent comme jamais, que nous sommes désormais perméables à l'hypothèse de leur fabrication, de leur mise en scène. Et par qui donc ? Par des Américains, évidemment, champions mondiaux du cinéma et de la mise en scène !

En vérité, l'emballement Meyssan est un contre-emballement. Une violente réaction à l'emballement post-11 septembre. Si les tours se sont écroulées, alors tout le reste peut s'écrouler. Quel édifice théorique, quelle vérité officielle, quelle certitude médiatique sera plus résistant que les tours du World Trade Center ?

Une révélation foudroyante

C'est sur le plateau d'un des animateurs les plus influents de la télévision française, Thierry Ardisson, que Meyssan percute victorieusement la muraille médiatique. Le lieu est favorable à la collision. Homme d'affaires, producteur de plusieurs émissions très populaires, mais aussi par le truchement d'autres sociétés ancien éditeur de presse et organisateur occasionnel de manifestations, Ardisson incarne l'infiltration des logiques de l'information-marchandise dans un média public, la chaîne France 2. Peu importe l'exactitude et les vérifications, pourvu que l'« information » soit... percutante. Ainsi, quelque temps avant de recevoir Meyssan, a-t-il commencé à diffuser dans ses émissions des témoignages douteux sur des affaires criminelles, témoignages auparavant rejetés par toutes les rédactions. Quelques semaines plus tôt, il a « appris » à ses téléspectateurs, sur la base des élucubrations d'un pseudo-témoin, que la victime d'une affaire criminelle retentissante et à fort impact médiatique, Ghislaine Marchal (« Omar m'a tuer »), avait en fait été assassinée par la secte de l'Ordre du temple solaire [1]. Les contradicteurs susceptibles de porter atteinte à la crédibilité de ce « témoin » avaient été soigneusement éloignés du plateau [2]. Les « révélations », évidemment, ont fait long feu, mais sans dommage pour l'animateur-producteur. Depuis quelques semaines, son émission, « Tout le monde en parle », cède volontiers au conspirationnisme. Le 9 février 2002, l'ancienne chanteuse Marie Laforêt a ainsi « révélé » l'existence d'une organisation maffieuse disposant de « deux cent cinquante fois le budget de la France » (elle-même tenant cette révélation cauchemardesque... d'une écoute distraite de l'émission d'Ardisson la semaine précédente, dans laquelle l'écrivain Denis Robert avait affirmé qu'une société luxembourgeoise opérant du blanchiment d'argent avait à sa disposition deux cent cinquante fois le budget de la France).

Mais Ardisson réalise une bonne audience ; la direction de la chaîne le laisse donc en paix. Qu'une

1. « Ça s'en va et ça revient », France 2, 28 janvier 2002.
2. Enquête de Michael Richard, *Dans les coulisses des affaires*, « Arrêt sur images », France 5, 3 mars 2002.

chaîne publique se fasse, chaque semaine, le déversoir de délires conspirationnistes ne semble déranger personne. Les intellectuels, les journalistes, vont-ils protester ? Non. Ils font la queue dans l'antichambre d'Ardisson, par ailleurs excellent intervieweur, et l'un des animateurs de télévision les plus « prescripteurs » du moment, en matière de vente de livres. Quant aux élus politiques, ne sont-ils pas eux aussi des auteurs de livres, et des invités en puissance ?

Donc, Thierry Meyssan est reçu par Ardisson dans « Tout le monde en parle » le 16 mars 2002, en compagnie notamment des comédiens Yvan Le Bolloch', Bruno Solo et Hélène de Fougerolles. Cette émission sera bientôt suivie d'une vague d'interventions à la télévision et à la radio.

Mais pour que cette révélation « fonctionne », il faut que son porteur soit crédible.

Portrait en pied du Justicier

À 23 h 53, celui qui pénètre sur le plateau de « Tout le monde en parle » est encore largement inconnu de la grande majorité des téléspectateurs. Ardisson va donc logiquement le présenter.

Le Justicier est d'abord ancré dans la réalité politico-sociale française.

Ardisson : « Votre père a longtemps été conseiller de Chaban-Delmas à la mairie [de Bordeaux], votre mère dirigeait les œuvres interdiocésaines de la région Aquitaine. » Repères biographiques immédiatement justifiés : « Je dis ça pour montrer que vous êtes un mec respectable. » Car Meyssan va être en même temps le héros positif de l'emballement, et le passeur vers l'univers du cauchemar apocalyptique. Et il jouera son rôle de passeur de manière d'autant plus efficace qu'il est rattaché à notre monde, le monde sérieux des éveillés. « Chaban-Delmas », « œuvres interdiocésaines », « région Aquitaine » : la présentation d'Ardisson convoque pêle-mêle l'histoire de la Résistance, le maillage caritatif de l'Église, et la réalité administrative française contemporaine.

Thierry Meyssan n'est pas seulement le fils de sa mère. Il est à la tête du réseau Voltaire, « association de défense de la liberté d'expression qui part du principe que si l'on veut que ce soit la démocratie, il faut que les citoyens soient informés », résume Ardisson à sa manière. L'animateur passe alors sous silence les engagements politiques et idéologiques du réseau Voltaire, mais il les a en tête. Quinze jours plus tard, après avoir reçu une volée de bois vert pour cette émission avec Thierry Meyssan, il s'offusquera : « Le sentiment que j'ai, c'est qu'on est en train de diaboliser Thierry Meyssan, après avoir expliqué des années que Thierry Meyssan était un type formidable. Il avait le réseau Voltaire, il militait pour la cause homosexuelle, il était au parti des radicaux de gauche... »

Bref, Meyssan a prouvé par le passé qu'il était le défenseur de nobles causes (liberté d'expression et laïcité, homosexuels, parti des radicaux de gauche) et le contempteur des méchants (le FN). En un mot : qu'il était du bon côté, comme Voltaire à son époque prenant la défense de Calas.

L'engagement « à gauche » de Meyssan n'est pourtant pas indifférent. C'est cette labellisation qui, faisant apparaître *L'Effroyable Imposture* comme le prolongement de combats « légitimes », va tétaniser d'emblée les contradicteurs potentiels, et permettre à l'emballement de se déployer.

Militant qui « pense bien », Meyssan est aussi un homme libre. Le réseau Voltaire ne bénéficie pas de « subventions de l'État ni des collectivités locales ». Et Ardisson de déduire : « Donc : indépendance assurée », déduction immédiatement confirmée par l'intéressé : « Oui, la liberté totale. » Liberté non partisane, cela va sans dire. Quand, sur Canal+, Daphné Roulier demande à Thierry Meyssan « comment se positionne » le réseau Voltaire, il répond : « Nous sommes des citoyens dont certains sont journalistes, d'autres avocats ou diplomates, mais peu importe. Donc voilà, nous avons une activité de citoyens pour la défense des libertés fondamentales [1]. »

Citoyens avant tout, sans engagement politique ni idéologique affiché. Aucun corporatisme, aucune appartenance chez les membres du réseau Voltaire.

1. « + clair », Canal+, 23 mars 2002.

Libre penseur, Meyssan l'est à l'instar de l'illustre philosophe qui donne son nom à l'organisation qu'il préside. C'est de cette absence de préjugé que Meyssan tire non seulement son droit à la parole, mais encore sa crédibilité.

Sans oublier son courage. Cette liberté sans entrave — de penser, de parler, de dénoncer — s'accompagne du courage d'un guerrier sans armée, avec sa voix pour toute épée, voix qui s'élève pour clamer la vérité envers et contre tout.

Au péril de sa vie. Car Ardisson poursuit : « Ceci étant, le réseau Voltaire est quand même dangereux pour vous parce que votre appartement a été visité, hein, vous avez été menacé ? »

« Oui, plusieurs fois », convient Meyssan. « Par l'extrême droite ? » « Y a même eu l'ouverture d'une information judiciaire pour menace d'assassinat, donc une protection particulière, tout ça, oui », confie Meyssan. Et l'entretien s'achèvera sur le même ton : « Merci d'être venu nous donner toutes ces révélations, et, heu, bon courage... », prononce Ardisson, tout en lui décochant un clin d'œil d'encouragement.

Vrai parce que officiel, faux parce que officiel

Si l'autoportrait de Meyssan en martyr, en combattant, en prophète, fonctionne parfaitement, il n'en va pas de même de son autoportrait en expert. Technicien et profane à la fois, Meyssan peine à trouver son rôle.

Dans les emballements évoqués précédemment (l'insécurité ou la pédophilie), la figure de l'expert est indispensable, et sans ambiguïté : l'expert est incontestable, et son discours scientifique est une des composantes de la polyphonie.

Dans le cas de *L'Effroyable Imposture*, Ardisson esquisse à l'usage de Meyssan, le « mec respectable », une nouvelle catégorie d'expert, l'expert que tout le monde pourrait devenir : « Ce que je veux préciser avant qu'on commence, c'est que vos découvertes sont uniquement fondées sur des documents de la Maison Blanche et du département de la Défense américain. »

Meyssan : « Oui. »

Ardisson : « Fondées, aussi, sur les déclarations des dirigeants civils américains données à la presse internationale, donc parfaitement vérifiables. »

Meyssan : « Tous les éléments sur lesquels je me suis appuyé sont vérifiables par n'importe qui. »

Thierry Meyssan se fonde sur des sources publiques, des déclarations de l'administration américaine aux clichés diffusés par les agences de presse. Et la « version officielle » est à la disposition de n'importe quel visiteur des sites officiels, précisément. Ainsi, les sources de Meyssan, internaute lambda, sont publiques.

Les rôles se sont donc renversés. L'expert est passé du mauvais côté, de celui de la version officielle. Il inspire la méfiance. Ses propos sont ésotériques. Sa prétendue compétence le place hors d'atteinte de toute contestation démocratique.

À l'inverse, Meyssan se place dans le champ de la contestation. Ainsi, si « n'importe qui » n'est pas à même de contredire un expert, « n'importe qui » peut s'improviser critique d'un Meyssan, et investiguer sur l'investigateur.

En cohérence avec ce système d'argumentation, la photo de couverture du livre est utilisée comme preuve irréfutable, parce que visuelle, de la supercherie. Car « n'importe qui peut [la] regarder » et déduire instantanément et avec certitude qu'*aucun avion ne s'est écrasé sur le Pentagone* !

Ainsi, entre le camp du bon sens et celui de l'expertise, Meyssan semble se ranger dans le premier. Esprit à la « liberté totale », il revendique pour seules compétences son bon sens et sa cohérence logique. Son enquête se passe d'expert : dans aucune de ses interventions télévisées il ne mentionne l'avis d'un spécialiste confortant sa thèse (peut-être, il est vrai, parce que la plupart la démentent).

À l'étudier de près, cette thèse se fonde pourtant sur un glissement sémantique et logique, particulièrement évident dans son intervention à l'émission d'Yves Calvi, « C dans l'air », sur France 5 le 21 mars 2002 : « Nous avons fait un choix qui consiste à se fonder sur des documents officiels provenant de l'administration américaine et sur les déclarations de la même administration américaine dans la presse internationale, de manière à ce qu'il ne puisse pas y avoir de doute sur les faits que nous rapportons. Nous pouvons discuter de l'interprétation de ces faits, mais nous ne pouvons pas nier ces faits. »

La confusion fondamentale, la voici : Meyssan s'appuie sur des discours, des communiqués, des photographies. Bref, sur « des documents officiels », collectés sur les sites web non moins officiels de l'administration américaine. Ces documents sont en apparence incontestables : toutes les pièces à conviction sont référencées et il est aisé de remonter jusqu'à leur source officielle, pour vérifier. Et pourtant... En navigant au gré des liens établis par le réseau Voltaire, l'internaute vérifie l'exactitude de la source, de la provenance, de l'origine de l'information. Rien d'autre. Et certainement pas l'exactitude de l'information. « Tous les éléments sur lesquels je me suis appuyé sont vérifiables par n'importe qui », affirmait Meyssan en guise de prologue à l'émission d'Ardisson. Confusion essentielle : c'est seulement l'origine officielle des « éléments » qui est ainsi vérifiable, pas leur contenu.

Et la confusion devient totale lorsque Meyssan s'appuie sur les sources de la version officielle pour démonter les faits tels qu'ils sont présentés... dans la version officielle !

Face à Yves Calvi, pour démontrer que la pièce de métal retrouvée sur la pelouse du Pentagone et présentée par la presse internationale comme un vestige du Boeing n'est pas un morceau de carlingue, Meyssan fait référence aux « conférences de presse du 12 et du 15 septembre ».

Ainsi, Thierry Meyssan prouve l'exactitude de sa thèse sur le mensonge des autorités par le fait que les « éléments » qui la soutiennent « ne proviennent que des autorités ». En définitive, il utilise le caractère « officiel » de ses sources comme un argument d'autorité, justement pour légitimer la thèse officieuse qu'il défend, et qui dénonce l'« effroyable imposture » de la version officielle...

Vrai parce qu'officiel, faux parce qu'officiel : CQFD. Mais dans l'emballement, nul ne relève ce vice de l'argumentation.

Et pourtant, des témoins ont vu l'avion ! Mais cela ne gêne pas le système Meyssan

Contre la thèse de *L'Effroyable Imposture*, deux objections majeures, si le contexte de confrontation des arguments était « normal », si l'on n'était pas paralysé par le cauchemar, devraient surgir immédiatement. D'abord, une objection technique. Pour expliquer la troublante absence de tout débris, plusieurs experts estiment parfaitement vraisemblable que l'avion se soit désintégré, pour partie devant le bâtiment, et pour partie à l'intérieur. Surtout, une objection de bon sens : de très nombreux témoins ont vu l'avion voler à basse altitude vers le Pentagone. Sont-ils tous des fous ou des menteurs ?

Mais dans l'emballement, ces objections qui en temps normal devraient faire éclater la bulle du cauchemar ne sont pas audibles, et parfois même — chez Ardisson — ne sont pas formulées du tout.

À propos de la désintégration, Ardisson : « Donc vous, vous dites : on n'a jamais retrouvé l'épave de l'avion, en fait, on l'a jamais vue... »

Meyssan acquiesce : « On n'a jamais trouvé le moindre morceau de cet avion à l'exception des boîtes noires, qu'on a exhibées avec beaucoup de retard. Et puis on aurait retrouvé, d'après le Pentagone, un phare de l'avion qu'on n'a jamais montré, mais enfin on dit qu'on l'a retrouvé... Et rien d'autre. Donc c'est un avion qui se serait dématérialisé ! »

Sans relever le terme dématérialisé, Ardisson enchaîne : « Alors y a aucun photographe, aucune télévision qui ont été autorisés à filmer le crash. Les seules sources, c'est l'armée américaine. Alors ils ont donné des explications successives et variables, et puis un mensonge en appelant un autre, comme ça, ils ont commencé à partir dans un délire, mais alors incroyable, quoi ! »

Aucune preuve visuelle du crash, donc, puisque les télévisions et les photographes n'ont pas été « autorisés à filmer le crash » ! Tout eût été évidemment plus simple si les chaînes de télévision avaient pu prévoir le crash et envoyer leurs reporters couvrir l'événement...

Cette thèse de la dématérialisation de l'avion, évacuée par Meyssan lui-même d'un revers de main chez Ardisson, va se « rematérialiser » sur le plateau d'Yves Calvi. Mais sans davantage parvenir à déstabiliser Thierry Meyssan. Elle est formulée par Serge Roche, expert en aéronautique. Calvi : « Serge Roche, ma première question est simple : est-ce qu'un avion de la taille de celui dont nous parlons peut en effet laisser les traces qui sont celles que l'on observe sur le Pentagone ? »

Roche : « Oui, totalement, totalement. » Puis s'adressant à Meyssan : « Vous faites référence dans votre livre au fait qu'il n'y a aucune pièce métallique de l'avion qui ait été retrouvée. Je vous signale qu'il y a quand même deux cas d'accidents d'avions où on n'a rien retrouvé de l'avion. Sur le TAT qui s'est crashé au sud de Melun il y a une quinzaine d'années, l'avion est passé en piqué et a fait un cratère dans le sol, et on n'a retrouvé que la dérive. Et le vol au Tibet sur un Airbus 300 qui s'est crashé dans une montagne, où on a pu repérer l'endroit de l'impact uniquement par la trace laissée sur une montagne. On n'a rien trouvé d'autre. Donc un avion peut disparaître de cette manière-là. D'autre part, un avion qui se crashe sur le Pentagone arrive à une vitesse de quatre cents kilomètres à l'heure, ce qui veut dire, compte tenu de l'impact, que ça fait une puissance de huit cents kilomètres à l'heure. Je pense que le Pentagone est fait dans des matériaux très solides, très résistants... »

Meyssan : « Ah non ! »

Roche : « Donc qu'on ne retrouve rien de l'avion ne me paraît pas étrange. Je sais qu'on a retrouvé des boîtes noires. Elles sont rendues inutilisables du fait qu'elles sont restées à une chaleur intense pendant quinze jours à trois semaines. Donc elles sont inexploitables. Mais quels sont les avions qui ont des boîtes noires ? Ce sont les avions de ligne. »

L'expert, chiffres (« puissance de huit cents kilomètres à l'heure ») et cas analogues à l'appui (le crash du TAT à Melun et celui de l'Airbus 300 au Tibet), ne juge « pas étrange » la disparition du Boeing 757 à Washington. L'expérience du spécialiste donne vraisemblance à la thèse de la « dématérialisation » de l'avion, là où Meyssan décelait une « contradiction » absurde et où Ardisson voyait un « délire absolument incroyable ».

Mais, alors que Roche pourrait pousser son avantage, la suite de la discussion tourne à l'avantage de Meyssan. Au lieu de détailler sa thèse de la désintégration, l'expert s'aventure en effet sur le terrain de la thèse de l'explosion avancée par Meyssan : « D'autre part, vous parlez d'une explosion interne au Pentagone... »

Meyssan : « Non, je ne parle pas d'une explosion interne au Pentagone, j'en ai jamais parlé. »

Roche : « Donc vous dites qu'il y a un explosif qui a été posé dans le Pentagone... »

Meyssan : « Non, pas *dans* le Pentagone, *devant* le Pentagone... »

Roche : « Devant le Pentagone. Mais de quelle puissance ? Parce qu'il faut quand même une sacrée puissance, pour pouvoir... »

Meyssan : « Oui, oui, il faut une énorme puissance. »

Roche : « Et vous pensez que quelqu'un peut venir tranquillement mettre une bombe devant le Pentagone ? »

Meyssan : « Eh bien c'est précisément le problème que je pose : pour apporter une bombe comme ça, qui est une charge énorme, il faut un camion. »

Roche : « Et donc le camion entre comme ça sur la pelouse, sans se faire remarquer ? »

Meyssan : « Ça ne peut être que des gens habilités, c'est bien la question ! »

Chapeau l'artiste ! Meyssan n'a pas eu à répondre sur les précédents en matière d'avions « dématérialisés » (à Melun et au Tibet), et peut se limiter à des controverses secondaires sur le détail de sa propre version : il n'a « jamais parlé » d'une explosion « interne au Pentagone », mais d'un attentat par des membres du Pentagone, « habilités » à circuler dans l'enceinte du bâtiment. Quant à la charge explosive, elle n'est pas posée « dans » le Pentagone, mais « devant »...

Ainsi, Meyssan l'inexpérimenté, Meyssan le mal documenté en vient à corriger l'expert sur les détails de son scénario à lui, Meyssan.

De ce débat houleux, restera pour le téléspectateur

emballé l'impression que, dans le duel qui oppose Meyssan à l'expert, c'est Meyssan qui apporte corrections et précisions au propos de son adversaire... et qui l'emporte au total sur le spécialiste international.

D'autant que cette impression est confortée par l'agitation qui règne dans le camp des réfractaires à sa thèse. Pourtant, ils ont l'avantage du nombre. L'introduction de Calvi donne le ton : « Je le disais par provocation il y a quelques instants, c'est à se demander si l'imposture elle-même n'est pas l'édition du livre et la thèse qu'on y développe. En tout cas, nous nous le demanderons avec de nombreux invités (...) »

L'amorce du débat est sans ambiguïté : le plateau est hostile à la version Meyssan. Le rapport de force du plateau de Calvi est apparemment inverse à celui du plateau d'Ardisson. Pourtant, le nombre des opposants joue paradoxalement en faveur de Meyssan. Car une agitation chaotique règne dans les rangs des réfractaires, où les avis divergent souvent, et se contredisent parfois. Les affrontements internes, les « tirs amis » qui traversent le camp anti-Meyssan affaiblissent la portée des attaques individuelles lancées contre le tenant de l'« effroyable imposture ». Et le désordre profite à Meyssan : après avoir fait la leçon à l'expert sur la charge explosive placée devant le Pentagone, il se rue sur une divergence entre l'expert en aviation et un expert en stratégie militaire, sceptiques l'un comme l'autre.

Serge Roche doute de la possibilité qu'un camion vienne déposer une énorme charge explosive devant le Pentagone dans l'indifférence générale. Quelques minutes plus tard, Calvi interroge le colonel Jean-Louis Duffour à propos de « cette possible explosion devant le bâtiment, telle que l'a expliquée il y a quelques instants Thierry Meyssan ».

Le spécialiste : « Justement, l'affirmation pèche dès le départ : dire qu'il est impossible de mettre un camion piégé de cinq cents kilos, d'une tonne, de deux tonnes devant le Pentagone, il n'y a aucune preuve qui permette de le dire. Et dire que c'est obligatoirement des militaires qui ont fait entrer le camion est une plaisanterie. Il y a mille exemples d'endroits extraordinairement bien protégés où on a pu entrer sous prétexte de travaux, et tout spécialement aux États-Unis où on a bien noté au moment du 11 septembre que les contrôles de sécurité dans les aéroports et un peu partout n'étaient pas ce qu'ils auraient dû être. Autrement dit, l'affirmation initiale disant : "On ne peut pas rentrer, sauf avec une complicité militaire américaine", est absolument gratuite. »

Résumons : peut-être la charge explosive était-elle déposée dans un camion, mais pas forcément introduit là par des militaires. Toujours rapide à discerner les failles, Thierry Meyssan : « Je vous remercie, colonel, de noter que dans ces conditions il n'est pas nécessaire d'avoir un avion ! »

L'habileté de Meyssan consiste à répondre à

l'objection de l'expert en aviation sur le terrain de la charge explosive déposée par des militaires, et à celle de l'expert militaire sur celui de l'aviation. Le succès de l'opération doit toutefois davantage à la mauvaise coordination des contre-argumentaires qu'à leur absence de fondement. Ce manque de cohérence dans l'enchaînement des objections tient au fait que les sceptiques ne sont précisément pas organisés en un « réseau », en un clan. Ils ne défendent pas une version unique et univoque.

Tout se passe comme si, face à l'emballement Meyssan, le camp « d'en face », celui des experts hésitants aux hypothèses complexes, ne craignant pas d'étaler leurs doutes, se désagrégeait sur le plateau d'Yves Calvi. Leur désordre profite à Meyssan, qui retourne les objections à leurs destinataires : n'importe qui peut faire exploser le Pentagone, et « dans ces conditions », pourquoi pas des membres du personnel ? Dans ce cas, « il n'est pas nécessaire d'avoir un avion », et il est loisible d'alléguer qu'« aucun avion ne s'est écrasé sur le Pentagone » !

Mais la principale objection qu'un élémentaire bon sens pourrait apporter à Thierry Meyssan concerne les témoignages de tous les Américains qui ont vu un avion voler à basse altitude vers le Pentagone.

Comment Meyssan va-t-il sortir vainqueur de cette question-là ? Chez Ardisson, très facilement : aucune allusion — aucune ! — n'est faite à ces témoignages.

Plus critique sur ce point comme sur les autres, Yves Calvi demande à Meyssan :

« Les témoins qui pour l'instant disent avoir vu s'écraser l'avion, vous pensez que ce sont de faux témoins ? »

Meyssan : « Je ne pense pas ça du tout ! Mais non, je ne raisonne pas comme ça. Mon raisonnement est de dire : quand on prend des témoignages, on prend tous les témoignages. Pourquoi vous récusez ces autres témoins ? »

Calvi : « Non, mais je ne récuse personne (...) »

Ainsi, alors qu'il voulait mettre Meyssan en difficulté, c'est Yves Calvi qui se trouve acculé à la défensive — « non, mais je ne récuse personne ». S'ensuit un reportage sur le sujet.

La voix off restitue les faits tels qu'ils ont été décrits par des témoins : « (...) Le Boeing effectue un virage très serré à deux cent soixante-dix degrés, comme un avion de chasse, juste avant l'impact, disent les témoins au sol. Aujourd'hui, ceux qui étaient là, ceux qui ont vu, se souviennent. » Un officier de liaison au Pentagone est interviewé. Il était au téléphone quand « l'avion a frappé le Pentagone ». Il dit avoir ressenti l'impact et entendu le vacarme de l'explosion.

La voix off reprend : « On n'a retrouvé que des débris de l'appareil. La structure de l'avion, essentiellement composée d'aluminium, a fondu lorsque la température est montée à près de six cents degrés dans l'embrasement. Mais aucun doute, c'était bien un avion. »

Sur le chantier de reconstruction du Pentagone, un homme casqué raconte : « Un de nos employés, un ancien du Vietnam, un gaillard d'un mètre quatre-vingt-dix, a vu l'appareil arriver sur lui. Il s'est jeté au sol pour éviter le réacteur. Ça vous donne une idée de la hauteur à laquelle l'avion est arrivé. »

Meyssan : « Je tiens à faire remarquer que vos témoins n'ont rien vu de l'avion lui même. Ils ont ressenti une explosion, ils n'ont pas vu d'avion. »

Calvi : « Alors, il y a de très nombreux témoins qui disent clairement avoir vu cet avion. »

Meyssan : « Il faudrait discuter du détail de leur témoignage qui sont contradictoires les uns avec les autres (...). Nous avons des témoins qui disent avoir vu tomber un avion, nous avons des témoins qui disent qu'il y avait une charge explosive. »

Soit. Mais en quelle quantité pour les uns et pour les autres ? Meyssan ne le précise pas, et personne ne le lui demande.

De toute manière, ces témoignages sont eux-mêmes suspects. Écoutons-le répondre à Daphné Roulier deux jours plus tard, sur Canal+ : « Que faites-vous des témoignages de pompiers, de témoins, de journalistes, et notamment d'une journaliste, Barbara Olson, qui a appelé son mari à bord du vol 77 ? »

Meyssan : « Justement, c'est à cause de ces témoignages que je me suis rendu compte de cette supercherie. Parce que j'ai trouvé d'abord les différentes dépêches d'agences qui ne parlent pas d'un avion sur le Pentagone, mais qui ont des témoins qui ont vu autre chose, madame. Et ces témoins, on ne les entend plus. Or (...) ils disent que devant la façade il se trouve qu'il y avait un hélicoptère au sol et un camion. Et il y a des gens qui disent : c'est l'hélicoptère qui a explosé; d'autres qui disent : c'est le camion qui a explosé.

« Ces témoignages disparaissent subitement quand le Pentagone nous dit : "Non, erreur, on corrige, c'était un avion." Et là, tout d'un coup, nous avons toutes sortes de nouveaux témoignages, contradictoires avec les premiers, qui nous disent : c'est un avion. »

Donc, des premiers témoignages sont bien allés dans le sens de Meyssan, mais « ces témoignages disparaissent subitement »... Comment ? A-t-on fait disparaître ces témoins ? « ... quand le Pentagone nous dit : non, erreur, on corrige, c'était un avion ». CQFD : c'est « le Pentagone » qui a manipulé à sa guise les témoignages, et orienté la couverture des médias. Car dans la droite ligne de Chomsky, Meyssan considère manifestement les États-Unis comme un État totalitaire, dans lequel un claquement de doigts du Pentagone suffit pour que toute la presse corrige sa version de l'attentat. Simplification absurde, évidemment. Mais cette vision cauchemardesque de la presse américaine est solidement appuyée sur un « noyau de vérité » : la démission des médias américains après le 11 septembre. Elle est donc plausible. Nul n'est en état de la contredire. Si les médias américains ont bien épousé l'unanimité du traumatisme, alors pourquoi n'auraient-ils pas fait « disparaître » les témoignages gênants ? C'est tout naturellement, sans aucune opposition, que Meyssan glisse de la critique (légitime) des médias américains à la négation (absurde et odieuse) du fait qu'ils rapportent.

De toute manière, pour l'auteur de *L'Effroyable Imposture*, l'établissement de la vérité est secondaire. La priorité consiste à démonter la vérité officielle. Savoir ce qui s'est vraiment passé est hors de portée des faibles moyens du président du réseau Voltaire, d'autant que la vérité se dérobera toujours. Comme dans les affaires de réseaux pédophiles. Sauf à y affecter « des milliers d'enquêteurs indépendants qui travailleraient pendant des mois ou des années », explique sur France 5 Raphaël Meyssan, fils de Thierry et coauteur du site web consacré au livre, la vérité du 11 septembre ne sera jamais connue. Toutes les contradictions, les fragilités de l'argumentation Meyssan, en temps ordinaire, pourraient facilement être démontées par des experts, ou simplement des journalistes vigilants. Que nul, pendant ces quelques jours, n'y soit parvenu avec succès, n'est-ce pas le signe le plus évident de l'emballement ?

Les ralliés du show-biz

Ce duo Ardisson-Meyssan, auquel nous assistons tétanisés, a besoin de témoins pour emporter définitivement la conviction. Et c'est le ralliement spectaculaire des témoins qui va parachever l'emballement.

Ce soir-là, à « Tout le monde en parle », Meyssan est entouré de trois comédiens, Hélène de Fougerolles, Yvan Le Bolloch' et Bruno Solo. Sceptique au début, ce trio de hasard va peu à peu glisser dans l'emballement.

« Mais l'avion qui a décollé, il est où ? » demande ainsi au début Ardisson à Meyssan. Ce dernier explique qu'« on a perdu sa trace » à cinq cents kilomètres de Washington et qu'on « n'a aucune nouvelle depuis ». Il ajoute : « Et certainement, le gouvernement américain aurait des révélations à faire aux familles de ces victimes... »

Une émotion soudaine gagne alors l'assemblée. Long silence, brisé par Le Bolloch' : « Je sens qu'on va pas s'ennuyer ce soir ! » Ardisson : « C'est chaud, là. » Fougerolles : « C'est chaud bouillant, ouais... »

Le Bolloch' risque une première question : « Je voulais juste savoir si vous étiez le premier à vous en apercevoir. Les journalistes qui sont super bien renseignés, y en a aucun qui a émis quelques doutes, ici, en France en tout cas ? » Meyssan : « Quand cet attentat a eu lieu, il a été vécu comme une agression terrible, et y a pas eu d'enquête aux États-Unis.

C'est-à-dire qu'y a même pas eu l'enquête qu'on fait quand y a un crash, si vous voulez. » Bruno Solo acquiesce : « Ça a été un choc psychologique... »

Mais tout de même, ces révélations viennent bien rapidement. Solo tente à son tour une deuxième restriction : « Je critique pas ce que vous dites parce que c'est votre enquête, en plus ça a l'air très sérieux et très bien fait, mais ce qui m'étonne le plus, c'est la vitesse avec laquelle vous et sûrement d'autres, qui n'ont pas encore parlé, ont découvert la supercherie. Et ce qui m'étonne, si c'est un plan machiavélique, la plus "effroyable imposture" de l'Humanité, comme vous le dites dans votre livre, c'est que les types n'aient pas tout prévu pour qu'au moins on leur laisse pas quinze jours avant de les choper... »

Là encore, la prudence est de rigueur : on ne critique pas, on questionne (« je critique pas ce que vous dites », « ça a l'air très sérieux et très bien fait »). Mais il est tout de même surprenant que les autorités américaines ne se soient pas montrées plus astucieuses dans le camouflage de la « supercherie »...

Et quand les comédiens tentent une timide réfutation, ils se heurtent au meneur de jeu. Ainsi Le Bolloch', à propos des cassettes de revendication de Ben Laden, dont Meyssan met en doute l'authenticité : « Oui, mais y a des gens qui parlent arabe et qui ont analysé cette cassette, ici, en France, et il le dit bien, il le dit bien... »

Ardisson l'interrompant avant « il le dit bien » :

« Mais ce que dit Thierry Meyssan, c'est que chez les fondamentalistes, chez les talibans, l'image de la photographie comme agrément, enfin, comme ça, c'est pas courant et c'est même interdit. Alors que les Américains, eux, ils jouent avec leurs caméscopes toute la journée. Ça, c'est la chose que vous notez. Et ensuite, Ben Laden qui était toujours prêt à faire des déclarations face caméra avec sa Rolex et son kalachnikov devant une grotte, là il l'a pas revendiqué, il en parle avec un copain en disant : "T'as vu comment je les ai baisés"... »

Si un invité émet une restriction, comme ici Le Bolloch', c'est donc Ardisson qui prend la défense de Thierry Meyssan. C'était pourtant la première réserve sérieuse émise à l'encontre de la thèse de Meyssan depuis le début de l'interview-vérité par des compagnons de plateau qui préfèrent généralement le registre de l'approbation bruyante...

Ardisson : « Alors le FBI, dans son enquête, a trouvé des traces, mais enfin qui sont un peu pitoyables, par exemple ils ont trouvé à côté de l'aéroport, dans une voiture, un livre, *J'apprends à piloter un Boeing...* »

Meyssan, éclatant de rire : « Et en plus... en plus ils l'ont trouvé en arabe ! Donc ça fait rire tout le monde parce que si vous voulez, les manuels de pilotage ne sont jamais traduits en arabe parce que, en arabe, y a pas les mots techniques du pilotage donc on les garde en anglais, quoi ! Donc moi, déjà, je sais même pas où est-ce qu'on trouve ce genre de chose, et puis le manuel de pilotage d'un 757 c'est pas un livret comme ça ! Un manuel de pilotage, il faut deux armoires pour le ranger, c'est une collection de livres... »

Bruno Solo : « La vache ! »

Hélène de Fougerolles : « C'est hyper angoissant, quand même, ce qu'il raconte... »

Ardisson, sortant son argument-massue : « Ouais et puis y a un autre truc, c'est que le passeport de Mohamed Atta a été retrouvé, euh... en très bon état dans les ruines du World Trade Center... »

Solo : « C'est à ça que je dis que c'est quand même incroyable, ce que vous racontez ! Parce qu'alors là, c'est l'exemple qui illustre le mieux, le plus frappant... Ce petit fascicule, quoi... Vraiment, c'est un gamin qui monte un piège pareil, quoi ! C'est ça que j'arrive pas à comprendre, quoi ! Des types... ce que ça implique, là... des blaireaux qui font ça... »

Mais cette objection tombe à plat. Pour les adeptes de la théorie du complot, il importe que les comploteurs soient des Ogres crédibles et non des « blaireaux ». Aussi Ardisson préfère-t-il relancer la démonstration de Meyssan sur le chapitre du passeport retrouvé intact, détail qui fait sensation dans l'assistance et qu'il souhaite exploiter à fond :

« Non mais attendez, Thierry Meyssan, c'est vrai qu'on a retrouvé le passeport de Mohamed Atta ? »

Meyssan : « Le passeport de Mohamed Atta intact, ouais. »

Solo : « C'est vrai, putain ! Enfin non, je sais pas

si c'est vrai, mais c'est vrai que c'est troublant ! Ça m'avait épaté, moi, à l'époque... »

À noter que Solo se ressaisit *in extremis* (« enfin non, je sais pas si c'est vrai ») alors qu'il est sur le point de se laisser emballer sans réserve.

Désignation de l'Ogre...

Reste à affiner le scénario du complot qui a donné naissance à l'« effroyable imposture ». Dans l'emballement pédophile, les enfants et les justiciers étaient « confrontés » à l'inertie hostile des institutions, le « système judiciaire » complice des monstres de cauchemar. L'emballement Meyssan raconte une nouvelle fois la légende d'un héros solitaire et démuni face à un « système » plus titanesque encore, le système des systèmes : l'appareil d'État américain, avec ses innombrables et impitoyables guerriers de l'ombre, les services secrets et les lobbies pétroliers et militaires. De même que les réseaux pédophiles trouvent des complices au sein des institutions, l'appareil d'État américain est gangrené par un complot.

Ardisson : « L'histoire, d'après vous, c'est que tout ça est fait pour éloigner l'enquête d'une piste intérieure. Vous parlez d'un complot d'un groupe présent au sein de l'appareil d'État américain, en fait, pour dicter sa conduite au président Bush. C'est pour ça qu'on a parlé à un moment de menaces sur la Maison Blanche. C'est vrai que le 11 septembre on a parlé de menaces sur la Maison Blanche ? »

Meyssan : « Alors y a un tas de choses qui ont été oubliées. D'abord l'annexe de la Maison Blanche a brûlé le 11 septembre. Personne n'en a parlé, mais pourtant la télévision américaine a montré l'incendie dans l'annexe de la Maison Blanche. C'est quand même un truc intéressant. »

Ardisson : « Ouais... ouais... ouais... »

Meyssan : « D'après le secrétaire général de la Maison Blanche et le porte-parole de la Maison Blanche, qui se sont exprimés les jours suivant le 11 septembre et qui se sont rétractés dix-huit jours plus tard, ils ont expliqué en détail comment, aux environs de 10 heures, le service de protection des hautes personnalités, le "Secret Service" on dit là-bas, avait reçu un appel des assaillants, donc contenant manifestement quelque chose à négocier — vous n'appelez pas comme ça... bon — et qui, pour authentifier cet appel, avaient donné les codes secrets d'authentification et de transmission d'Air Force One, l'avion présidentiel, et de la Maison Blanche. Bon. »

Ardisson : « Ouais. »

Meyssan : « D'abord, pour disposer de ces codes secrets, y a quelques dizaines de personnes qui ont ça. Bon. Ça ne peut être que des gens vraiment au sommet de l'appareil d'État américain qui ont organisé ça. Bon, euh, ensuite, quand le président Bush est informé de ces choses-là, il a une réaction immédiate. Il est à ce moment-là en route en avion vers Washington. On lui apprend que les codes de transmission et d'authentification ont été volés. Donc ça veut dire que n'importe qui peut usurper sa qualité... N'importe qui peut déclencher le feu nucléaire, ou peut-être que c'est la troisième guerre mondiale et que lui veut déclencher le feu nucléaire, et que quelqu'un va lancer un contrordre... »

Ardisson récapitule : « Ce que vous dites, en gros, c'est que tout ça a été fait pour obliger le président américain à faire une autre politique. C'est un... un coup d'État, en fait... »

Meyssan : « Oui, c'est un coup de palais. »

Ardisson corrige : « Ouais, c'est une révolution de palais qui a été tentée. »

... et son mobile

Ardisson : « Alors le lobby pétrolier, lui, évidemment, y trouve son compte puisqu'y a plus de talibans en Afghanistan (...) donc ils auront pas de mal à faire passer leur fameux pipe-line en Afghanistan ! »

Meyssan : « L'actuel Premier ministre afghan était lui-même préalablement l'employé de la firme Unocal qui a ce projet de pipe-line et qui est en train de se réaliser. »

Ardisson : « Ouais, voilà... »

Meyssan : « Directement, on met ses employés au pouvoir... »

Ardisson : « Et c'est encore plus simple. Le lobby militaire aussi, qui désormais voit réaliser ses rêves les plus fous puisqu'ils reprennent *La Guerre des étoiles*, quoi... »

Meyssan : « C'est même beaucoup plus que *La Guerre des étoiles*. Déjà, du temps de Reagan, ça paraissait un jeu de science-fiction absolument incroyable. Là, le projet qui est mené, c'est que l'armée américaine va se doter d'une quatrième arme. Vous avez l'Armée de terre, la Marine, l'Air Force, et y aura une quatrième arme... L'arme spatiale. »

Ardisson : « Ah oui... »

Meyssan : « Donc, là, cette arme spatiale, c'est pas seulement le bouclier antimissiles dont on a parlé, c'est réellement une armée spécialisée dans l'espace... »

Ardisson : « Ah ouais... »

Meyssan : « Et à partir de ce moment-là, la guerre devient tellement asymétrique, puisqu'ils seront les seuls à disposer de cette armée, et ils disent (c'est les généraux américains qui s'expriment comme ça), ils disent que la domination de l'empire américain sera... sera... »

Ardisson : « ... totale... »

Meyssan : « ... sera définitive et totale. Ce sont des gens qui tiennent des discours vraiment délirants ! »

Ardisson : « C'est le Docteur Folamour, hein ? »

Tout le plateau : « Oh la la ! »

L'humoriste Bruno Solo : « C'est exactement le scénario de Kubrick ! »

Le cinéma à la rescousse

Si après tout cette « effroyable imposture » peut être le fruit d'un scénario, c'est parce que les Américains sont passés maîtres dans l'élaboration de scénarios tout aussi comiques, ambigus et terrifiants que celui-ci. Et c'est Ardisson qui se charge de souligner les parallèles avec une fiction réussie :

« Alors vous dites que le dynamitage, les balises d'alerte, etc., c'est pas une opération qui peut être conduite et dirigée depuis une grotte en Afghanistan (...). La seule cassette qu'on ait vue c'est une cassette qui est sortie d'un chapeau et où il se marrait avec un copain en disant : "T'as vu comment je les ai baisés !" Enfin c'était les "Guignols", quoi ! (...) Il s'accuse du crash sur le Pentagone alors que bon, (...) une des choses dont on est le plus sûr aujourd'hui... »

Meyssan . « Ça, c'est vraiment clair qu'y a pas eu de crash sur le Pentagone ! »

Ardisson : « Euh... y a pas d'avion euh... voilà, bon. Donc il s'accuse aujourd'hui de trucs qui, en fait, n'auraient jamais existé. Donc ce qui est incroyable dans votre enquête, c'est que quand Ben

Laden sur cette cassette s'accuse de tout, il a une espèce de rire un peu sardonique, tu vois, un peu comme Nicholson quand il fait le Joker, hein ? »

Meyssan : « Ah oui, absolument ! Il joue vraiment le rôle qu'on attend de lui ! »

Yvan Le Bolloch' : « Il manque plus que le panneau lumineux derrière : "C'est moi... c'est moi... c'est moi..." ! »

On navigue donc entre le film d'espionnage, de science-fiction (*Guerre des étoiles*, *Docteur Folamour*) et le Méchant de comédie (Nicholson). Nul besoin, par conséquent, d'aller chercher très loin les sources d'inspiration du scénario officiel, tout droit sorti de l'industrie américaine, non pas pétrolière ni militaire, pour une fois, mais cinématographique...

Reste à donner à ce scénario l'épilogue apocalyptique qu'il mérite. Ardisson : « Et c'est pour ça que maintenant ils parlent de l'Irak ! Donc c'est parce que... c'est dans la même ligne... »

Meyssan : « Non seulement ça, mais le *Los Angeles Times* a révélé la semaine dernière l'existence d'une étude actuelle au Pentagone sur l'usage de la force nucléaire contre huit États qui pourraient être rayés de la carte ! Donc Cuba, l'Irak, la Corée du Nord, etc. »

Ardisson, hochant la tête : « Ouais... (...) Non mais la question qu'on peut se poser sérieusement, maintenant, parce que c'est vrai que le 11 septembre, si c'est une tentative putschiste, on peut se demander, d'ailleurs, pourquoi le *Washington Post*, d'un seul coup, s'est inquiété parce qu'il y a un cabinet fantôme qui a été créé aux États-Unis, d'une centaine de personnes, extérieur à Washington, et qui est censé... »

Meyssan, l'interrompant pour livrer lui-même la révélation : « Donc ils sont dans un bunker, y a officiellement un second gouvernement parallèle en arrière du premier, qui ne peut pas être contrôlé par les États-Unis. Donc euh... vous appelez ça comme vous voulez, mais ça me paraît quand même être assez loin de la démocratie... »

Ardisson : « Hm... hm... Le pouvoir a changé de mains aux États-Unis ? »

Meyssan, les lèvres serrées : « Totalement. »

« Coup d'État », « révolution de palais », « armée spécialisée dans l'espace », « usage de la force nucléaire contre huit États qui seraient rayés de la carte »... Des putschistes, au sein de l'appareil d'État américain, ont pris le pouvoir sans que nul le sache, fomenté un attentat qui a provoqué de nombreuses victimes, et sont parvenus à tuer dans l'œuf les contre-enquêtes journalistiques : on nage dans une fresque cauchemardesque de la manipulation américaine qui pourrait avoir pour coauteurs Thierry Meyssan, Noam Chomsky et un scénariste hollywoodien. « On est dans le domaine de l'inconcevable, et il faut savoir dépasser ça, se dire que ça existe », disait Frédérique Bredin sur France 3 à propos de la pédophilie. Mot pour mot, Meyssan pourrait répéter la même chose. Ainsi les deux emballements, de la pédophilie et de l'imposture, culminent au cœur de la nuit dans un identique cauchemar éveillé.

L'après-emballement

Quelques jours après la diffusion de l'émission d'Ardisson, *Le Monde* prenait position contre Thierry Meyssan, dans un éditorial d'une rare et salubre fermeté. « Cette thèse (...) est tout simplement révisionniste, affirmant que l'histoire réelle que décrivent les médias et sur laquelle agissent les politiques n'est qu'un récit factice, totalement fabriqué et inventé. Comme le montre notre contre-enquête, c'est l'inverse qui est vrai : le réseau Voltaire raconte, en l'espèce, n'importe quoi [1]. »

À « Arrêt sur images », même si l'énormité de l'opération Meyssan m'est tout de suite apparue, nous avons fait le choix de ne pas traiter directement de l'affaire Meyssan dans l'émission, pour ne pas accroître encore son impact. Avons-nous eu raison ? De fait, Meyssan est sorti renforcé de toutes les émissions auxquelles il a participé, même quand le dispositif de réfutation avait été solidement édifié. Aurions-nous réussi mieux que tous les autres à dissiper le cauchemar ? Redoutant de ne pas pouvoir rivaliser avec la dynamique de l'emballement, nous nous sommes abstenus. En revanche, notre « foru-

1. « Le Net et la rumeur », *Le Monde*, 21 mars 2002.

mancière » Garance, auteur chaque semaine de cyber-enquêtes publiées sur le site web de l'émission, a entrepris de « prendre *L'Effroyable Imposture* par les liens », et d'aller vérifier une par une le contenu de toutes les références avancées par Thierry Meyssan à l'appui de sa démonstration. Elle a ainsi établi comment nombre d'entre elles avaient été détournées par Meyssan de leur sens initial. Son article, encore aujourd'hui, circule sur Internet. Elle n'a jamais été invitée par Thierry Ardisson.

Quelques mois après l'immense succès de *L'Effroyable Imposture*, deux journalistes, Guillaume Dasquié et Jean Guisnel, publient enfin *L'Effroyable Mensonge*[1], patiente compilation d'éléments confirmant la version « officielle » attaquée par le premier livre : un Boeing s'est bel et bien écrasé sur le Pentagone, le 11 septembre vers 9 h 37. Au milieu d'une foule d'autres éléments matériels, on y trouve une liste indicative de témoins oculaires « facilement joignables en consultant les annuaires locaux, qui décrivent tous avec de nombreuses similitudes la trajectoire de l'avion avant l'impact contre le Pentagone ». Cette liste de dix-sept noms (Alfred Regnery, arrivé en voiture depuis le pont sur la rivière Potomac ; Allen Cleveland, piéton sortant du métro ; D.S. Khavkin, qui vit au huitième étage d'un immeuble qui fait face au Pentagone, et a

1. Guillaume Dasquié, Jean Guisnel, *L'Effroyable Mensonge, thèse et foutaises sur les attentats du 11 septembre*, La Découverte, 2002.

assisté depuis son balcon aux derniers instants du vol du Boeing sur le bâtiment, etc.) occupe une page entière du livre. Thierry Ardisson, recevant Guillaume Dasquié le 8 juin 2002, regrette publiquement de s'être laissé entraîner par son « amour de la science-fiction », dans « une écoute peut-être un peu trop classique » de Thierry Meyssan.

Mais *L'Effroyable Mensonge*, avec sa triste liste d'éléments ratifiant la version officielle, ne rencontre qu'une profonde indifférence. La communauté des emballés qui menait sabbat nocturne autour de Thierry Meyssan s'est volatilisée aux premiers rayons de l'aube grise.

Quant aux médias américains, deux ans après le 11 septembre 2001, ils peinent toujours à retrouver la juste distance par rapport à leur gouvernement. À l'été 2003, c'est la Maison Blanche qui s'est à son tour trouvée plongée dans un petit cyclone médiatique, accusée d'avoir donné des justifications mensongères à la guerre contre l'Irak.

Mais cet emballement a été d'autant plus violent qu'il ne s'est déclenché qu'à retardement.

Le mensonge remonte en effet au 23 janvier 2003. Ce jour-là, le président américain, dans son discours sur l'état de l'Union, se livre à l'inventaire des « preuves » justifiant l'imminente intervention américaine en Irak. Parmi ces « preuves » : des tentatives de Saddam Hussein de se procurer de l'uranium au Niger, afin de pouvoir fabriquer des armes nucléaires. « Le gouvernement britannique a appris que Saddam Hussein a tenté récemment de se procurer des quantités significatives d'uranium », explique le président. Dès le 7 mars, quelques jours avant le déclenchement de la guerre d'Irak, le directeur de l'Agence internationale pour l'énergie atomique, Mohammed El Baradei, dégonfle pourtant ce « scoop » nigérien, en annonçant en plein conseil de sécurité de l'ONU avoir découvert, dans cette affaire, un faux document parmi les preuves contre l'Irak. L'écho médiatique de cette déclaration est des plus limités.

Ce n'est qu'au mois de juillet 2003, quatre mois après les déclarations de El Baradei, trois mois après le renversement de Saddam Hussein, que l'administration américaine reconnaîtra, contrainte et forcée, que cette « preuve » était fondée sur des documents falsifiés. Ainsi se confirme-t-il qu'une information ne doit pas seulement être exacte et importante pour se livrer un chemin dans les médias du pays le plus libre du monde. Elle doit aussi être opportune.

Outre cette polémique sur le nucléaire, les forces américaines, en août 2003, n'avaient toujours pas trouvé de preuves concluantes sur des armes bactériologiques ou chimiques irakiennes, dont l'existence présumée constituait l'une des principales justifications de la guerre.

Le terrain est donc fertile pour de nouveaux Meyssan.

4

La grande peur de « Loft Story », ou le cauchemar au bord de la piscine

« Loft Story », un cauchemar ? Allons donc ! Si la France, au printemps 2001, s'est subitement emballée pour et contre l'émission de M6, si le sujet a monopolisé les conversations autant que les manchettes des journaux, s'il a fourni matière à nombre d'empoignades, peut-on y retrouver les traces d'un emballement comparable aux terreurs apocalyptiques que charrient l'insécurité ou la pédophilie ? L'emballement du Loft comporte-t-il comme les autres sa légende cauchemardesque, avec ses Ogres, ses victimes, ses effondrements ?

Allons donc ! À première vue, rien d'autre qu'un innocent divertissement printanier pour société trop gâtée et insouciante.

Voire. Le débat sur le Loft laisse dans son sillage des souvenirs de sidération et de désespoir. Pour ou contre, on s'y jeta avec une pugnacité, une voracité, une colère qui dépassaient de beaucoup l'enjeu d'une émission de divertissement à la télévision.

Tout commence par un foudroiement initial,

comme le 11 septembre. Le Loft arrive sur les écrans de M6 dans le plus grand secret. L'émission n'a pas été précédée par une campagne de promotion, M6 craignant de se faire « doubler » par la concurrence de TF1, et ayant choisi de procéder aux préparatifs dans une totale confidentialité. Quand la France, le jeudi 26 avril 2001, découvre donc en même temps l'existence du jeu, les visages des lofteurs, et le concept, c'est donc bien un coup de tonnerre. Cependant, il ne survient pas dans un ciel totalement serein. Le lancement du Loft en France a été précédé par la légende noire de ses équivalents à l'étranger. « On sait » que le jeu représente le summum du voyeurisme et une surveillance de tous les instants, comme l'indique le nom provocateur sous lequel il a été diffusé en Allemagne ou aux Pays-Bas : « Big Brother ». « On sait » qu'il a transformé en stars nationales des jeunes incultes et vulgaires. « On sait », en un mot, que la plupart des voisins européens de la France ont succombé à la « télé-poubelle ». Et on est vaguement fier que la France ait encore échappé à l'invasion.

Pendant quelques jours, profitant de la stupeur générale, « Loft Story » marque son territoire et ses premiers points. Elle le fait de manière ambiguë, confirmant et infirmant à la fois la légende noire de « Big Brother ». La confirmant : les lofteurs prennent possession de leurs locaux en exhibant d'emblée leur vulgarité de potaches (« cékikapété ? »

demande la lofteuse Delphine en pénétrant dans les locaux de La Plaine-Saint-Denis) ; dès la première semaine, une liaison d'une nuit se noue dans la piscine entre Loana et Jean-Édouard, et l'on apprend à la fois cette liaison, l'abandon brutal de Loana par Jean-Édouard (« Moralement, ce n'est pas mon genre. Mais physiquement, qui dirait non ? » se justifie Jean-Édouard au confessionnal), et la souffrance de Loana, longuement filmée sur la terrasse, muette de douleur. Une vague d'hystérie balaie le Net pour se procurer les images (censurées par la production à la diffusion télévisée) de la copulation. Donc, la France découvre exactement en même temps, dans le même paquet-cadeau, une bande de post-adolescents incultes et régressifs, réduits par un défi économique inhumain à s'accoupler sous la surveillance des caméras, *et* que ces jeunes peuvent souffrir d'une rupture amoureuse comme tout un chacun. En prime, les téléspectateurs français découvrent de longues plages d'ennui, des journées et des nuits qui s'étirent interminablement, de languides soirées où les lofteurs refont le monde vautrés sur leurs canapés ou participent à des jeux de patronage organisés par la production, en un mot la banalité de la vie quotidienne. Tout ce que la légende noire étrangère, concentrée autour des sources de scandale, avait passé sous silence. Déjà, l'imbrication dans les têtes de « c'est l'horreur absolue » et de « ah tiens, ce n'est donc que ça ? » va complexifier les réactions et les discours sur le Loft.

Des psychologues aux parents, M6 organise la polyphonie...

Autour du cœur du spectacle proprement dit (la vie quotidienne des lofteurs dans les locaux de La Plaine-Saint-Denis, dont les « moments forts » sont montrés tous les soirs), la chaîne M6 déploie un discours d'accompagnement, essentiellement lors des émissions hebdomadaires en *prime time* du jeudi soir. Les intervenants de l'émission y confirment en boucle que « Loft Story » est un immense succès, et ses participants de vraies stars. Le public du jeudi soir, les photographes qui attendent la sortie des lofteurs, les fans qui les accueillent dans leur région d'origine, tout cela est soigneusement mis en scène par M6.

L'« envoyée spéciale » de M6, à propos des filles : « Ouais, c'est des vraies stars (...). Oh la la, elles sont acclamées ! » À propos des garçons : « Je peux vous dire que c'est un grand moment ! Les candidats sont accaparés par les photographes ! » Castaldi : « Ils n'ont pas de contact avec l'extérieur, ils ne savent pas tout le phénomène qu'ils sont devenus à l'extérieur. Ça, c'est vraiment incroyable ! Nous, on les connaît bien, mais eux ne savent pas tout le bien que vous pensez d'eux ! » Le public : « Ouais !!![1] » Castaldi (troisième soirée de *prime time*) : « Depuis quinze jours, vous êtes des millions à

1. « Loft Story », M6, 26 avril 2001.

suivre nos six filles et nos cinq garçons ! » Le public : « Ouaiiis !!! » Castaldi (avant la sortie d'Aziz) : « Près de quatre millions de personnes ont voté ! »

De retour chez eux, les lofteurs « éliminés » sont accueillis par des foules de fans en délire. Lors de la troisième soirée de prime time, une équipe de M6 suit Delphine, de retour dans sa ville. La voix off : « Une petite promenade dans sa ville natale, qui tourne vite au bain de foule. Acclamée comme une vraie star, elle parvient à échapper à ses fans [une classe de primaire, *N.d.A.*] juste à temps pour voir à la télévision les images de son départ. » Ainsi intérieur et extérieur se confondent. Nous regardons Delphine regarder à la télévision les images de son départ. Qui regarde ? Qui est regardé ? Nous ne savons plus. Quand le maire de Marseille, Jean-Claude Gaudin, reçoit David à sa sortie du Loft, M6 le montre évidemment. Les parents consentent, les fans acclament, les politiques récupèrent : la machinerie de la ratification fonctionne à plein régime.

Et cette bonne parole est portée jusque sur les plateaux extérieurs. Thomas Valentin, directeur des programmes de M6, à « Arrêt sur images » : « Il y a quelque chose que m'a dit Aziz à la fin de l'émission. Je me suis présenté à lui, et il m'a dit : "Ah ! c'est fantastique, M6, c'est fantastique ce que vous faites [1] !" »

1. *« Loft Story », le déchaînement*, « Arrêt sur images », France 5, 13 mai 2001.

Il est vrai qu'un zapping attentif permet parfois de démasquer les exagérations de M6. Ainsi la chaîne nous fait partager un moment prodigieux dans la vie de Kenza, ex-lofteuse : elle donne le 27 mai 2001 le coup d'envoi d'un match de rugby.

Version de M6 : « Samedi dernier, Kenza s'apprête à vivre un moment inoubliable. Accueillie par le vice-président d'NRJ et le président du Stade français, elle va donner le coup d'envoi du match de rugby qui oppose Paris à Biarritz. Un beau geste, qui n'aura pas porté chance à l'équipe parisienne. Aux premières loges, Kenza assiste à la victoire... de Biarritz [1]. »

Version de Canal+, qui retransmet le match en direct : « Le président du Stade français a eu l'idée géniale d'inviter l'une des stars du moment, Kenza, sous quelques sifflets, ce qui prouve que le public de rugby a du bon sens. »

La déferlante de sifflets entendue sur Canal+ était passée inaperçue sur M6. Pour une raison simple : les sifflets ont été gommés par la chaîne du Loft.

Mais les intervenants les plus nécessaires sont les parents et les psychologues. Lors des cérémonies d'élimination, la présence conjointe de spécialistes (psychologues) et des parents des lofteurs a d'abord pour but de rassurer le public, et de diffuser un message unique : « Cette situation inouïe que vous voyez est acceptable. » Elle est acceptable, puisque les parents non seulement l'acceptent, mais y parti-

1. « Loft Story », M6, 31 mai 2001.

cipent, en réagissant, en livrant leur sentiment sur les chances et les handicaps de leur enfant dans le jeu, ses préférences amicales ou amoureuses. Parents et psychologues, s'exprimant donc en polyphonie, se portent garants des pratiques les plus contestées du Loft : la sexualité au vu et au su du public, et l'élimination par téléphone.

Ainsi de la liaison-éclair entre Jean-Édouard et Loana. Au cours de la deuxième soirée hebdomadaire du Loft, le 3 mai, Benjamin Castaldi revient évidemment sur cet événement de la première semaine. Cette liaison est déjà devenue une légende virtuelle. Les images du couple galopent fiévreusement sur Internet. Les internautes-*aficionados*, importants propagateurs de la légende du Loft tout au long de l'émission, rivalisent d'ingéniosité et de serviabilité pour s'indiquer les uns aux autres les meilleures adresses virtuelles. Pendant quelques jours, la communauté internaute se partage en deux tribus : ceux (une minorité) qui les ont vues ; et ceux qui les cherchent désespérément. Sous des prétextes divers, de nombreuses émissions de télévision les ont montrées, avec des commentaires moqueurs ou horrifiés. La polémique prend son essor. Faisant mine d'ignorer toute cette fièvre, Benjamin Castaldi se tourne d'abord vers Violette, « la maman de Loana » :

« Vous avez suivi cette semaine, assez difficile pour Loana. Pour la maman, ça a dû être au moins pareil, si ce n'est pire ! (...) Vous avez reconnu votre fille dans ce qu'on a pu voir ? » Loana se donnant à

Jean-Édouard dans tout le cyber-espace, puis brutalement « larguée » par lui : « une semaine assez difficile », en effet.

Réponse de la maman : « Difficilement. Je pensais pas qu'elle était autant sensible. »

Castaldi : « Vous pensiez qu'elle était plus à même de supporter une situation comme celle-ci ? »

Violette : « Oui. Je pensais que sa carapace était plus épaisse. »

Castaldi sollicite ensuite une deuxième expertise : « Bon alors, pour en savoir un peu plus sur la personnalité de Loana, eh bien on est allé rencontrer une de ses amies pour savoir si c'était une fille facile ou plutôt une grande romantique. La réponse en images, regardez. »

S'ensuit le témoignage de l'amie de la lofteuse, « Isabelle, danseuse ». La jeune femme est interrogée en gros plan. Quelle sorte de « danseuse » est-elle ? Est-elle une « gogo-danseuse » comme Loana ? On ne le saura pas. Car on sort des stéréotypes, pour entrer dans l'humanité : « Loana, elle joue la provocation, c'est pour cacher sa timidité, tout à fait, et pour se protéger. Mais c'est quelqu'un qui au fond d'elle est très sensible (...). Loana est quelqu'un qui cache ses sentiments, comme la plupart des danseuses. On rêve toutes au prince charmant ! On aimerait avoir quelqu'un de romantique, qui aime faire des câlins, qui arrive à comprendre, qui nous protège. Essayez de nous connaître, et vous verrez qu'on est des filles saines et bien sur (*sic*) tous rapports, et vous verrez que vous le regretterez pas ! »

Après ce long plaidoyer pour la sensibilité des danseuses, c'est au tour de Didier Destal, psychiatre « garant » de l'émission, de livrer sa réponse.

Castaldi : « En une phrase, comment vous pourriez caractériser Loana — en un mot, même — hypersensible ? »

Destal : « Ah moi je la trouve très... En une phrase ? Plusieurs adjectifs ? »

Benjamin Castaldi : « Oui. Deux phrases, allez... »

Si la danseuse, Isabelle, dispose de plusieurs minutes (une douzaine de phrases, puisque telle est l'unité de mesure) pour dresser le portrait de son amie, le psychiatre, lui, doit se contenter de donner son avis « en une phrase », ou plutôt en « un mot », mot qui lui est d'ailleurs soufflé par le présentateur de M6 : « hypersensible ? ».

Surprise, le verdict n'est pas sans rappeler ce qu'on vient d'entendre : « C'est une adorable fille très romantique, très sensible, et comme tout le monde le dit (sa mère, son frère, son amie), qui se protège sous une carapace qui en même temps peut être une sorte de petite prison pour elle. »

Sommé de répondre en deux phrases, le psy se contente de répéter ce qui a déjà été dit par Violette (« je pensais pas qu'elle était autant sensible » et « je pensais que sa carapace était plus épaisse ») et par Isabelle (« c'est quelqu'un qui au fond d'elle est très sensible », « on rêve toutes au prince charmant ! On aimerait avoir quelqu'un de romantique »).

Merveilles de la polyphonie ! Non seulement les *prime time* nous présentent un seul et même discours élaboré par un ensemble hétéroclite d'intervenants : une mère de famille, une danseuse et un psychiatre ; non seulement les avis se formatent, s'enchevêtrent et se clonent, le psychiatre finissant par dire « comme tout le monde », par citer « sa mère, son frère, son amie » pour « caractériser » la patiente. Mais cette polyphonie fonctionne jusque dans ses silences. Pas un seul des trois intervenants pour manifester de l'effroi, après le viol sans précédent de la vie privée des deux jeunes gens. Ni leurs parents, ni leurs amis, ni « l'ami psy », n'en paraissent choqués, comme s'il était « normal », désormais, que les ébats amoureux tombent dans le domaine public. De la même manière que l'acquiescement, au moins implicite, des spécialistes sur le plateau d'Élise Lucet rendait plausible l'hypothèse de décapitations satanistes d'enfants en plein Paris, c'est le consentement conjoint de la maman de Loana et des psys, la résonance de leurs silences qui, très efficacement, va cadenasser d'éventuelles velléités d'opposition à l'émission. Après tout, si la maman de Loana n'est pas choquée, peut-on mieux qu'elle faire le bonheur de sa fille ? Implacablement, ce trio de silences nous annonce que l'on est passé dans une nouvelle ère, celle de l'exhibition des vies privées.

Le terrain : une révolution de l'intime

Comme tous les emballements, celui-ci prospère sur un terreau favorable. « Loft Story » arrive sur les écrans en même temps que le développement des webcams, par exemple. C'est l'époque où une poignée de jeunes Américains a acquis la célébrité dans la communauté des internautes en vivant en quasi-permanence sous le regard d'une caméra. Moyennant un abonnement à leur site, on peut de longues heures les regarder dormir, ou manger en direct. L'activité sexuelle est exclue de ce spectacle, comme elle l'est (à quelques dérapages près) dans le Loft. Certes, ces « webcamés » ne sont encore que quelques dizaines. Mais ne sont-ils pas une avant-garde ? La « webcam » (symétrique branchée et acceptable de la télé-surveillance) ne va-t-elle pas révolutionner les relations entre générations, ouvrant aux parents de nouvelles possibilités de surveillance de leurs enfants adolescents ? Dans quelques mois, quelques années, tout le monde ne fera-t-il pas de sa vie privée une œuvre d'art, ou un commerce ? C'est l'époque où une influente critique d'art, Catherine Millet, publie, avec la bénédiction de son mari, un livre détaillant crûment une vie sexuelle intense se déroulant essentiellement dans les boîtes à partouzes, vie sexuelle qu'elle présente comme la sienne. Ce livre rencontre un grand succès public, et un accueil enthousiaste de la critique

« branchée ». Demain tous échangistes ? Tous partouzeurs ? C'est l'époque où l'animateur Thierry Ardisson, que nous avons déjà rencontré, demande dans son émission à l'ancien Premier ministre Michel Rocard si selon lui « sucer, c'est tromper [1] ». Et ce dernier répond. Et cela ne soulève sur le moment aucun tollé. Il se trouve même d'excellents politologues pour expliquer que telle est désormais la seule manière, pour une classe politique victime d'indifférence aiguë, de retrouver l'oreille « des jeunes ». Voilà comment, en cette fin avril 2001, différents symptômes d'origine diverse, de nature différente, semblent témoigner en polyphonie d'un consentement général au glissement de la vie privée vers l'espace public. Ils installent la conviction que les frontières entre sphère publique et sphère privée sont en train de « bouger ».

La sidération initiale

Pendant quelques jours, la « France d'en haut » reste d'abord sidérée, comme en témoigne cette toute première brève du *Monde*, parue le 29 avril, au surlendemain de la première, sous le titre « Succès pour "Loft Story" » : « La première de "Loft Story", jeudi 26 avril à 20 h 50 sur M6, a excité la curiosité de plus de 26 % du public présent devant son poste. 5,2 millions de téléspectateurs ont suivi ce

1. « Tout le monde en parle », France 2, 31 mars 2001.

programme de télé-réalité inspiré de “Big Brother”. Au cours de ce premier numéro, Benjamin Castaldi a présenté les douze candidats qui vivront reclus pendant onze semaines dans un loft en Seine-Saint-Denis, sous le regard d’une trentaine de caméras. À partir du 30 avril, M6 livrera chaque soir à 18 h 25 une sélection des “meilleurs moments”. »

Pincettes des guillemets déployées autour des « meilleurs moments », absence de tout commentaire sur les chiffres faramineux : c’est tout, et ce sera tout. Jusqu’au journal du 4 mai, *Le Monde* se contente d’enregistrer les audiences phénoménales de l’émission. Pendant toute une semaine, autour du 1er mai, les téléspectateurs du Loft sont abandonnés à leurs propres réactions, à leurs propres doutes, à leur propre vertige.

Pas davantage que leur journal de référence, les intellectuels et les politiques n’osent encore se lancer. Fascinantes journées, où « la France d’en haut » retient son souffle et sa parole, sans comprendre qu’elle se laisse docilement enfermer dans le piège infernal. Sans doute rêve-t-elle qu’elle a encore les moyens d’arrêter l’océan avec les petites cuillers de ses éditoriaux. Sans doute rêve-t-elle qu’elle peut encore agir sur le phénomène. Intellectuels et politiques, la France qui parle et qui pense connaît de toute éternité les règles de la société du spectacle. Elle sait bien que toute parole à propos du Loft, même violemment opposée au Loft, fera grossir la boule de neige. Comme la rumeur, l'emballement se propage par la parole, l'analyse, la discussion, fussent-elles incrédules ou critiques. Tentez d'éteindre une étincelle naissante en soufflant dessus et vous en faites un brasier. Il en va de même avec l'emballement : en parler pour le contrer, c'est le relayer. Critiquer, c'est promouvoir. Injurier, c'est encenser.

Et c'est pourquoi l'élite fait l'autruche, s'imaginant que son silence cantonnera le phénomène à un engouement populaire comme un autre, volant sous le radar. Elle rêve encore vaguement de se permettre de faire la sourde oreille, et d'installer des portes coupe-feu entre les objets de débats « dignes » (la politique économique, la critique du livre de Catherine Millet) et les distractions populaires qui ne méritent pas que l'on s'y penche. En réalité, elle ne peut plus se taire. Et le Loft vient tambouriner à ses oreilles par deux canaux inattendus. D'abord, par ses enfants, que le phénomène hypnotise depuis le premier jour, et qui bombardent de questions les parents journalistes ou ministres. Ensuite, par Internet, ce nouvel espace semi-public de débats, qui a d'emblée offert au Loft toute la puissance de sa caisse de résonance. Se taire, pour l'élite des responsables politiques et des journalistes ? Ce serait mépriser une émission qui n'a eu besoin d'aucune incitation, d'aucune promotion, pour attirer d'emblée des taux record d'audience, donc mépriser ce peuple qui s'est rué sur « Loft Story ». Ce serait, pour les politiques, mépriser dangereusement des électeurs, pour les médias leurs lecteurs ou leurs téléspectateurs, ou le peuple en général pour les intellectuels. La foule, l'immense foule des lecteurs (qui n'achètent plus) et des électeurs (qui s'abstiennent), cette immense foule imprévisible et redoutée, la foule méprisée et convoitée par l'élite, cette foule inconnue comme un océan d'avant les cartographies, cette foule s'est précipitée sur « Loft Story ». La coupure entre « le peuple » et « les élites » ronge cette dernière d'une telle culpabilité qu'elle n'a d'autre choix que de tourner ses antennes en direction de la stupeur populaire.

Mais ici, les ennuis commencent. Parler, d'accord, mais que dire ?

Certains, comme l'anthropologue des médias Daniel Dayan, qui ont observé le phénomène à l'étranger, ont parfaitement analysé comment la légende noire de « Big Brother » a contribué à construire son succès.

« Il y a une espèce de pointillé qui suit l'émission "Big Brother". En pointillé, il y a écrit : "S'il vous plaît, condamnez-moi !" » expliquait Dayan à « Arrêt sur images » un an avant le foudroiement de l'apparition de « Loft Story » en France [1]. « À partir du moment où une émission s'appelle "Big Brother", ou bien on est totalement stupide et on comprend pas que ça renvoie à George Orwell, ou bien on ne l'est pas et on se dit : "Ah oui, évidem-

1. « *Big Brother » : souriez, vous êtes filmés !*, « Arrêt sur images », France 5, 30 avril 2000.

ment, on nous demande de condamner cette émission." Ça renvoie à tout un imaginaire totalitaire, à un imaginaire oppressif, ça renvoie à un statut étrange que l'on va donner au public, puisque c'est au public que va appartenir le rôle d'être à la fois le *big brother* et celui qui le condamne à partir du moment où il comprend le titre. »

Et de détailler, très lucidement, les deux écueils à éviter : « Premièrement, si je condamne, je fais exactement ce qu'ils attendent de moi et je remplis le pointillé : on m'a préparé le genre de chose que je dois dire. Je pense qu'il y a des paniques promotionnelles. Ça se produit à chaque fois qu'apparaissent ce qu'on appelle des innovations au niveau des médias. Il y a toujours des paniques morales qui servent précisément à toutes sortes de raisons.

« La deuxième solution, c'est que si je prends la défense de cette émission, je vais me trouver dans une situation assez étrange qui est celle du populiste. C'est dire : les gens aiment ça, il y a une espèce de télévision professorale qu'ils détestent et il faut respecter le goût des gens.

« Ce sont deux dangers qui me paraissent égaux, immenses. »

Après quelques jours, l'inévitable se produit pourtant : la folle rumeur « d'en bas » atteint « le haut », et le force à la réaction. Dès lors, les digues cèdent les unes derrière les autres, et « Loft Story » va monopoliser pendant toute la durée de sa diffusion un discours public débridé, démesuré, souvent hystérique, éclipsant par exemple le festival de Cannes dans les médias, discours qui assoit définitivement l'émission comme un « phénomène de société ». De tous les cas de « résonance » étudiés ici, le Loft est certainement le plus complet. On entend parler du Loft partout. En haut comme en bas. À la télé comme dans la vie.

Les arguments intellectuels en faveur du Loft ne percent pas immédiatement dans le débat public. Ils sont de plusieurs ordres. Avec quelques mois de recul, on y discernera pêle-mêle un éloge de la banalité des modèles proposés (antihéros bienvenus), ou l'apologie de la révolte des petits contre les grands. « Y en a marre des héros, résumera ainsi François Jost, professeur de sciences de l'information. Y en a marre des gens qui nous dictent notre conduite, nous maintenant on réclame en tant que petits d'intervenir et de dire notre mot dans la société [1]. »

Le philosophe Daniel Bougnoux appelle à la rescousse... Jean-Jacques Rousseau et sa dénonciation du « théâtre monarchique, celui où il y a d'un côté les acteurs, et de l'autre les spectateurs qui regardent les pauvres acteurs sans jouer eux-mêmes puisqu'ils sont dans la salle. Plantez un piquet, assemblez autour le *vulgum pecus*, et vous aurez une fête ». Et Bougnoux d'établir un lien : « On peut penser que d'abord les reality-shows puis "Loft Story" ont été progressivement des étapes vers le

1. *Les Cahiers du collège iconique*, n° 14, INA.

piquet de Rousseau, c'est-à-dire vers la fête démocratique, vers l'extase de la démocratie. On est enfin entre soi, il n'y a plus de séparation acteurs/spectateurs [1]. »

Ainsi la bataille autour du Loft s'engage sous le double signe du foisonnement et de la confusion. « Pour » le Loft : la revanche des petits contre les grands, des privés de parole contre les omniprésents, des anonymes contre les stars, des gens de peu contre les nantis de la consommation culturelle. « Contre » : la résistance à la dictature des majorités, la rébellion contre les distractions imposées et inéluctables, la foi dans les modèles pédagogiques traditionnels. Les motifs idéologiques de combat, on le voit, dépassent prodigieusement le contenu du programme lui-même.

La « panique promotionnelle »

Eux aussi sans doute conscients du piège de la « panique promotionnelle », la plupart des commentateurs y foncent toutefois tête baissée, peignant le jeu sous les couleurs les plus sombres et, par sincérité, par aveuglement, ou les deux, contribuant à cette fameuse « panique promotionnelle ». D'autres, moins nombreux, tentent à la marge de dépouiller le dispositif de ses supercheries, voire se rallient.

Non seulement dans les foyers même, parents et

1. *Id.*

enfants se découvrent le même sujet de curiosité pour la première fois depuis bien longtemps, se découvrent égaux devant la sidération, obligés d'inventer des réponses nouvelles à des questions nouvelles ; mais les psychanalystes, les politiques, les vedettes des médias, les journalistes, les avocats, les hommes de théâtre, les spécialistes de l'enfance, les spécialistes de la notoriété, les spécialistes de toutes les spécialités, tous ceux qui sont censés expliquer quoi penser, pensent devant le public à plein régime, en feu d'artifice, en direct, comme si le Loft avait ce pouvoir extraordinaire de « loftiser » la France qui pense, de la placer à son tour sous le regard impitoyable de la télésurveillance.

La réaction d'hostilité la plus homogène provient d'une catégorie inattendue : les animateurs et journalistes de télévision. L'hebdomadaire *Télé 7 jours* [1] leur a demandé « ce qu'ils en pensent ». Les réponses sont éloquentes. « Un enfantillage qui m'a fait sourire un quart d'heure » (Pascal Sevran, animateur et écrivain). « Plutôt très ennuyeux sur la longueur (...). Je ne vois pas bien l'avenir de ce genre d'émission » (Michel Drucker, animateur-producteur, France 2). « Pitoyable. Ça ne fait la gloire ni du genre humain, ni de la France » (Thierry Roland, journaliste, TF1). « Une chaîne privée peut-elle faire n'importe quoi pour enrichir ses actionnaires ? Qui va fixer les règles ? Ce serait normalement le rôle du CSA » (Thierry Ardisson,

1. Numéro du 26 mai au 1er juin 2001.

animateur-producteur, France 2). « Des extraits fascinants à force de vide et d'ennui » (Christine Ockrent, journaliste, France 3). « Je suis pour que la télévision innove, à condition que le niveau culturel suive » (Guillaume Durand, journaliste, Europe 1). Comme si les titulaires « légitimes » de la notoriété audiovisuelle ne parvenaient pas à dissimuler une rage corporatiste devant ces gamins paresseux qui leur offrent une vision parodique, insupportable, de leur propre notoriété et de ses signes (couvertures des magazines, invitations au festival de Cannes). Et, éventuellement, pourraient faire éclater l'absence de fondement de leur propre notoriété.

Devant cet objet radicalement nouveau, et tout aussi violent, la France entière s'observe donc en train de se demander « qu'en penser ». Elle s'observe rassemblée dans cet effort, les sociologues guère plus avancés que les infirmières, les critiques de télévision professionnels guère plus avancés que leurs fillettes d'âge primaire. Radicalement nouveau, métissé, hybride de savoir parental et de stupeur enfantine, le discours issu de cet emballement va porter la marque de ces tempêtes intérieures.

Écoutons par exemple Élisabeth Guigou. En visite à Montpellier le 14 mai, la ministre de l'Emploi et de la Solidarité annonce avoir saisi ses services afin de vérifier la nature des contrats des participants à « Loft Story ». « Est-ce que c'est un contrat de travail qui lie ces jeunes avec la production, et si c'est un contrat de travail, est-ce que les règles du Code du travail sont respectées, en termes de conditions de travail, de rémunération ? demande-t-elle. Et, si ce n'est pas un contrat de travail, est-ce que c'est un contrat de participation à un jeu ? À ce moment-là, ce sont les règles du Code civil qui s'appliquent, tenant à la dignité des personnes et d'autres considérations. »

Mais aussitôt, la ministre cède la place à la téléspectatrice « de base », à la mère de famille peut-être, qui confesse avoir regardé « Loft Story » pour la première fois la veille et avoir trouvé l'émission « plutôt sympathique », mais « un peu lassante » à la longue. Elle estime, précise *Le Monde* le 16 mai 2001, « pouvoir comprendre que les jeunes l'apprécient et s'y retrouvent [1] », malgré son contexte très particulier.

Comme tout discours d'emballement, la rengaine du Loft, entonnée en chœur par les pro et les anti-Loft, comporte de nombreux couplets, et de nombreuses variantes. Mais au fond cette chanson fredonnée par des millions de bouches pourrait porter comme titre celui de son refrain : « Ce qui se passe là est très important. » C'est très important puisque mes enfants m'en parlent. C'est très important puisque mon papa regarde cette bêtise-là, lui qui m'interdit de regarder des bêtises à la télé. C'est important puisque les ministres en parlent. C'est important, madame la ministre, puisque la presse va

1. « Mme Guigou veut vérifier la nature des contrats », *Le Monde*, 16 mai 2001.

vous interpeller sur le sujet. C'est très important puisque *Le Monde* y consacre trois manchettes de « une ». C'est très important puisque j'ai entendu mes voisines de bus se demander pendant vingt-cinq minutes pourquoi Jean-Édouard avait abandonné Loana. C'est très important puisque tous les records de fréquentation de sites web sont battus (tiens, voilà le chiffre). C'est très important puisqu'un sondage exclusif Sofres pour *Le Monde* confirme que l'émission est très regardée (tiens, voici le sondage). C'est très important puisque tout le monde répète que c'est très important.

... en passant par le ralliement honteux

Certains vont évidemment aller plus loin qu'un discours analytique ou descriptif. Le cas de *Télé 7 jours* est intéressant. Le populaire hebdomadaire de télévision est tiraillé. D'abord, ce n'est pas un journal de caniveau. Il tient à son image d'hebdomadaire populaire, mais fédérateur. Mais il tient aussi à ne pas perdre ses lecteurs. Il conserve donc d'abord un quant-à-soi prudent. La première semaine, le directeur de la rédaction Patrick Mahé soupire : « On n'est pas encore dans *House of love* ni dans les vitrines d'Amsterdam, mais on en prend le chemin. » C'est au début du jeu. Mais deux semaines plus tard, *Télé 7 jours* consacre sa couverture à « Loana, star ou victime ? ». Coïncidence : les craintes de Patrick Mahé semblent se dissiper, puisqu'il voit dans le Loft « un huis clos fascinant dont on a craint qu'il ne vire au huis glauque » (« on » ne le craint donc plus ?). En troisième semaine (*Télé 7 jours* consacre sa couverture à la « génération Steevy »), ce sont les adversaires du Loft qui encourent les railleries de Patrick Mahé : ils sont devenus des « bons samaritains du télé-politiquement-correct ».

Un ralliement spectaculaire

Et moi ? Osons l'avouer : j'ai aimé « Loft Story ».

Plus précisément, j'ai aimé les lofteurs. Et par exemple, j'ai voté Kenza. Publiquement, sur le plateau d'« Arrêt sur images », tourné vers la caméra. Écoutez-moi, après avoir entendu Kenza, dans un extrait, s'écrier « Benjamin Castaldi, ton émission c'est de la merde ! » Écoutez-le, l'animateur d'« Arrêt sur images », le déconstructeur de la télé : « Ah formidable ! Ils sont d'une vitalité, là, je veux dire le personnage de Kenza, elle dynamite les conventions, les règles, les mises en images, là je dois dire que c'est un bonheur, hein ! Pourvu que Kenza reste ! » Et, tourné vers la caméra : « Moi je vote Kenza [1] ! »

Il serait confortable pour moi d'avouer aujour-

1. « *Loft Story » : une réalité arrangée*, « Arrêt sur images », France 5, 6 mai 2001.

d'hui que j'étais en mission commandée. Que je simulais l'enthousiasme.

Mais ce serait faux. L'infernal dispositif, avec moi, a pleinement fonctionné : non seulement pour me convaincre que c'était « très important » mais, en prime, me faire aimer les lofteurs. J'ai passé des journées entières à contempler l'existence en temps réel des lofteurs, que diffusait le bouquet satellite TPS, pour y chercher la matière de nos arrêts sur images. Je me suis voluptueusement avachi devant ces avachis. Je les ai contemplés, ces oisifs à peluche, refaisant le monde interminablement sur leurs canapés. J'ai aimé toucher du doigt leur milieu d'origine, ce mélange de sociétés de gardiennage, de boîtes de nuit avec gogo-danseuses, de radios FM pour adolescents, j'ai aimé frôler ces milieux qui ne sont pas les miens, voir vivre un échantillon de cette génération qui n'est pas la mienne, les voir acculés par la télé-surveillance aux derniers retranchements de l'authenticité, j'ai aimé leur joie quand ils ont perçu l'impact de l'émission, j'ai aimé contempler dans toute sa brutalité ce désir désespéré de notoriété qui les ramenait à l'enfance.

Un mot me paraît résumer mes souvenirs de ce printemps-là : énergie. La capacité de ce banal programme à dégager de l'énergie m'a fasciné. Énergie des énervements et des polémiques, des confrontations et des remises en questions, énergie des décapages au Kärcher des rapports au monde et à soi-même. Depuis la création, en 1995, d'« Arrêt sur images », chaque semaine nous faisons réagir des collégiens aux images de télévision. Au printemps 2001, nous nous trouvions dans une classe de cinquième du collège Jean-Jaurès de Clichy (Hauts-de-Seine). Pendant plusieurs semaines, nous avons tenté de décrypter les réactions à l'émission de ces pré-adolescents, en compagnie de leur professeur d'arts plastiques, Marianne Chouchan. Jamais, dans aucun de nos reportages, je n'avais senti autant d'intelligence, de vigilance, de maturité, de lucidité, bref... d'énergie que dans les répliques de ces collégiens à propos d'Aziz, de Kenza et des autres. Visiblement cette émission leur parlait d'eux-mêmes, d'une manière dont aucun autre discours public ne leur avait encore parlé.

J'ai donc aimé aimer « Loft Story ». Bonheur, oui, de se laisser aller dans le puissant courant. Bonheur de danser avec les danseurs, d'entrer dans la transe. Bonheur d'abandonner ses doutes, ses tortures, son recul de déconstructeur, sa triste peau de l'ancien monde. Bonheur de se laisser laver le cerveau par la perverse innocence de l'immonde entreprise. Bonheur de sentir ce qu'elle chatouille en soi d'innommable et d'éternel. Bonheur de se sentir capable de cette communion-là avec quelques millions d'inconnus.

Dans la griserie de cet engouement, j'ai donc écrit mon lot de phrases emballées. Aussi cruel que soit l'exercice, exercice aussi dégrisant que de revenir sur les lieux d'une fête le lendemain matin, quand il n'en reste que les papiers gras, il faut donc me relire aujourd'hui, à froid. Après tout, ce n'est pas si souvent qu'est donnée l'occasion d'un reportage dans la tête d'un emballé, et pas n'importe lequel : soi-même. Allons-y. Relisons la première d'une longue série de chroniques du *Monde radio-télévision* que je consacre au Loft, une bonne semaine après le début de l'émission.

« Certes, nul n'est obligé de regarder "Loft Story". Personne — avis aux lecteurs sensibles — n'est même obligé de lire la présente chronique, puisqu'il va y être question de "Loft Story" et d'un sentiment dérangeant : celui de regarder le spectacle de télévision le plus neuf, le plus créatif et le plus intéressant programmé ces dernières années sur les écrans français. Qu'on ne se méprenne pas : il n'est pas question ici du résumé montré chaque soir par M6, avec ses intrigues de sitcom et ses bandeaux pour mal-comprenants. Mais la version intégrale, diffusée par TPS, est à la fois un documentaire et un film d'une énergie inégalée, que l'on confesse ici — puisque le confessionnal revient à la mode — suivre avec assiduité, plaisir et intérêt. »

D'emblée, comme tout emballé qui se respecte, je rends spectaculaire mon ralliement. Le chroniqueur du digne *Monde* prend une position à contre-pied, il le sait, il l'assume et le fait de manière provocatrice vis-à-vis de ses lecteurs. « Neuf, créatif, intéressant » : avec le recul, je ne regrette aucun de ces trois adjectifs, qui ne m'étaient pas seulement dictés par le refus de contribuer à la « panique promotionnelle », mais par la sincérité. La situation était neuve, le dispositif formidablement créatif, et la France entière, excusez du peu, était scotchée. Mais j'aurais dû y ajouter un quatrième : pervers. L'emballement a étouffé en moi la conscience de la perversité de ce dispositif construit pour tout récupérer, oppositions et ralliements. L'emballement m'a interdit de le voir comme neuf, créatif, *et* pervers en même temps. Mais les difficultés pointent avec les lignes qui suivent.

« "Loft Story", un documentaire ? Oui, parce que s'y dessine pour la première fois le portrait collectif d'une génération, les vingt-trente ans, dans son rapport remodelé à la sociabilité, à la filiation, aux identités sexuelles (Steevy ou David jouant à cache-cache avec l'homosexualité), au communautarisme (les relations des Bonnie et Clyde beurs, Aziz et Kenza, entre eux et aux autres), à la toxicomanie ou à la télévision. Parce que d'épisode en épisode s'incarne une révélation sociologique : la post-adolescence étire désormais sa béance affective jusqu'aux marges de la trentaine. L'horizon de l'âge adulte ne cesse de reculer. Refaire le monde au cœur de la nuit, activité qui mange l'essentiel du temps de nos héros, nous en avions pour notre part épuisé les charmes à vingt ans. La génération suivante joue les prolongations. C'est un fait. »

Et me voilà, cher chroniqueur, en plein emballement de la « révélation sociologique » que j'ai perçue dans l'émission. Ébloui par une fréquentation intensive des personnages, telle que la révèle le flux « vingt-quatre heures sur vingt-quatre », le nez collé à mon sujet, j'ai fini par confondre ma chère petite bande de lofteurs avec une génération entière. En oubliant qu'ils n'en représentaient qu'une partie. Une petite, une grande partie ? Quel est, ici, le « noyau dur de réalité » ? Ne disposant pas de statistiques, je l'ignore. Mais dans ce paragraphe, tous les symptômes indiquent que je suis gagné à mon tour par la fameuse « culpabilisation des élites ». Je m'explique. Bien sûr, Steevy et Loana ne ressemblent nullement aux jeunes adultes entre vingt et trente ans que je côtoie dans mon propre entourage. Ils ne ressemblent pas non plus à celui que j'étais à leur âge, et qui avait cessé depuis longtemps de dormir avec des peluches. Mais à cet instant, je suis fermement convaincu que ce sont ces modèles-là, et non mes modèles antérieurs, qui approchent de plus près la réalité. Qu'ils sont davantage représentatifs de leur génération que toutes les figures que nous ont jusqu'à présent donné à voir les informations et les téléfilms. Selon le schéma désormais connu, mon emballement puise son énergie dans un non-dit antérieur, ou plutôt dans un « non-montré ». Les médias, j'en suis alors certain, ont ignoré ce milieu social auquel appartiennent Steevy et Kenza, et qui n'est pas le nôtre, celui des journalistes parisiens. Jusqu'alors, enfermé dans mon milieu, ne nourrissant ma vision que de celle de médias aussi myopes que moi-même (et dont, professionnellement, je ne cesse pourtant de diagnostiquer la myopie), j'ai « raté » cette génération. Les lofteurs ne sont pas oisifs : ils inventent un nouveau rapport au travail. Ils ne sont pas incultes : ils sont rebelles à la transmission verticale d'une certaine culture académique, etc. Le Loft, me dis-je à l'époque, m'offre une occasion de rédemption.

Ainsi l'image qu'ils offrent de cette génération ne vient pas compléter la mienne. Elle s'y substitue. Elle la tue. Comme si les deux étaient incompatibles. Comme si mon pauvre cerveau en noir et blanc ne pouvait se la figurer à la fois comme vraie et incomplète. Me laissant culpabiliser pour un supposé aveuglement passé, je rejoins la grande famille des ralliés aux différents emballements. De Jospin confessant sa naïveté sur l'insécurité, à Frédérique Bredin acceptant l'hypothèse des charniers d'enfants, le rallié doute soudain de sa propre vision passée du monde et, dans un processus révolutionnaire, bascule dans la vision opposée, si tentante, si forte, si cohérente, si irrésistible. Mais continuons l'instructive relecture.

« En même temps, quel film extraordinaire, dont la fin n'est pas écrite, dont l'intrigue se noue jour après jour. Et surtout, quels personnages ! Qu'importe qu'un bataillon de psychologues les ait castés (...), et que la production ait naïvement cru pouvoir les réduire à des stéréotypes assimilables par le public de M6. Dès les portes refermées, ces rusés enfants de la

télé s'ingéniaient à manipuler leurs manipulateurs, et n'eurent de cesse que de faire voler en éclats les rôles qui leur étaient assignés. Le plus réjouissant, dans le direct de TPS, est ainsi la panique des producteurs qui, depuis une semaine, s'épuisent à censurer en temps réel les transgressions multiformes et les plaisanteries subversives de la bande, en offrant régulièrement aux téléspectateurs d'interminables plans brejnéviens sur la piscine vide. Mais mille internautes veillent, qui dénoncent aussitôt sur mille sites la frilosité de big brother. Ainsi — délicieux retournement des choses — dans la partie qui s'amorce, la toute-puissante télé se trouve-t-elle à son tour sous la surveillance permanente d'une armée d'internautes lilliputiens.

« Delphine et Kenza, Aziz et Steevy, ont donc pris le jeu en main et nous offrent des scènes, des répliques, des formules, des rebondissements qu'aucun scénariste, aucun dialoguiste, n'aurait pu imaginer et qui dès demain, dès la semaine prochaine, passeront dans toutes les cours de récréation de France. »

Retrouvant mon rôle de critique de télévision et de déconstructeur, je ne résiste pas, ici, à la tentation d'héroïser les lofteurs pour démoniser et ridiculiser la petite troupe de diablotins, parmi lesquels le « bataillon de psychologues », et surtout « la prod », que je prends plaisir à dépeindre en censeur ridicule, courant sans succès après tous les incendies allumés par les lofteurs. Ainsi trouvai-je le joint, apparemment, pour concilier l'utile et l'agréable, la mission du déconstructeur et le plaisir du téléspectateur. Si cette peinture de « la prod » semble résister à l'épreuve du temps, peut-être forçai-je un peu l'effet de contraste. Ces révoltes des lofteurs, je les ai bien vues, elles ont bien existé. Oui, Kenza un soir, dans le jardin, s'est bien écriée : « Benjamin Castaldi, ton émission c'est de la merde ! » Mais sans doute ces éruptions de potaches m'ont-elles masqué le fonds général de docilité de la petite troupe. Sans doute, tout à mon plaisir d'écrire ma propre petite légende noire, avec gentils lofteurs vengeurs contre méchante « prod », me suis-je illusionné sur leur capacité de subvertir le dispositif, en oubliant la première loi de la société du spectacle : la subversion même du spectacle s'inscrit dans le spectacle. Trier inconsciemment dans les informations dont on dispose, en privilégier certaines, en « oublier » d'autres, n'est-ce pas le propre de l'emballement ?

Quant à la fin de cette chronique, qu'en penser aujourd'hui ?

« *Mais le personnage le plus fort, la trouvaille la plus fracassante est évidemment Loana, à qui la scénographie a taillé dès le début une place à part, sucrée et maudite. Loana a une apparence : une bombe sexuelle femme-enfant, avec ses strings et ses peluches, que les bonimenteurs de M6 nous présentaient le premier soir sous l'appellation graveleuse de "gogo-dancer", se trémoussant pour les représentants de commerce. Mais à la regarder soir après soir épouser ses rôles les uns après les autres, Loana séductrice séduite, Loana abandonnée, Loana perdant son seul confident, Loana cible unique des chuchotements du groupe, une autre vérité crevait l'écran : une âme profonde et tragique, un regard implacable et désespéré sur le monde, lucidité d'acier et cœur d'artichaut, sublime tissu de contradictions. Loana n'est qu'une sensibilité offerte, une aptitude à la souffrance, une sacrifiée d'avance, une forte aux faibles armes, un mythe en devenir dont on perçoit déjà le crash final. Une star*[1]*.* »

Si je peux me consoler en considérant que j'avais discerné dès le début qu'une personnalité écraserait toutes les autres, sans doute n'avais-je pas adopté le bon angle. « Sacrifice », « crash » ? Hum ! La suite ne m'a pas (heureusement pour Loana Petrucciani, vainqueur heureuse du jeu, devenue riche et célèbre) donné raison. Quant à la « lucidité d'acier », au « regard implacable », au « sublime tissu de contradictions », c'est peut-être moi qui ai légèrement manqué de lucidité, et dont le regard n'a peut-être pas été assez implacable...

En vérité, dans les lignes qui précèdent, même si je n'ose pas l'écrire explicitement à l'époque, je suis effleuré par une comparaison indicible, inavouable, taboue : entre Loana et Marilyn. J'hésite même à coucher cette comparaison par écrit, à la balancer comme une provocation à la figure de mes lecteurs, j'hésite à écrire le nom de la star dans la chronique. Vertiges du traitement de texte ! Je l'écris, ce nom, je l'efface, je le réécris, fasciné par l'intensité de la douleur dans le regard vide de Loana, après que Jean-Édouard l'a brutalement abandonnée. Immobilité de l'ex-gogo-danseuse à présent noyée dans un

1. Daniel Schneidermann, « Le Loft contre M6 », *Le Monde*, 6 mai 2001.

pull au bord de sa piscine, écrasée de solitude. Immobilité du chroniqueur au bord de la transgression. Car à l'instant où ce parallèle m'apparaît, sans que je le contrôle vraiment, je pense confusément quelque chose qui ressemble à ceci : et si c'était nous, le public, la postérité, notre regard rétrospectif, qui avions après sa mort construit le mythe Marilyn ? Et si Marilyn, en soi, n'était rien d'autre qu'une comédienne sexy, comme Hollywood en produit à la pelle ? Comportement typique de rallié à l'emballement : je suis prêt à balancer aux orties ma vision passée du monde (Marilyn fut une comédienne au destin professionnel et personnel exceptionnel, singulier, unique, une très grande comédienne, et c'est cette singularité elle-même qui suffit à expliquer qu'elle soit devenue une star et, plus tard, la naissance de la mythologie Marilyn) pour me rallier à une vision opposée : n'importe quelle fille blonde, bien faite et malheureuse peut devenir l'équivalent de Marilyn, pour peu qu'un arbitraire consensus la promeuve au rang de star. Ainsi s'inaugurent, dans le fracas des révolutions et des privilèges brisés, une nouvelle définition du statut de star, et une nouvelle voie d'accès à ce statut. Et puis, au bord du basculement, une voix me dit : « Mais non. Tu rêves, chroniqueur, réveille-toi ! » Et, possédé peut-être par le souvenir d'une voisine aux rêves insondables de *Sept ans de réflexion*, je l'efface encore, le nom de Marilyn, reculant finalement devant la violence de la comparaison, retenu par un fil sur le bord de l'emballement définitif, irrémédiable.

Toujours est-il que je n'ai pas été le seul à être effleuré par la comparaison sacrilège entre l'univers du Loft et celui du cinéma. Dès 2001, les *Cahiers du cinéma* publient un long article « Pour "Loft Story" [1] », tandis que plusieurs critiques de cinéma oseront des comparaisons entre le dispositif du Loft et les films statiques d'Andy Warhol, de Kiarostami, voire... des frères Lumière. L'année suivante, en 2002, plusieurs critiques des *Cahiers* classent même « Loft Story » parmi leurs dix œuvres cinématographiques préférées de l'année. Cela ne rend pas, en soi, pertinente cette comparaison sacrilège. Après tout, cette convergence entre critiques professionnels ne construit-elle pas une sorte de polyphonie ?

Ralliements ou invectives : l'emballement se nourrit de tout

Cependant, on ne se rallie pas au Loft comme on pouvait se rallier à la peur de l'insécurité, ou à la thèse de *L'Effroyable Imposture* de Thierry Meyssan. Sauf exception atypique et non significative (la mienne ou celle de l'écrivain Philippe Sollers, par exemple), adhérer pleinement au Loft, considérer

1. Erwan Higuinen, Olivier Joyard, « Pour "Loft Story" », *Cahiers du cinéma*, juin 2001.

soi-même le Loft comme une émission passionnante et distrayante reste un tabou, aussi bien pour le public « d'en haut » que pour le public « d'en bas ». La plupart des commentateurs « d'en haut » font plutôt mine de s'intéresser « au phénomène Loft », à ses téléspectateurs, plutôt qu'à l'émission elle-même. Le Loft suscite plutôt l'adhésion distanciée, critique, narquoise ou même navrée.

Et ces « commentaires d'en haut » sont involontairement en harmonie avec la « rumeur d'en bas ». Le ton unilatéralement négatif de tous les porteurs d'une parole publique fait écho, en effet, à l'ironie « pas dupe » des adolescents et des fans qui « chattent » sur les nombreux forums Internet consacrés au phénomène, et se refilent en ricanant les adresses où se procurer « la » vidéo de Jean-Édouard et Loana.

Ainsi, quand l'hebdomadaire *Télérama* consacre onze pleines pages à l'émission, volume exceptionnel qui marque bien le caractère hors normes du phénomène, il titre sur toute sa couverture, en lettres noires sur fond blanc, avec une sobriété de présentation qui n'est pas sans évoquer un faire-part de deuil : « Tout ce que vous auriez voulu ne pas savoir sur "Loft Story" [1]. » Incontestablement, il y a du deuil dans cette couverture. *Télérama* porte et proclame le deuil d'un ordre télévisuel ancien, dans lequel l'indécence était tout de même contenue dans certaines limites. On lit et relit ce titre paradoxal,

1. *Télérama*, 16 mai 2001.

douloureux, astucieux, et un brin culpabilisateur pour le lecteur — « si nous faisons l'effort de nous pencher sur ce cloaque, explique en substance *Télérama* à ses lecteurs, c'est par strict devoir professionnel, et aussi parce que nous savons bien que vous attendez cela de nous, sans oser nous le demander ouvertement » —, on feuillette avant de s'y plonger l'exceptionnel dossier de onze pages consacré au Loft par l'hebdomadaire. Ce titre, ces onze pages : la conjonction des deux marque spectaculairement le ralliement de *Télérama*, hebdomadaire qui soutient rituellement la télévision de qualité. *Télérama* prend acte qu'il se produit quelque chose de « très important », d'inouï à la télévision française, quelque chose qui dépasse de beaucoup le cadre de la télévision.

Dans l'emballement pourtant, *Télérama* ne jette pas sa dignité aux orties. Aussi bien sur la couverture que dans les pages intérieures, pas une seule photo de lofteur. Nous ne boirons pas le calice jusqu'à la lie, s'insurge ainsi le journal. Nous ne contribuerons pas à l'obscène vedettarisation de ces pauvres jeunes. Et la seule photo figurant en haut à gauche de la couverture, comme un clin d'œil malicieux, est une photo de... Jean-Luc Godard. *Télérama*, dans l'emballement, n'oublie pas une seconde qu'il est *Télérama*, n'oublie pas une seconde les devoirs de sa charge, et c'est en toute connaissance de lui-même, de son image, de son histoire, de ses combats passés, que le journal bascule dans l'ère du Loft, marquant ainsi solennellement qu'il y aura un « avant-Loft » et un « après-Loft ».

Oui, semble dire *Télérama* précédant d'un an l'aveu de Lionel Jospin sur l'insécurité, oui nous avons été naïfs de croire que nous, la France en général, pourrions échapper à la télé-réalité, et que nous, hebdomadaire de télévision en particulier, pouvions échapper à la couverture sur le Loft, et au dossier sur le Loft.

Il serait fastidieux de passer en revue tous les instruments déployés par la presse pour confirmer l'importance du phénomène. Parmi ces instruments, évidemment, l'inévitable sondage. Le 19 mai, donc, *Le Monde* publie un sondage de la Sofres, dont « une des conclusions les plus surprenantes » est que « le succès de "Loft Story" auprès des jeunes amène les parents à s'intéresser de très près à l'émission ». Soixante-quatorze pour cent des parents dont la progéniture a entre dix et quinze ans ont déjà regardé l'émission. Autre incroyable découverte du sondage : hors du cercle familial, parler de « Loft Story » semble être devenu un sport national. Le croiriez-vous ? Les quinze-vingt-quatre ans sont 85 % à discuter de l'émission avec leurs amis. Quant aux motivations des téléspectateurs, autre grosse surprise, s'ils ne sont que 21 % à s'avouer « poussés par l'envie de voir », ils sont 40 % à se dire poussés par « le désir de mieux connaître la façon dont vivent les jeunes » [1].

À l'abri de ce sondage, *Le Monde* peut donc, au

1. Anne-Marie Rocco, « "Loft Story", un phénomène de génération », *Le Monde*, 19 mai 2001.

cours du mois de mai, consacrer trois manchettes de « une » au « phénomène » du Loft, orchestrant comme à son habitude une magnifique polyphonie de déclarations politiques, d'enquêtes et de jugements de spécialistes. Mais n'est-ce pas justifié, puisqu'un sondage confirme que « c'est très important » ?

À « Arrêt sur images », tentant de mettre entre parenthèses mon engouement personnel pour l'émission, nous organisons plusieurs débats, plusieurs semaines de suite, à propos du Loft.

Leur tonalité générale est sympathique, explicative et investigatrice, à l'exception d'un adversaire déclaré : Alain Rémond. Dans l'un de ces débats, Alain Rémond, chroniqueur habituel de l'émission et (à l'époque) rédacteur en chef de *Télérama*, se trouve sur le plateau. Un peu surpris d'y être, et conscient de cette situation, puisqu'il s'exclame : « J'ai vu beaucoup de choses à la télévision, ça fait vingt ans que je suis chroniqueur télé, mais voir ça sur une antenne française, et qu'on soit en train d'en parler, là... C'est trop d'honneur de consacrer à ça plusieurs émissions d'"Arrêt sur images". Qu'on soit même en train d'en parler, là, ça me dépasse un peu... [1] »

Alain Rémond sait bien qu'il s'abaisse à débattre de ce qu'il méprise, que c'est trop d'honneur de consacrer à « ça » plusieurs émissions successives... et de participer à l'une d'entre elles. Pis encore : le

1. *« Loft Story » : le déchaînement, cit.*

chroniqueur télé ne peut ignorer que polémiquer sur « Loft Story » revient à le placer au centre du débat public, à propulser le Loft au rang de phénomène de société.

Il sait bien que sa présence, en fin de compte, donne raison à Thomas Valentin, responsable de la programmation monstrueuse, qui joue sur du velours en rappelant sur le plateau de la même émission : « On peut dire beaucoup de choses sur le Loft, et c'est très sain, mais (...) c'est pas seulement un succès d'audience, c'est un succès de société. Qu'est-ce qui est en train de se passer aujourd'hui ? Dans les familles, les parents discutent avec les enfants, et c'est pas parce que Benjamin Castaldi a dit "ce serait bien de discuter avec vos amis", c'est parce qu'on en parle et que ça fait longtemps que les jeunes n'ont pas pu discuter avec leurs parents des sujets tabous. Et dans les écoles, les professeurs et les élèves en parlent ensemble. »

Le Loft est d'avantage qu'un simple succès d'audience, et « c'est parce qu'on en parle ». Le « succès de société » qu'il remporte, cette incroyable victoire qui en fait le raccommodeur des rapports intergénérations, et des relations enfants-professeurs, est donc dû autant aux « pour » qu'aux « contre », et au moins autant à Alain Rémond qu'à Benjamin Castaldi...

« Tout ce que j'aurais voulu ne pas devoir dire sur "Loft Story" » : cette incrédulité douloureuse d'Alain Rémond est à l'unisson de son journal. Pas de doute : c'est bien une capitulation, pour certains intellectuels, d'entrer dans le grand concert anti-Loft. Comme dans toute capitulation, s'y mêlent la conscience de l'inutilité de la bataille, un ralliement honteux et soulagé au « bon sens », et une certaine incrédulité masochiste, sans doute, à se voir soi-même dans cette situation de capitulation.

L'impossibilité de se représenter et de nommer « la chose »

Si Rémond, un peu penaud, a accepté le débat, pour autant il ne met pas sa langue dans sa poche. Et, dans sa bouche ce jour-là, comme sous la plume de nombreux autres observateurs, se déploient les arguments du contre-emballement.

D'abord, le contre-emballement est brutal. À la mesure de la brutalité du choc que représente l'irruption de la « télé-poubelle » dans la société française.

« Ouais alors moi je suis pas psy, mais moi je vous dis brutalement ce que je pense : le résumé qu'on vient de voir, là, ça me donne envie de vomir ! » s'écrie-t-il sur notre plateau.

Cette réaction viscérale traduit un investissement immodéré : dans le haut-le-cœur, corps et âme s'expriment. L'emballement nous saisit intimement. Nous en sommes imprégnés. Les valeurs et les images qu'il véhicule, celles-là même qui nous révoltent, passent en nous, deviennent chair et sang.

Cette phrase exprime aussi l'impossibilité de trouver les mots pour dire son refus du Loft. « On ne sait plus quel adjectif employer. On pouvait penser à l'impensable survenu... », pourrait s'écrier Alain Rémond, à la manière de Daniel Bilalian. Comme Bilalian par l'escalade de l'insécurité, Rémond est atteint au plus profond de son corps par l'escalade de l'obscénité et de l'indécence. Un cap est franchi : c'est le corps qui est assailli en premier. Plus question de tenter de nommer, d'évaluer, d'imaginer. Car l'inqualifiable, l'inconcevable, s'étalent sous ses yeux :

« Ouais, bon alors moi je suis pas psy, mais moi je vous dis brutalement ce que je pense... »

À ce titre, la nausée qui s'empare de lui le range à l'évidence parmi les contre-emballés. Tout comme je me range dans le contre-emballement, dans la même émission, quand je confesse à l'adresse de Thomas Valentin : « C'est vrai que cette image... le mot "téléphonez pour éliminer" est d'une brutalité incroyable ! Moi je vous avoue que quand je l'ai vu apparaître sur l'écran, je l'ai pris comme un coup de poing à l'estomac. » Brutalité de l'image non raffinée, du message sans ambiguïté, si évocateur dans son incitation à « l'élimination ». Brutalité du coup porté, direct comme une droite à laquelle on s'offre sans parade, et qu'on reçoit avidement.

Intense curiosité, voire plaisir et intérêt d'une part, rejet horrifié de l'autre : l'émission suscite ces deux mouvements antinomiques.

Mais si ces deux pôles de réactions entrent en violente collision dans le débat public comme en témoigne l'échange Rémond-Valentin, si avouer son intérêt ou son plaisir vous fait définitivement cataloguer « pro-Loft », si avouer son aversion vous fait cataloguer pisse-froid élitiste, le combat devient plus ambigu dans le secret de l'âme de la grande majorité des spectateurs. Là, dans la sombre et humide caverne des pulsions, ces deux pôles se rejoignent, se jaugent, se nourrissent, s'enrichissent et se mêlent, après avoir laissé les armes à l'extérieur, comme des élus de bords opposés à la buvette du Parlement. Et à mesure qu'ils s'affrontent sur la place publique, et se mêlent au cœur du for intérieur de chacun, ils placent le débat sur « Loft Story » au centre de chacun, en même temps qu'au centre de la scène publique.

La fresque apocalyptique : mondialisation et camp de concentration

D'emblée, dans les multiples discours d'opposition au Loft, se repèrent des scènes, des angoisses, des rappels, des mises en garde qui, collés bout à bout, dessinent une fresque familière d'apocalypse.

Avant l'arrivée en France de l'émission, le dispositif du Loft était surtout assimilé par ses opposants à un dispositif traditionnel de télésurveillance, comme il en existe dans les supermarchés ou les succursales bancaires. Si l'on protestait contre « Big Brother », c'était (sans toujours l'exprimer clairement) une protestation mécanique contre la menace du « flicage généralisé » exprimée par la référence orwellienne.

Mais l'emballement de l'arrivée du Loft fait éclater les cadres étroits du discours critique. L'univers que révèlent les lofteurs aux premiers observateurs effarés est d'abord une apocalypse de la mondialisation libérale. C'est l'argent, la recherche du profit qui sont à la fois le moteur et le sujet de l'émission. « L'effroi. Le capitalisme demande la transparence absolue : nous y sommes [1] », s'exclame Roger Cantarella, directeur du Centre national dramatique de Dijon (dans « le » fameux numéro de *Télérama*), quand on lui demande sa première réaction. En regard de cet entretien avec l'homme de théâtre, une psychanalyste, Kathleen Kelley-Lainé, renchérit sur la page opposée : « Pour moi, "Loft Story" fait partie d'une nouvelle culture de la mondialisation, intimement liée à l'argent. Dans le loft, on joue avec la pulsion de mort, dans un lieu mortifère. Mortifère, parce que le ventre de la mère sert pour neuf mois. Après, il faut en sortir. Si on y reste, on en crève. D'une certaine manière, la société mondialisée ressemble à une mère abusive. Dans le monde de la consommation à outrance, il faut rester dans le ventre de la mère, il faut être une bouche

1. « La réaction d'un metteur en scène : "Un monde concentrationnaire." », *Télérama*, 16 mai 2001.

ouverte pour consommer, ne pas se poser de questions, choisir les marques et les objets qu'on nous propose [1]. »

La polyphonie est ici organisée par *Télérama.* D'une page l'autre, l'homme de théâtre et la psychanalyste, dont rien n'indique qu'ils se soient concertés à l'avance, se répondent et se font écho exactement dans les mêmes termes.

Et ils ne sont pas les seuls. « "Loft Story", estime la Conférence des évêques de France, est une belle illustration des errances vers lesquelles peut conduire la recherche débridée du profit. Les jeunes gens mis en scène sont traités comme des cobayes d'un savant fou qui aurait entassé quelques souris et quelques rats dans une boîte à chaussures, sans se préoccuper de leur devenir [2]. »

Mais dans les mêmes bouches, l'effroi va plus loin encore. Non seulement « Loft Story » marque le nouvel excès indépassable de la mondialisation libérale, mais les ressorts de l'émission rappellent aussi de bien sombres souvenirs. Cantarella : « "Loft Story" est une mise en concentration médiatique d'un fragment de la population. Avec (...) les cameramen qui les cernent tels des miradors, le présentateur faux cul en chef de camp... Et nous complices parce que nous ne dénonçons pas, ou culpabilisés parce que nous regardons. Je savais que cette ère de

1. « Kathleen Kelley-Lainé, psychanalyste : "Un lieu régressif et mortifère." », *Télérama*, 16 mai 2001.
2. Communiqué de presse du 4 mai 2001.

concentration arriverait un jour. Mais j'ai quarante ans, et je ne pensais pas en être le témoin direct. »

Page d'en face, Kathleen Kelley-Lainé : « Le loft est un lieu concentrationnaire, fermé sur lui-même. Et surtout, c'est un monde complètement régressif. »

« Cette machine crée un espace totalitaire subtil, renchérit le philosophe Jean-Jacques Delfour. Tout y est fait afin d'anesthésier la pensée et la réflexion (...). C'est une prison, consentie et prometteuse, où règne l'obligation du travail (...). Tous les actes et émotions sont excités, incités à s'exprimer, puis captés et recyclés dans cette usine totalitaire de poche qui condense toutes les formes d'assujettissement inventées et testées au cours des XIXe et XXe siècles (...). "Loft Story" est un champ expérimental d'assujettissement total. Il s'inscrit dans la longue lignée des machines sociales totalitaires (...). Machine à dénudation psychique, "Loft Story" fait écho à la pornographie des camps de concentration : le sadisme permanent de la situation est analogue au sadisme infini des pratiques concentrationnaires européennes (...). L'histoire qui conduit des sociétés totalitaires nazies et staliniennes, qui usaient de procédés extrêmement violents, à ces formes contemporaines, adoucies et débrutalisées, reste à écrire [1]. »

« J'ai pleuré en découvrant à la "une" du *Monde*

1. Jean-Jacques Delfour, « "Loft Story", une machine totalitaire », *Le Monde*, 19 mai 2001.

le dessin où Plantu représente le loft en camp de concentration, terrible rappel de ce que se prépare une société qui bafoue la dignité de ses membres », renchérit dans *Le Monde* du même jour le publicitaire Thierry Consigny [1].

Ainsi s'explique mieux d'ailleurs la violence de la réaction d'Alain Rémond. Alain Rémond est chroniqueur télé depuis longtemps. Il a vu passer beaucoup de choses dans ce fascinant et redoutable écran de la télévision. Des choses louables, et d'autres moins, certaines affligeantes. Et pourtant, rien qui n'égale « *ça* », ce truc immonde et innommable. Comme dans tout emballement, le degré suprême de la catastrophe est atteint : le panorama télévisuel français n'était déjà pas glorieux *avant* (« Bigdil », « C'est mon choix », « Qui veut gagner des millions »...), mais sans commune mesure avec « *ça* ». Les anti-Loft, même s'ils ne l'expriment pas tous, partagent la conviction commune que plus rien, après « *ça* » ne sera plus jamais comme avant. « Loft Story » marque l'entrée dans une nouvelle ère, instaure une frontière entre un *avant* somme toute gai et insouciant et un irrémédiable *après*. Cette conviction absolue, et sincère, est en général réservée aux très graves événements. Quiconque fut témoin en direct de la chute des tours jumelles savait forcément qu'on était désormais dans « l'après-11 septembre ». Mais la certitude mère de

1. Thierry Consigny, « Il faut les payer très cher », *Le Monde*, 19 mai 2001.

toutes ces certitudes, c'est l'extermination nazie. C'est généralement à propos d'Auschwitz que l'on s'accorde à considérer que plus rien, après, ne sera comme avant. Si indécente que soit la comparaison, elle opère dans l'inconscient de nombreux anti-Loft.

Sur un mode mineur, le président d'Arte, Jérôme Clément, emprunte une comparaison à l'étranger : « C'est bien grâce à la puissance de la télévision que le parti de Silvio Berlusconi est devenu le plus important en Italie. Avec un abêtissement sans vergogne, des programmes sans ambition comme ceux diffusés sur Tele 5, l'asservissement de la pensée, on assiste à une confiscation du pouvoir politique par le biais médiatique. C'est dangereux pour la démocratie. Ce type de télévision contribue à installer un fascisme rampant [1]. » C'est ici sur un autre terrain que se déploie l'angoisse : celui de la confiscation du pouvoir légitime par un autre, occulte, non élu, surgi de l'ombre des terreurs et des pulsions. Confiscation d'autant plus aisée que le pouvoir légitime a abdiqué ses responsabilités. L'État et surtout le CSA laissent faire en effet, alors qu'ils auraient pu interdire, se renvoyant d'ailleurs assez piteusement la balle, ainsi Jack Lang, ministre de l'Éducation nationale, qui, au plus fort de l'emballement, le 20 mai 2001, regrette que le CSA « soit aux abonnés absents » devant la déferlante du Loft, et demande au même CSA, qui est « nommé pour

1. Nicole Vulser, « Pour Jérôme Clément, "Loft Story" annonce l'avènement d'un "fascisme rampant" », *Le Monde*, 15 mai 2001.

cela », d'exercer une « magistrature intellectuelle sur le sujet ».

On n'est certes pas tout à fait en présence du « complot d'un groupe présent au sein de l'appareil d'État américain pour dicter sa conduite au président Bush » (Ardisson à propos de *L'Effroyable Imposture*), mais on se trouve aussi confrontés à un putsch, d'autant plus imparable qu'il est effectué en pleine lumière, sous le masque bonnasse du divertissement.

On comprend que la vacance du pouvoir cause les plus grands troubles psychologiques. Cette mécanique infernale nous ramène d'ailleurs aux ancestrales angoisses du Moyen Âge, comme le rappelle Jean Delumeau : « Le lien chronologique, sinon constant du moins fréquent, entre vacance du pouvoir et séditions ressort avec évidence d'une liste même sommaire. » Et de prendre comme exemple la bataille de Poitiers (1356) et la capture du roi Jean le Bon : « Jean le Bon captif, les enfants royaux trop jeunes pour gouverner, les meilleurs chevaliers occis ou pris : voilà soudain le vide dans l'existence quotidienne de chacun, l'écroulement des protections ordinaires. Devenus anxieux, ruraux et citadins sentent qu'ils doivent (...) châtier les mauvais conseillers du souverain et tant de nobles qui, au lieu de mourir à Poitiers, ont fui ou trahi [1]. »

Comme s'ils redoutaient de montrer la vacance du pouvoir, nobles et conseillers, face à l'invasion

1. Jean Delumeau, *La Peur en Occident*, Fayard, 1978.

loftienne de 2001, font donc mine de ferrailler. « L'étape suivante, on la connaît, parce qu'elle existe dans d'autres pays, explique le ministre de l'Économie et des Finances Laurent Fabius le 20 mai sur RTL. C'est des obèses qu'on met en scène et auxquels on interdit de manger quoi que soit, des gens qu'on traite avec un régime quasiment militaro-policier, une sexualité tout à fait différente. »

Et Jérôme Clément : « On peut aller très loin avec ce type de concept. En Allemagne, on va demander à des hommes et à des femmes trop gros de maigrir le plus possible en cent jours. On peut tout inventer, même un meurtre en direct... » À cet instant, le patron d'Arte, énarque à la tête froide, croit-il vraiment ce qu'il dit ? Très vraisemblablement oui. Maintenant que la victoire de « Loft Story » a accouché d'un nouveau monde, avec de nouvelles règles encore inconnues, plus personne ne peut prévoir de quelle monstrueuse société accoucheront ces nouvelles règles.

Point d'aboutissement, « Loft Story » n'est encore qu'un début. L'emballement produit lui-même la vision de son propre avenir, de sa propre surenchère, de sa propre hypertrophie. Sans craindre que leur discours verse dans l'incohérence (on a atteint le pire, mais le pire reste à venir), les adversaires du Loft développent les deux thèses en même temps.

Un démon sur mesure : la « prod »

Dans la légende noire qui s'écrit compulsivement à mille mains sur Internet, le méchant est aisé à trouver. Ce n'est pas seulement le gentil Thomas Valentin, penché avec tant de sollicitude sur le destin des lofteurs. Ce n'est même pas seulement l'animateur Arthur, au visage connu de tous les téléspectateurs, gentil cancre millionnaire, symbole du triomphe de la niaiserie marchande, et d'un renversement des valeurs qui désespère une grande majorité de Français. Tous ne savent pas qu'il est aussi un des patrons d'Endemol France, société qui produit « Loft Story ». Le méchant ? La « prod », évidemment, dont le seul nom résume la nature : l'inhumaine exigence de la production capitaliste. La « prod » est cette entité sans âme, d'abord dévoilée par les lofteurs, que nous entendons interminablement détailler les exigences, les fourberies, les méfaits de la « prod ». Devant les écrans, nous ne la voyons pas davantage qu'ils ne la voient eux-mêmes, cette « prod » qui les espionne derrière les glaces sans tain. Mais les confidences des lofteurs, la prolixité de la presse, très vite nous détaillent ses méfaits. La « prod » qui pré-écrit des scénarios. La « prod » qui censure, qui truque. La « prod » qui impose des contrats iniques. La « prod » qui se repaît de la vie des lofteurs.

C'est la « prod » qui impose d'inhumaines éliminations. Kathleen Kelley-Lainé : « Les règles sont très violentes. D'abord elles consistent à monter les sexes les uns contre les autres. Demander aux filles d'éliminer deux garçons, symboliquement, cela revient à leur donner des couteaux pour castrer ces pauvres garçons. En fait, on demande à ces jeunes à la fois de s'aimer et de se tuer entre eux. C'est incroyable de mettre les participants dans une telle dissonance psychique. Ça ne peut que les amener à craquer. » Quant aux parents, leur propre complicité passe au second plan. Kathleen Kelley-Lainé : « Les parents sont là à guetter la sexualité de leur enfant. On leur demande avec qui leur fils ou leur fille va coucher. Cela revient à encourager une sorte "d'inceste psychique" (...). Cette expérience-là, même s'ils étaient volontaires, ces jeunes risquent de la payer très cher. »

Des victimes consentantes, hélas

Si la « prod » est un méchant idéal (âpre au gain, manipulateur, invisible et omniprésent), les lofteurs ne sont pas les victimes idéales que requerrait un pur cauchemar. Certes, on les plaint. « Vous vous rendez compte de ce qu'on est en train de faire ? On nous raconte ça comme une sitcom, c'est d'ailleurs tout le but du "jeu", c'est nous dire que c'est *Hélène et les garçons*, c'est une sitcom. Mais c'est pas une sitcom, c'est pas des acteurs, c'est leur vie à eux qui est en jeu, c'est leur vie à eux ! Ils sont pas protégés par les rôles, ils sont pas protégés par un scénario, c'est leur vie à eux qui est en jeu ! » (Alain Rémond à « Arrêt sur images »).

Et Kathleen Kelley-Lainé, dans *Télérama* : « On pousse ces jeunes à vivre dans une représentation permanente. Le but étant de fabriquer des gens qui ne sont que l'image d'eux-mêmes, des personnages extrêmement narcissiques et superficiels, sans identité profonde ni espace psychique où se réfugier. Tout cela est dangereux, car il n'y a rien derrière. Le loft est un lieu pathogène, qui favorise l'angoisse et la dépression. »

Mais les lofteurs ont un grave défaut qui les empêche d'être des victimes parfaites : ils sont consentants. Pour cette aventure de la célébrité à peu de frais, ils ont été non seulement consentants mais candidats. Et pendant l'émission aussi bien qu'après leur sortie, ils restent manifestement consentants. L'insécurité, et *a fortiori* la pédophilie, sont des maux palpables, chiffrables, condamnables. Nul ne se prononcera en faveur de l'une ou l'autre. À l'inverse, le Loft est un « jeu », un « divertissement », un « spectacle ». Il n'engage rien d'autre que la volonté consentante de ses participants, entendons pêle-mêle candidats actifs et spectateurs semi-actifs (ceux qui votent, regardent, discutent...). Et ce consentement nous prive de crimes et de victimes.

Reste donc aux anti-Loft à contourner cette difficulté mineure, pour faire tout de même des lofteurs des victimes acceptables. Pour que l'emballement anti-Loft puisse se déployer, il lui faut démontrer que le consentement des lofteurs n'est pas valable. En aucun cas, par exemple, leur démarche ne saurait être rapprochée de celle de la critique d'art Catherine Millet, qui a choisi d'exposer crûment sa sexualité dans un livre, publié au même moment. « Les notions de voyeurisme et d'exhibitionnisme développées dans "Loft Story" et dans l'ouvrage de Catherine Millet procèdent-elles d'un même phénomène de société ? » demande Nicole Vulser, du *Monde*, à Jérôme Clément. Réponse du président d'Arte : « Il n'y a rien de commun dans ces deux démarches. Dans *La Vie sexuelle de Catherine M.*, Catherine Millet adopte la démarche artistique de quelqu'un qui se met en scène — comme un peintre choisit de faire son autoportrait —, tandis qu'il ne s'agit en rien d'une démarche personnelle pour les jeunes gens de "Loft Story". Eux n'ont pas choisi ces conditions fictives de vie, leur part de liberté n'existe pas. Liberté aux créateurs, mais pas aux marchands d'esclaves. »

Et encore, même s'ils sont consentants, savent-ils bien ce qu'ils font ? Dans *Le Monde* Thomas Ferenczi en doute : « Est effacée la frontière entre vie publique et vie privée, qui est l'un des fondements du respect humain. Est oubliée la nécessaire part d'intimité que refuse, par définition, ce remake français du *big brother* d'Orwell », explique-t-il, avant de poursuivre : « Il est vrai que toute expression artistique — qu'elle prenne la forme d'un livre, d'une pièce de théâtre, d'un film, d'un téléfilm, voire d'une sitcom — repose sur une dialectique entre fiction et réalité. Non seulement pour le lecteur ou le spectateur, qui est invité à lire le monde à travers l'œuvre, mais pour les écrivains ou les acteurs eux-mêmes qui nourrissent leur texte ou leur rôle de leurs propres émotions, puisées dans leur propre vie. La différence avec les participants de "Loft Story", c'est que les artistes qui engagent leurs sentiments intimes dans leur travail sont, en principe, capables de maîtriser ce jeu dangereux. Il n'est pas certain que les jeunes gens rassemblés par M6 y soient préparés [1]. » L'argument le plus violent est sans doute l'assimilation récurrente des lofteurs à des rats de laboratoire. « Ce ne sont plus des personnes, mais des rats dans une cage », déclare dans *Libération* du 3 mai le psychiatre Serge Hefez, qui ajoute : « Celui qui est observé est déshumanisé, instrumentalisé [2]. »

Bien évidemment, les défenseurs du Loft jouent avec délices de cette « panique promotionnelle », et se précipitent sur cette faille dans l'argumentation des anti-Loft. Pourquoi accorder à Catherine Millet ce que l'on refuse aux lofteurs ? demande Thomas Valentin. Et sur le plateau d'« Arrêt sur images », il

1. Thomas Ferenczi, « "Loft Story", un jeu dangereux », *Le Monde*, 5 mai 2001.
2. Éric Favereau, « Ils sont en danger », *Libération*, 3 mai 2001.

porte un dernier coup fatal aux élites-intellos-nantis, quand on lui demande si l'immaturité des candidats (peluches, biberons...) a constitué un critère de sélection : « C'était pas un critère. Mais moi, je voudrais poser une question : est-ce qu'on est pas en train de faire se fracasser l'image qu'ont les élites et un certain nombre de gens qui pensent que les jeunes sont comme ça, et une certaine réalité — je dis pas la réalité — mais celle d'un certain nombre de jeunes aujourd'hui ? » Le Loft concourt à fracasser les préjugés des « élites » sur les jeunes contre « une certaine réalité (...) d'un certain nombre de jeunes aujourd'hui ». Valentin disqualifie ceux qu'il stigmatise comme les élites (les intellos, les psys, les moralisateurs... bref, les psychorigides), comme Alain Bauer disqualifiait les nantis et les bien-pensants sur le chapitre de l'insécurité.

Ainsi, parmi tant d'autres sujets de méditation, le Loft et son emballement nous invitent à réfléchir sur le consentement. Qu'est-ce que consentir ? En quoi le consentement des lofteurs aux règles du Loft peut-il être déclaré plus, moins ou aussi valable qu'un autre ? Décréter que le consentement des lofteurs n'est pas valable, c'est une manière facile de ne pas nous interroger sur notre propre consentement. Et de masquer notre propre consentement au monde nouveau inauguré par Loana et ses camarades.

La croyance souterraine : la mort de l'exception française

Mais quel est ce monde ? Comme tous les emballements, l'emballement anti-Loft ne peut « prendre » que sur le terreau de très profondes convictions. Outre la peur de la vacance du pouvoir, et celle de la mondialisation, l'emballement anti-Loft semble opérer une confirmation redoutée : la France n'est plus une exception. Nous nous croyions à l'abri. Nous croyions constituer une exception économique et culturelle contre la marchandisation du monde, contre la marchandisation des corps. Et nous voici, devant les ébats de Loana et de Jean-Édouard, tous réduits à un voyeurisme de pédophiles, comme des Hollandais ou des Allemands.

La télé-réalité a triomphé partout en Europe, et la France épouvantée se regarde céder comme les autres, ravalée au rang d'un pays européen semblable aux autres, parmi les autres, à l'égal de la Hollande ou du Portugal, ces gloires éteintes.

L'effondrement du Savoir. L'effondrement d'une légitimité

Cette apocalypse mondialo-concentrationnaire qu'inaugure le Loft n'est rendue possible que par l'effondrement d'un système antérieur. Quel système ? La réponse ne se lit qu'en creux, mais elle est très nette.

C'est le directeur des programmes de M6, Thomas Valentin qui, sur le plateau d'« Arrêt sur images », vend une partie de la mèche : « En choisissant de faire ce jeu, y avait trente-huit mille candidats au départ, y en a onze à l'arrivée, et bien c'est une forme d'accession à quelque chose de nouveau. Il y a les grandes écoles, il y a l'Université, et puis y a aussi d'autres choses qui permettent aujourd'hui, avec la télévision, d'arriver à quelque chose. Eh bien pourquoi pas ? »

Grandes écoles, Université... et Loft ! Non, il ne s'agit pas de chercher l'erreur, mais de trouver le point commun. Crise du savoir, crise de l'école, crise de l'effort : aussi énorme que cela puisse paraître, on a bien entendu. Un des patrons de la chaîne qui diffuse l'émission affecte de voir dans le Loft un système alternatif de promotion sociale et d'accession à la réussite. Rien de moins qu'une alternative au système scolaire.

À des anonymes, collectés au hasard des caprices du casting, on promet donc de doubler l'immense file d'attente de ceux qui ont emprunté la voie traditionnelle des longs apprentissages, des fiévreuses révisions de partiels, et des parchemins difficilement gagnés. S'ils « réussissent », c'est qu'ils auront su montrer leur détermination, leur volonté « d'y arriver ». Le modèle de l'autodidacte s'en trouve toutefois métamorphosé : livres et stylos sont bannis et il ne reste, pour parvenir à la réussite, que l'exhibition de sa propre personne. Le Loft exalte l'amour de soi, la confiance en soi, l'égocentrisme, le narcissisme.

Une chose est certaine : jamais l'effroi provoqué par le Loft n'aurait été si fort, s'il n'était survenu sur fond de crise de l'école, c'est-à-dire d'une crise profonde de la transmission. Cette crise de la transmission est multiforme. L'école, par exemple, se voit accusée de ne plus enseigner le goût de la lecture, supplantée parmi les adolescents par la télévision. Elle a même renoncé, depuis 1968, à inculquer le goût de l'effort, perçu comme une valeur réactionnaire. Il est vrai qu'elle n'est pas la seule, et que la France de 2001, toute à l'expérimentation des trente-cinq heures, semble avoir fait du farniente, du loisir, sa valeur centrale, précipitant le travail et l'effort dans l'enfer de la préhistoire. Non sans un certain frisson : « Loft Story » survient au moment où la France goûte aux trente-cinq heures avec la vague culpabilité de croquer dans un fruit défendu. Est-il vraiment possible, dans l'univers de la mondialisation, de travailler moins tout en gardant le même niveau de vie ? Or c'est au beau milieu de cette culpabilisation angoissée que survient, comme un missile, la violente image de « Loft Story » : un grand concours national d'oisiveté et d'inculture, justement diffusé par l'ennemi absolu des valeurs scolaires, une chaîne privée, dans une émission produite par Arthur. Qu'est-ce que « Loft Story », sinon un triomphe absolu de l'idéologie de la télévision privée, dans ce qu'elle a de plus violent, sur les valeurs de Jules Ferry ? Non seulement l'école ne remplit plus ses fonctions, non seulement on n'y acquiert plus les enseignements fondamentaux, mais voici qu'elle pourrait être supplantée par des universités privées de l'inculture et de la paresse, des universités aux étudiants vautrés sur les canapés. Cette image ne pourrait pas être plus violente, on n'aurait pas pu concevoir de missiles plus efficaces contre les anciens modèles de transmission, dont nous assistons au lent naufrage.

L'après-emballement

Deux ans après « Loft Story », les anciens lofteurs vont bien. Certains ont creusé leur trou dans l'audiovisuel. D'autres sont retournés à l'anonymat, sans aucune amertume. On ne signale parmi eux ni dépression ni suicide. Les lycéens de terminale continuent de stresser dans les mois qui précèdent le passage du bac. Le taux de réussite au bac en 2003 a dépassé les 80 %, taux qui n'avait pas été atteint depuis 1968. On ne signale pas d'employeur ayant remplacé l'entretien d'embauche par un casting calqué sur ceux du Loft. Les audiences des émissions de télé-réalité commencent à s'essouffler. Au printemps 2003, l'émission « Nice People », présentée par Arthur et conçue comme un remake du Loft, s'est déroulée dans une profonde indifférence, et a connu un relatif échec d'audience. À la différence de l'emballement sur l'insécurité, qui a sans doute contribué au résultat de l'élection présidentielle de 2002, le Loft n'a laissé aucune trace palpable dans la vie « réelle » du pays. L'image n'a pas déteint sur le réel. Et, dépouillé de sa gangue d'hystéries opposées, « Loft Story », avec deux ans de recul, apparaît enfin comme ce qu'il fut sans doute : un habile et nouveau divertissement, ni plus ni moins. Et, au total, reçu et digéré comme tel par le public.

Dans l'emballement, la télévision publique s'était distinguée en refusant d'accueillir les lofteurs sur les plateaux de ses émissions, pour ne pas contribuer à la promotion du jeu. Mais cette interdiction s'est ensuite assouplie. Un ex-lofteur, Steevy, est devenu chroniqueur régulier de l'émission « On a tout essayé » de Laurent Ruquier, sur la chaîne publique France 2. À la rentrée 2002, il y rencontre Jack Lang, le même Jack Lang qui, au plus fort de l'emballement, l'année précédente, alors ministre de l'Éducation nationale, regrettait que le CSA « soit aux abonnés absents » devant la déferlante du Loft, et lui demandait, puisqu'il est « nommé pour cela » d'exercer une « magistrature intellectuelle sur le sujet ».

Mais ce jour-là, Jack Lang ne sollicite plus personne d'exercer « une magistrature intellectuelle » sur « Loft Story ». Il faut dire que Steevy a pour mission de critiquer le dernier livre signé par... Jack Lang, et consacré à Laurent de Médicis. « Oui, j'ai lu ce livre », commence Steevy. « En entier ? » demande Ruquier « En entier ! » (Applaudissements du public.) L'élocution est lente. Il sent sur ses épaules tout le poids de sa responsabilité. « Ceci dit, ce n'est pas le premier livre que je lis. L'année dernière, pour Europe 1, je m'en suis tapé trente. » Ruquier : « Trente quoi ? » (Rires.) Steevy poursuit. « C'est un livre bien écrit et très détaillé (...). Il y a un travail de recherche énorme (...). Je l'ai lu de A à Z (...). Un livre bien écrit, que j'ai beaucoup apprécié à lire (...). Laurent arrive au pouvoir à vingt ans, et grâce à sa super-diplomatie et au pouvoir de l'argent, il arrive à conquérir un peu l'Italie (...). Et ensuite, tout en racontant cette histoire, on vit le déclin de la famille de Médicis. »

D'un sourire, il quête l'approbation. « C'est ça ? » Jack Lang, dans un souffle : « Très bien. »

Conclusion

Quelques constantes sur l'emballement

Insécurité, pédophilie, mensonge d'État américain, Loft : si nous rendons les armes devant l'emballement, c'est parce que nous sommes cernés. D'abord cernés géographiquement. La mondialisation, et son *alter ego* technologique Internet, ont en effet transformé les frontières en passoires. Démoniaque mondialisation, dont on retrouve les méfaits à la fois derrière l'emballement contre le Loft, et contre la pédophilie. Et les frontières enfoncées, plus rien ne nous protège. Les dangers, d'abord lointains, se rapprochent. Un grondement, d'abord sourd, se précise. Dans l'emballement pédophile, les méchants sont organisés en réseaux internationaux qui, par la magie d'Internet, se jouent des frontières. Le grand emballement quasi permanent sur l'invasion islamique joue de la terreur que tombent les frontières nationales, celles qui nous protègent, justement, de l'invasion. Avoir cédé au Loft, émission qui a « triomphé » dans les pays voisins mais dont la France était encore épargnée, nous ravale au rang des pays ordinaires. C'en est fini de « l'exception française ». C'est dans les zones « rurbaines » que Le Pen enregistre ses scores les plus surprenants en 2002. Rurbaines : apparence de la calme campagne, proximité de la ville et de tous ses dangers. Et le point de rencontre des deux à l'hypermarché par exemple, où les « rurbains » croisent d'inquiétantes silhouettes, bandes de jeunes, femmes en foulards.

L'emballement Meyssan, qui répond à l'emballement post-11 septembre, s'appuie d'ailleurs sur le sursaut national. On y entend une certaine fierté française à ne pas succomber aux manipulations américaines qui trompent la planète entière. Après le 11 septembre, nous étions cernés par la menace islamique, menace polymorphe, de Ben Laden aux talibans, des prédicateurs de Londres aux collégiennes voilées. À cette hydre, répond mythologiquement la conspiration du silence qui vise à nous faire croire à la fiction du crash du Pentagone. Ceux qui nous cernent, dans la vision Meyssan, ce sont les comploteurs de l'ombre du pouvoir américain.

Mais l'emballement nous assiège aussi de manière plus sophistiquée. Nous ne sommes pas seulement cernés par un monde extérieur hostile. Si l'emballement nous cerne et finit par nous emporter, c'est aussi par son dispositif polymorphe de faits et de statistiques, de théorie et de gros bon sens, de permanence et de rebondissements quotidiens, de rumeur publique et de manchettes de journaux, d'avis d'experts et de questions d'enfants.

Les légendes cauchemardesques

Ce message martelé par mille bouches, et pour finir par la nôtre, ce message auquel nous avons tant envie de croire, nous raconte une légende, toujours nouvelle en apparence, toujours la même en réalité. Quelles sont ces légendes cauchemardesques interactives que nous enrichissons en direct ?

Comme toutes les légendes, la légende en direct colportée par l'emballement doit son succès à la simplicité de son scénario, de ses personnages, de sa morale.

Répétons-le : je reconnais volontiers l'existence, à l'origine de chacun de ces emballements, d'un incontestable et irréductible noyau de réalité.

L'affaire Dutroux, à l'origine de l'emballement médiatique sur la pédophilie de ces dernières années, est une épouvantable réalité. Les corps des fillettes martyrisées retrouvés dans le jardin d'une des maisons du ferrailleur belge sont de vrais corps. La découverte, quelques années plus tard, dans l'ordinateur d'un pédophile néerlandais, de centaines de photos d'enfants est aussi une réalité, même si ses contours sont mal connus : ces photos sont-elles récentes ou anciennes, qui les a constituées en fichier ? etc. Ici commence la part des interprétations. L'emballement, à la manière d'une rumeur d'Orléans amplifiée par le pouvoir démesuré des médias, se contente d'y greffer de multiples détails — certains de ces enfants seraient français, le réseau bénéficierait de protections dans la magistrature, etc. —, et aussi d'en gommer d'autres — le cutter dans la main du « père de famille d'Évreux » tué pour avoir voulu protéger son fils du racket — afin de rendre la légende noire plus terrifiante encore. Hors de toute réalité, évidemment : quelques années plus tard, dans la plus grande discrétion, on apprit que la justice avait rendu un non-lieu dans l'affaire de la présence d'enfants français, reconnus par leur mère, sur le fichier pédophile. Mais les agents les plus actifs de l'emballement avaient alors disparu.

À l'heure où ces lignes sont écrites, il est encore trop tôt pour connaître les dimensions du « noyau dur » de réalité derrière les fantasmes déchaînés par l'affaire Alègre à Toulouse, mais il paraît au moins peu douteux que des prostituées ont été assassinées, et que la police n'a guère manifesté de zèle à découvrir les auteurs de ces crimes. Les cafouillages et les contradictions des premières déclarations officielles après le crash du Pentagone, sur lesquels s'appuiera la thèse du livre de Thierry Meyssan *L'Effroyable Imposture*, sont une réalité. La photo de couverture de son livre est une vraie photo, au sens où il est vraisemblable qu'elle n'est pas truquée.

Et l'insécurité ? Vaste question. Et controverse quasi religieuse, avec ses bulles, ses excommunications, ses abjurations. Considérons au minimum une chose comme certaine : la forte hausse du nombre de plaintes déposées dans les commissariats en 2001 et 2002. L'emballement va transformer cette réalité en apocalypse.

Une réaction à l'omerta et aux mensonges

Donc, il y a bien un feu, à l'origine de la fumée. Mais voilà : toutes ces réalités ont toujours été niées dans le passé. Oui, l'Éducation nationale et l'Église, pour ne parler que d'elles, se sont longtemps montrées frileuses à évoquer publiquement la pédophilie. Oui, l'insécurité a longtemps été réduite à un « sentiment d'insécurité » par des médias volontairement aveugles dont la grande majorité des rédacteurs ne vivaient pas dans les « quartiers difficiles ». Oui, les médias se sont montrés bien incurieux à traquer les incohérences des informations données par les autorités américaines, après le 11 septembre. Oui, le gouvernement britannique a menti à propos de la qualité des viandes, a longtemps tenté de minimiser la maladie. Toutes les méfiances sont donc permises à l'égard du plus innocent bifteck.

L'emballement est d'abord une réaction à ces mensonges antérieurs. Si nous sommes prêts à croire qu'aucun avion ne s'est écrasé sur le Pentagone, c'est parce que de longues années nous ont persuadés que les médias dissimulent la vérité, voire mentent intentionnellement. C'est parce que la vérité a été trop longtemps contenue (par le terrorisme intellectuel de gauche des « belles âmes » dans le cas de l'insécurité, ou par le consensualisme post-11 septembre dans le cas de Thierry Meyssan, dont le point culminant fut « la découverte du passeport de Mohamed Atta dans les ruines du World Trade Center ») que son surgissement torrentiel a cette puissance d'évidence.

Il s'agit d'expier notre naïveté.

Omerta et emballement sont les deux versants successifs du cauchemar médiatique. L'emballement est toujours une réaction-explosion contre la loi du silence, l'aveuglement, un certain terrorisme qui interdisait d'aborder « certains sujets ». L'emballement qui s'empare de ces réalités, et va les transformer, les enrichir, les amplifier, les magnifier, explose comme une cocotte-minute trop longtemps maintenue sous pression. Et il est d'autant plus imparable, cet emballement, que les emballés ont la certitude de faire œuvre utile, en participant au dévoilement d'une vérité longtemps occultée. L'occultation passée est leur justification, leur carapace, leur rempart. C'est sur la repentance d'une longue omerta que se construit la légende noire.

Un exemple. À l'heure où cette conclusion est écrite (en juillet 2003), semble se développer aux États-Unis un emballement politico-médiatique contre George W. Bush, à propos de l'accusation portée en janvier par le président américain contre l'Irak de Saddam Hussein d'avoir tenté de se procurer de l'uranium au Niger. Mais l'information (les documents prétendument nigériens sont faux) était connue dès mars 2003 (voir pages 170-171). Nul doute que l'emballement anti-Bush menace d'être d'autant plus violent qu'il trouvera son carburant dans les quatre mois d'omerta relative de la presse autour de cette affaire (entre mars et juillet) et plus généralement dans la démission des médias américains après le 11 septembre. Ces périodes de latence posent toujours des lots de questions sans réponse. Pourquoi « l'emballement » sur la fausse accusation américaine n'a-t-il pas commencé dès le 7 mars ? Pourquoi, dès ce jour-là, la Maison Blanche n'a-t-elle pas été sommée de s'expliquer par des éditoriaux enflammés et des adversaires démocrates furieux ? Parce que l'Amérique était alors en guerre ? Parce que les journalistes, les diplomates, les agents des services secrets, qui savaient que Bush avait alors fourni une fausse information aux Américains, pensaient alors que cette accusation ne serait pas « audible » ? Et ont-ils raison ou tort ? Entre mai et juillet, la proportion d'Américains approuvant la politique de leur pays en Irak est passée de 69 % à 53 % (tiens, revoici un sondage !). La hardiesse nouvelle des journalistes et des adversaires de Bush s'explique-t-elle par cette évolution des sondages ? Ou à l'inverse, sont-ce les offensives des médias et des politiques qui font évoluer l'opinion américaine ? Éternelles questions !

Portrait-robot de l'Ogre

Qui sont donc les personnages principaux de la légende noire ?

Une légende noire suppose d'abord une figure d'Ogre. Loup-garou, croquemitaine, tueur en série, dévoreur d'enfants, c'est le personnage majeur du cauchemar médiatique. Ogre solitaire ou tribus d'ogrelets, peu importe. À tout seigneur tout honneur, les emballements sur la pédophilie ne fonctionneraient évidemment pas sans la figure du pédophile, Ogre moderne se nourrissant d'enfants, Gilles de Rais aux mille visages. Mais l'Ogre n'est pas solitaire. Il est organisé en réseaux, sautant par-dessus les frontières, et exigeant chaque jour sa cargaison de chair fraîche. L'emballement sécuritaire fourmille de silhouettes de méchants : les voyous petits ou grands, les « groupes organisés », les « bandes », les racketteurs, etc. Pas d'Ogre majuscule ici, mais une prolifération de lutins maléfiques, de diablotins et de coupe-jarrets. Quant à l'emballement Meyssan, son méchant est le système des systèmes, le lobby militaro-industriel américain, ou, mieux encore, sa face cachée.

Ce méchant principal, grand méchant loup de la légende en direct, a plusieurs caractéristiques que l'on retrouve fréquemment. D'abord il est le plus souvent invisible. Les caméras ne le filment pas, ne savent pas le trouver. Il nous refuse son visage. Adolescents « floutés » au pied des immeubles des cités, pédophiles cachés sous leur manteau à l'arrivée au tribunal. Faute de pouvoir le montrer, on montre donc sa maison aux volets clos. Ses méfaits nous sont rapportés par des témoins (voisins, policiers, journalistes, sociologues). Dans la société de communication, il ne s'exprime pas. Il n'en est que plus effrayant. Qu'on ne se le figure d'ailleurs pas forcément sous les traits d'un monstre : souvent il nous ressemble. Objet d'un bref et violent emballement, le « bagagiste de Roissy » Abderazak Besseghir, soupçonné quelques jours de terrorisme au début de l'année 2003 avant d'être totalement mis hors de cause, fut d'emblée déclaré inquiétant par la banalité de son aspect et de sa vie si ordinaire.

Les auxiliaires de l'Ogre

Mais les simples méchants ne suffisent pas. La légende noire a aussi besoin de complices du Diable, de méchants auxiliaires.

Au premier rang de ces complices du Mal : les institutions établies, et tout particulièrement l'État.

L'État, nous répètent les mille bouches emballées, a laissé se dégrader la situation.

Dans le meilleur des cas, par laxisme ou par incompétence. Les institutions « détournent le regard » des réseaux pédophiles ou de l'insécurité. Dans le meilleur des cas aussi, par insuffisance de moyens. L'État manque de policiers, de juges, de professeurs. Les enquêtes judiciaires ne peuvent être menées jusqu'à leur terme. Les professeurs manquent de formation et de motivation.

Mais l'incompétence ou le manque de moyens ne sont pas seuls en cause, hélas. Dans la version la plus noire des légendes noires, les institutions sont elles-mêmes complices des méchants. Ainsi dans l'emballement sur les réseaux pédophiles, revient de manière récurrente le thème des « gens haut placés, voire des magistrats eux-mêmes, qui auraient intérêt à étouffer l'affaire ». C'est donc l'État qui nous interdit de connaître jamais la vérité.

Incompétence et trahison se conjuguant, la vérité, faute de moyens, ne sera jamais connue. Les emballés du combat contre « les réseaux » ne cessent d'énumérer la liste de toutes les carences des instructions judiciaires, de toutes les vérifications qui, faute de moyens (ou par malveillance) ne seront jamais entreprises, et empêcheront à tout jamais de confondre les fameux réseaux pédophiles internationaux. Dans l'affaire Alègre, l'ancienne prostituée « Patricia » explique pourquoi le corps d'une autre prostituée assassinée n'a pas été retrouvé au fond du lac où elle aurait été jetée : une partie du lac a été comblée pour construire une autoroute. « Il faudrait faire péter l'autoroute. Ça ferait des frais, on a décidé de ne pas le faire. Je ne sais pas si c'est au niveau de la justice ou plus haut que ça a été décidé [1]. » Ce sont sans nul doute « les hautes sphères » qui, au cours de réunions secrètes, ont décidé de ne pas « faire péter l'autoroute ».

Complice du Mal par corruption, l'État peut aussi l'être par égoïsme, et abus de pouvoir. L'expert Alain Bauer, dans l'emballement sécuritaire, reprend inlassablement le même thème d'un État abusant de son pouvoir qui, non seulement contribue à l'aveuglement sur la délinquance en diffusant des statistiques biaisées minorant le phénomène (incompétence), mais confisque à son propre profit les forces de police, en affectant des fonctionnaires à des tâches de « plantes vertes », de protection des bâtiments officiels ou des domiciles privés des dignitaires, au détriment de la protection des simples citoyens, ainsi abandonnés à eux-mêmes. « Dans ce pays, explique-t-il, l'État a vampirisé à son bénéfice, pour la défense des institutions et pour le maintien de l'ordre, des policiers qui étaient normalement prévus pour le bénéfice des personnes et des biens des citoyens. » « Vampirisation » : le mot est prononcé. Complicité de l'Ogre et du vampire.

Des effondrements en chaîne

L'impuissance de l'État produit donc naturellement son effet : l'effondrement des protections. Cet effondrement est d'abord une des composantes du

1. « Le Vrai Journal », Canal+, 8 juin 2003.

récit. L'effondrement des protections policières (Bauer gagne ses galons médiatiques en rédigeant un rapport qui « révèle » que le territoire français est abandonné par les forces de police) s'aggrave ainsi d'un effondrement du droit. Le concept de « zone de non-droit », évidemment central dans tous les emballements sur l'insécurité, se décline aussi ailleurs. « Internet reste une zone de non-droit », accusent les associations de protection de l'enfance au plus fort de l'emballement sur le fichier pédophile. Thierry Meyssan dresse le constat de l'effondrement des grands moyens de communication, qui nous ont tous donné l'information (erronée) de la chute d'un avion sur le Pentagone. « Il y a eu dans les JT une accumulation de faits de nature différente qui a donné l'impression que toutes les protections s'étaient écroulées, qu'on était dans la représentation d'un champ de ruines », explique, à propos de l'emballement sur l'insécurité, la sociologue Mariette Darrigrand [1].

Pourquoi aujourd'hui ? D'où vient cette complaisance pour la représentation de l'effondrement ? D'où vient cet appétit de ruines et de décombres ? Est-ce d'avoir vu s'effondrer, avec le mur de Berlin, l'empire communiste, qui paraissait éternel ? Est-ce de voir tomber les puissants, les uns après les autres, sous les coups de boutoir des juges et des médias ? Est-ce d'avoir vu s'écrouler dans les dernières

1. Raphaël Garrigos, Isabelle Roberts, « L'insécurité, programme préféré de la télé », *Libération*, 23 avril 2002.

décennies les grands services publics, le pouvoir des États, le noyau familial ? Nous avons un appétit morbide d'effondrements, d'écroulements, de décombres. Nous sommes tous des ogrelets affamés de ruines.

Dans le miroir de l'emballement, la victime (citoyen livré à l'insécurité ou dupé par les leurres de la propagande américaine, parent d'enfants en danger) se voit ainsi livrée à elle-même, dépourvue des protections traditionnelles, policières mais aussi idéologiques. Ses convictions d'antan se sont évanouies comme les policiers dans la nuit des villes.

Mais ces récits d'effondrement, par l'implacable mécanisme de la « résonance », produisent aussi un effondrement symétrique dans la petite (ou grande) communauté des emballés.

De manière inattendue, le cauchemar suppose en chaque individu une sorte d'effondrement personnel. Effondrement, diraient les psychanalystes, de la barrière du « surmoi » qui libère les forces du « ça ». Et produit à son tour une sorte d'effondrement moral. Comment ne pas se sentir effondré en entendant les récits de pédophilie ou d'insécurité, ou en contemplant la notoriété imméritée des lofteurs ? Comment résister à l'effondrement de nos plus solides convictions antérieures, fruit d'une vie d'analyse et d'expérience ? Les convictions humanistes, par exemple. En Jospin confessant sa « naïveté » face à l'insécurité, se produit un effondrement spectaculaire. En un instant, s'effondre une des convictions fondatrices du « camp du progrès » depuis la fin de la Seconde Guerre mondiale, conviction inscrite dans les ordonnances sur la jeunesse de 1945, celle que la « petite délinquance » des mineurs procède avant tout de causes économiques et sociales. Emballé lui-même, Jospin précipite l'emballement.

Chez tous les acteurs de l'emballement, tout sens critique s'effondre pareillement. Daniel Bilalian, confessant que les mots lui manquent, témoigne d'un effondrement de la qualité première qu'on est pourtant en droit d'attendre d'un journaliste : la capacité de trouver les mots pour désigner les faits. Comme si l'emballement réduisait chacun de ses acteurs au statut peu enviable de « zone de non-critique », désertée par la raison comme la « zone de non-droit » l'est par les policiers.

Des racines profondes

L'emballement réussi repose forcément sur des croyances souterraines, des hantises, des obsessions, que le discours public laisse parfois seulement affleurer.

Ces hantises peuvent être très anciennes. Plus il se rapproche de pulsions essentielles (la reproduction, la transmission, la survie), mieux l'emballement fonctionne. C'est parce que nous sommes abreuvés de légendes noires sur l'école, désormais inapte à remplir ses missions, c'est parce que nous entendons répéter comme un bruit de fond permanent que « le niveau baisse », c'est parce que nous sommes cernés par les études sur le développement de « l'illettrisme », études étouffées par l'omerta ambiante, que nous accueillons avec cet effroi le surgissement du Loft. Non seulement l'école ne remplit plus sa fonction, non seulement « le niveau baisse », mais la télévision qui l'a détrônée impose désormais avec cynisme et brutalité l'inculture, l'oisiveté, la sexualité en public, la soumission aux règles de la société marchande et l'exclusion en modèles de comportement. Si nous sommes prêts à nous imaginer cernés par les réseaux de pédophiles, dans chaque sacristie, dans chaque classe de primaire, si nous voyons en chaque instituteur un pédophile en puissance, le terrain est préparé par la marchandisation mondiale du sexe, par la fin des modèles familiaux traditionnels.

L'angoisse des rapts d'enfants, qui nous replonge au Moyen Âge, traverse toute l'époque moderne. Dans son magistral *La Peur en Occident*, Jean Delumeau pointe une rumeur parmi d'autres. « En 1768 le collège des oratoriens de Lyon est envahi par la foule et saccagé. On accuse les religieux d'héberger un prince manchot. "Tous les soirs, raconte-t-on, on arrête autour du collège des enfants auxquels on coupe un bras pour l'essayer au prétendu prince" L'émeute fait vingt-cinq blessés (...). Elle est à rapprocher de celle qui ensanglanta Paris en 1750, et au cours de laquelle il y eut mort d'hommes. On disait que des exempts de police en civil rôdaient dans les quartiers de Paris et enlevaient des enfants de cinq à dix ans. » De ces récits, aux images de « partouzes sado-maso avec notables », ou de « décapitations d'enfants » auxquelles font écho les chaînes de télévision aujourd'hui, ne peut-on tracer un fil direct ?

Petits accommodements avec la victime

Dernier personnage indispensable, évidemment, de cette légende en direct qu'écrit à mille mains l'emballement : la victime. Elle est, comme il se doit, innocente. Plus elle est innocente, mieux la légende fonctionne. Le plus innocent d'entre les innocents, évidemment, est l'enfant, d'où l'efficacité imparable de tous les emballements sur le thème de la pédophilie.

Dans le cauchemar de l'insécurité, les victimes sont les plus faibles d'entre nous, affaiblis par l'âge (les personnes âgées), ou par le statut social : les habitants des « quartiers sensibles », dont Nicolas Sarkozy, ministre de l'Intérieur chargé du contre-emballement après l'élection de 2002, sait si bien se faire le porte-parole. Pour rendre la victime plus poignante encore, le cauchemar gomme les détails qui pourraient ne pas « cadrer ». Dans l'affaire d'Évreux, le « père de famille venu demander des explications après que son fils s'est fait racketter » est une victime idéale. On n'apprendra que bien plus tard qu'il était porteur d'un cutter, comme les allusions voilées au passé de Papy Voise, la victime d'Orléans, n'apparaîtront que bien après son surgissement dans l'imaginaire national.

Cette légende cauchemardesque en direct qui nous baigne, ne nous est pas dite d'une voix calme. Elle nous est narrée d'un ton saccadé, trépidant, oppressé. Elle nous est dictée par l'urgence. Elle nous apparaît comme une cavale emballée justement. Le phénomène était larvé, les croyances préalables prospéraient souterrainement, soudain il s'accélère.

D'abord, le foudroiement...

La première phase est celle d'un obligatoire foudroiement. Foudroiement de l'affaire Dutroux, foudroiement de l'apparition du Loft sur nos écrans, et de la vulgarité triomphante — « Cékikapété ? ». Foudroiement du 11 septembre 2001, auquel répond en écho parfait le foudroiement de la publication de *L'Effroyable Imposture*.

Et c'est alors, libérées par le foudroiement initial, que jaillissent les forces de l'emballement. « Il ne se passe pas un mois, une semaine, sans qu'un cas de pédophilie soit dévoilé », écrit un éditorialiste de *L'Humanité* [1].

L'emballé est étreint par un sentiment d'accéléra-

1. Jean-Emmanuel Ducoin, « Briser le silence », *L'Humanité*, 24 février 2000.

tion irrésistible. Sentiment d'autant plus fort que l'emballement accélère parfois lui-même le phénomène. À propos des réseaux pédophiles, la médiatisation des affaires libère souvent la parole sur des faits parfois très anciens, dont la médiatisation à retardement vient à son tour accélérer encore l'emballement.

... puis une vision d'apocalypse

En même temps qu'il vit ce présent saccadé, l'emballé a une très claire conscience d'un avenir plus épouvantable encore, un véritable cauchemar. Pas d'emballement sans image du cauchemar. À ses yeux, l'avenir se dessine avec une effroyable efficacité, très net et très sombre. L'emballement nous lance, nous projette, nous propulse dans l'avenir, comme de pauvres choses sans contrôle. À l'école, « le niveau baisse », tandis que monte symétriquement l'angoisse pour nos enfants. Nous vivons dans l'angoisse que nos enfants n'atteignent pas notre niveau. L'emballement anti-Loft prospère sur cette angoisse-là : l'inculture reine, le savoir dévalué, ridiculisé, les voies d'accès à la notoriété et à la fortune revues de fond en comble. « Bientôt, ce sera le meurtre en direct ! » s'écrie le très posé président d'Arte Jérôme Clément, à propos de « Loft Story ».

L'emballé de l'insécurité se projette dans une jungle où règnent les voyous, où la pègre triomphe.

L'emballé de Meyssan est projeté dans un monde où, sans que nul ne le sache, le pouvoir a changé de mains aux États-Unis, qui fabriquent une nouvelle arme terrifiante qu'ils seront les seuls à posséder. « Le *Los Angeles Times* a révélé la semaine dernière l'existence d'une étude actuelle au Pentagone sur l'usage de la force nucléaire contre huit États qui pourraient être rayés de la carte ! » révèle Meyssan sur le plateau de Thierry Ardisson dans un silence religieux. L'emballement fascine, hypnotise, terrifie faute de convaincre : convaincre prendrait du temps, et le temps presse. Mais cela ne lui suffit pas.

La culpabilisation des établis

Un nouveau système de références et de croyances, édifié dans la fièvre et l'anarchie sur les ruines de l'ancien système, cela porte un nom : une révolution.

Tout emballement médiatique est une révolution, virtuelle et éphémère.

Et comme toute révolution, l'emballement broie, pulvérise, balaie les réticents. On ne débat pas de l'emballement. L'emballement ne supporte ni les contradicteurs, ni les sceptiques.

Comme toute révolution, l'emballement exige le ralliement. Il ne supporte pas la tiédeur.

Il possède une arme absolue : le renvoi dans les rangs maudits des partisans de l'omerta. « Vous êtes en train de nous dire que c'est comme le nuage de Tchernobyl, ça s'est arrêté à la frontière ? » demande, narquoise, la journaliste Élise Lucet à un policier qui se montre sceptique sur l'existence de réseaux pédophiles en France. Quiconque s'oppose est complice de l'omerta, de cette conspiration du silence à laquelle l'emballement, finalement, n'est qu'une riposte légitime. Ainsi l'emballement joue-t-il de la culpabilisation des établis. Culpabilisés, les journalistes qui ne vivent pas dans les quartiers populaires, où règne l'insécurité. Culpabilisé, le chroniqueur de télé bourgeois — moi-même — qui finit par croire que les lofteurs sont plus représentatifs de leur génération que les jeunes qu'il observe dans son propre entourage. Culpabilisés, les médias établis, avec leurs règles de vérification, pour leurs réticences, leurs précautions, leur frilosité, et qui finissent donc par accueillir les rumeurs les plus perverses véhiculées par Internet. Ne pas inviter Thierry Meyssan ? Mais ce serait un abominable acte de censure ! Comme tout nouveau système de croyances, l'emballement a besoin pour construire sa légitimité de démoniser l'ancien système. Pendant longtemps (à propos de la pédophilie comme de l'insécurité) a régné « la loi du silence ». Heureusement, aujourd'hui c'est terminé. Comme est terminée l'ère de l'hégémonie des médias dominants américains, qui aurait permis le succès du complot américain pour occulter l'« effroyable imposture » du crash sur le Pentagone. Heureusement, Internet est là, Internet et ses mille lilliputiens de la vérité.

L'exigence du ralliement spectaculaire

Pourtant, une analyse froide nous permettrait de raisonner encore, et de nous opposer à l'emballement. Une analyse froide nous permettrait de nous souvenir que la délinquance a bel et bien — aussi — des causes sociologiques, que la misère, le chômage, la désespérance, sont bel et bien des causes objectives des actes de délinquance, et que cette analyse de la délinquance, si elle est incomplète, n'a rien de « naïf ». Des dizaines de témoins oculaires ont vu le Boeing foncer sur le Pentagone. L'immense majorité des enfants n'ont pas été victimes d'abus sexuels. L'immense majorité des entreprises prennent en compte, pour leurs recrutements, les diplômes traditionnels, délivrés par les vieilles écoles, les vieilles universités d'avant le Loft. Mais l'emballement est si fort qu'il installe la certitude absolue que ces éléments ne seraient plus audibles. Et donc, ils ne sont tout simplement pas entendus, personne n'osant les avancer, infernale dialectique de l'intimidation et des intimidés. Ceux qui pourraient les proclamer haut et fort rentrent la tête dans leurs épaules. Si l'emballement crée des dissidents, il les muselle immédiatement. Seul reste donc le choix entre silence et ralliement. Les ralliés crient alors plus fort que les autres, avec l'ardeur des convertis — c'est au journal de 20 heures de TF1, sur la plus haute tribune de la nation, que Lionel Jospin confesse son péché de « naïveté » à propos de la délinquance. L'emballement n'exige pas seulement le ralliement, mais le ralliement public et spectaculaire. Sur la plus grande place du village, à la manière des autocritiques de la révolution culturelle chinoise.

L'emballement, un complot ?

Reste une question. Et si c'était un complot ?

L'emballement dissipé, ceux qui tentent d'autopsier le phénomène lui trouvent parfois une explication : le complot. Comment expliquer ces jours de transe collective, ces pertes de raison, ces bouffées de folie, sinon par un complot ?

À coup sûr, si les chaînes de télévision ont ainsi matraqué l'opinion sur le thème de l'insécurité avant l'élection présidentielle de 2002, c'était pour faire élire Chirac. La fuite, quelques jours avant sa publication officielle, de la statistique montrant la hausse de l'insécurité n'est certainement pas innocente. Pourquoi l'aurait-« on » fait fuiter ? Certainement pour désamorcer cette information explosive. À moins que ce ne soit, au contraire, pour en étirer l'impact au maximum. De toute manière, ce n'est pas innocent. D'ailleurs les syndicats de policiers, omniprésents dans l'orchestration de la polyphonie sur l'insécurité, ne penchent-ils pas majoritairement à droite ? Quant à l'affaire Papy Voise, survenue quelques jours avant le premier tour de l'élection, elle tombe trop bien pour être honnête. C'est un traquenard, évidemment, tendu aux médias par des politiciens locaux d'Orléans, avec une parfaite science du *timing*.

Derrière l'affaire Meyssan, sans doute peut-on voir la main de services occultes, désireux d'orchestrer une opération antiaméricaine. Seule cette opération peut expliquer la complaisance de la télévision publique. Quant au Loft, il s'agit d'un complot d'une autre nature, d'une opération de décervelage. Il s'agissait de fournir une diversion aux Français dans une période économique difficile, de les détourner des « vrais sujets », des « graves problèmes » sur lesquels « on » souhaite les empêcher de réfléchir.

Ainsi parfois, autour du cadavre de l'emballement, des contre-emballés tentent de dénicher les traces d'un complot. C'est, pour la résumer rapidement, une adaptation à la situation française de la théorie d'un Noam Chomsky, celle d'une oligarchie politico-économique asservissant les médias, et leur dictant les messages qu'ils doivent marteler dans les têtes de la masse imbécile.

Je ne crois pas davantage au complot « chomskyen » qu'aux complots colportés par les emballements. Dans toutes les légendes noires détaillées ici, nous avons décelé des traces de conspirationnisme : l'État nous masque l'étendue réelle de l'insécurité, il laisse courir les réseaux pédophiles, des putschistes de l'ombre ont pris le pouvoir à Washington et ont établi des plans secrets pour rayer huit pays de la carte. Pourquoi refuser d'y croire dans un cas, et se précipiter dans l'autre sur l'explication par le complot ? Est-il vraiment plus raisonnable de croire à la fabrication, par un adjoint au maire d'Orléans (lui-même sans aucun doute manipulé par « de plus hauts intérêts »), d'une « affaire Papy Voise » qu'à une conspiration de l'État visant à minimiser les chiffres de la délinquance ?

Quel besoin de complots, alors que l'explication est sur la table ? Cette explication, c'est la marchandisation de l'information. L'information-marchandise est celle qui n'a pas d'autre moteur que de satisfaire la plus large clientèle possible. Le public demande que nous journalistes reprenions sans distance les légendes noires servies par la Maison Blanche (les vilenies de Ben Laden ou de Saddam Hussein) ? Reprenons-les. Inventons des détails. Allons chercher et enregistrer « les confidences de l'ancienne maîtresse de Saddam Hussein » (on a vu cela, et sur une grande chaîne américaine). Le public a changé d'avis, et nous demande au contraire de cogner sur la Maison Blanche ? Cognons jusqu'à plus soif sur la Maison Blanche, ses manipulations, ses mensonges, ses revirements, et ces quelques mots du président sur l'uranium irakien. Et vite, et fort, sinon la chaîne concurrente, le journal concurrent nous dépasseront. Le public demande du frisson, des voitures qui brûlent, des attaques en plein jour, des vieillards qui sanglotent, des peintures de décadence par la télé-réalité : jetons-lui ce qu'il demande, à pleines pelletées. Le public a faim de conspirations américaines, de généraux de l'ombre qui complotent dans les « bunkers » de la Maison Blanche, servons-lui des conspirations américaines, avec inquiétants galonnés, convoitises pétrolières, et Folamour en pointillé. Le public achète du Loft, consacrons notre manchette, trois fois de suite, aux « problèmes de société » que pose évidemment « Loft Story ». Et avec un sondage, s'il vous plaît, qui ratifiera par des chiffres ce que tout le monde sait déjà, mais consacrera la transformation de ce divertissement en « phénomène de société », et nous offrira peut-être la félicité suprême d'une reprise au « Vingt heures » !

L'information, bien entendu, a toujours été aussi une marchandise. Un journal qui ne trouve pas d'acheteurs est condamné à la disparition. Mais en France, jusqu'à une date récente (disons, la privatisation de la principale chaîne de télévision, TF1, en 1987) les marchands d'information trouvaient en face d'eux un pôle de médias fonctionnant selon les critères du service public, pour le meilleur et pour le pire. Le meilleur : l'information considérée comme une mission, la volonté de résistance aux rumeurs, la hiérarchisation des nouvelles en fonction de leur importance, et non de leur impact supposé. Le pire : une certaine proximité avec les pouvoirs et les institutions poussant, en effet, aux omertas et aux autocensures. Depuis la privatisation de TF1, ce modèle est en déclin. En dépit de l'encourageant exemple de France 5, qui montre que l'on peut à la fois proposer des programmes sans concession et accroître lentement (très lentement, hélas) son audience, les principales chaînes de la télévision publique n'offrent plus qu'une résistance épisodique et flageolante au modèle TF1, quand elles ne précèdent pas l'emballement.

Ces médias « ralliés », où les souvenirs de la mission de service public se heurtent quotidiennement à la logique de l'audience, sont d'ailleurs des propagateurs plus efficaces des légendes de l'emballement que les médias privés, naturellement « sensationnalistes ». Peut-être n'est-ce pas un hasard si, à propos de l'insécurité ou de la pédophilie, le lecteur a trouvé dans ces pages davantage d'exemples empruntés aux chaînes publiques qu'à la télévision privée. Peut-être ces emballements ont-ils mieux « fonctionné » parce qu'ils étaient portés par les médiateurs « crédibles » de médias « non sensationnalistes ». Élise Lucet bénéficie de l'image d'une journaliste « crédible », ne cédant pas aux sirènes de l'audience ou de la notoriété. La réputation de Thierry Ardisson est plus contrastée et sulfureuse. Homme d'affaires et animateur, il personnifie certes l'infiltration des logiques de l'information-marchandise dans un média public, mais on lui prête une certaine capacité de résistance à la « langue de bois » des pouvoirs établis. Sortant de leur bouche, les légendes noires ne portent-elles pas plus loin ?

Inaudible ! Voilà le grand mot lâché. Ne pas faire ce titre, ce serait inaudible. Ne pas réfuter cela, ce serait inaudible ! Mais ne faut-il pas, parfois, prendre le risque d'être inaudible ? Une chose est certaine : rien n'est plus inaudible que le silence.

LE MONDE : DEDANS, DEHORS ?

« Il faut savoir si tu es dedans ou dehors, Schneidermann ! »

Edwy Plenel, directeur des rédactions du groupe *Le Monde*, crie au téléphone, et cette fois je suis plongé au cœur d'un cauchemar particulièrement sophistiqué. Résumons. J'ai résisté à des emballements (*L'Effroyable Imposture* ou les charniers d'enfants de Seine-et-Marne). J'y ai parfois — un peu — participé (« Loft Story »). Mais ce matin-là, quelque temps après avoir commencé la rédaction de ce livre, me voici à mon tour en plein cœur d'un emballement. Avec mon chef criant au bout du fil cette sommation tout droit issue des fureurs du mouvement communiste : « Choisis ton camp, camarade ! »

En plein cœur. Curieuse position. Autour de moi les lignes bougent, les invectives s'entrechoquent, d'anodines silhouettes de confrères se transforment en Ogres, en complices ou en héros, des journées ordinaires avec conciliabules de couloir ou de bistrot deviennent autant d'épisodes d'épopée. Le décor de l'immeuble de la rue

Claude-Bernard, les histoires de bureau, les controverses avec les chefs, soudain remodelés, se trouvent transformés, amplifiés, magnifiés par le regard extérieur.

Au début de 2003, *Le Monde* vécut un cauchemar sans précédent dans l'existence d'un journal. Un gros livre violent, documenté, profondément hostile, fut projeté à la face de sa direction. À vrai dire, on l'attendait. On n'attendait même que lui. Des rumeurs inquiétantes convergeaient vers le deuxième étage, celui de la direction, d'où elles rebondissaient plus chargées encore d'alarmes et d'angoisses. Mais on ne connaissait ni le lieu (l'éditeur) ni l'heure. La publication des « bonnes feuilles » de *La Face cachée du* Monde [1], enquête à charge contre la direction du journal dans les colonnes de *L'Express* le 20 février 2003 (dont la parution fut avancée d'un jour pour la circonstance par les stratèges de l'hebdomadaire), foudroya donc *Le Monde* d'une grêle de « révélations », plus ou moins neuves : il aurait soutenu Édouard Balladur lors de la présidentielle de 1995, son directeur de la rédaction aurait joué le nègre d'un syndicaliste policier, Bernard Deleplace, avant de l'encenser dans les colonnes du journal, son directeur aurait tenté de se faire domicilier fiscalement en Corse, mènerait ses négociations industrielles en menaçant d'éditoriaux hostiles ses partenaires récalcitrants, se livrerait à un travail de lobbying pour le compte des Nouvelles Messageries de la presse parisienne, lobbying qu'il ferait rémunérer pour renflouer les caisses du journal, etc. Enfin les comptes du journal seraient truqués. « Ça fait Enron ! » s'exclamait, à leur lecture, un « analyste financier » cité dans le livre. Bref, *Le Monde* était aux mains d'une « troïka » de despotes, maîtres en manipulations, menaces et chantages

1. Pierre Péan, Philippe Cohen, *La Face cachée du* Monde, *du contre-pouvoir aux abus de pouvoir*, Mille et Une Nuits, 2003.

divers : Jean-Marie Colombani, Edwy Plenel, Alain Minc.

Ces « révélations » provoquèrent à l'intérieur du journal une sidération générale, et à l'extérieur un emballement d'anthologie : une avalanche de reprises aux « Vingt heures », d'émissions spéciales et d'éditoriaux de nos confrères, à l'exception notable du *Figaro*, qui ne consacra pas une seule ligne à l'événement. Des escouades de reporters campaient à la porte du journal, tentant sans succès d'arracher des réactions pertinentes à leurs confrères (nous) comme aux habitants d'un village reculé propulsés sous les projecteurs par un scandale d'inceste. Nous étions d'ailleurs à peu près aussi loquaces. Anne Chaussebourg, « directrice de la coordination des publications » du *Monde*, s'employa à la « communication de crise », c'est-à-dire qu'elle s'efforça de cantonner à la cafétéria (au sixième étage) la horde des reporters venus suivre le comité de crise de la rédaction (au rez-de-chaussée). Jour après jour, *La Face cachée* nous offrit la matière d'un reportage en direct dans les habits d'une victime d'emballement (société pétrolière après une marée noire, ou chaîne de restaurants ayant vendu de la viande douteuse). La « troïka », la veille encore si redoutée, devint du jour au lendemain un trio de punching-balls, de pantins ridiculisés par les « Guignols » de Canal+, et déculottés par les caricaturistes de *Charlie hebdo*. Pour compléter le tableau du cauchemar, il apparut très vite que le livre connaîtrait un grand succès, et serait dévoré par nombre de nos propres lecteurs.

Chroniqueur au *Monde radio-télévision*, responsable d'une émission de télévision — « Arrêt sur images » sur France 5 — consacrée à la critique de la télévision (mais aussi, par extension occasionnelle, des autres médias), je me trouvais en première ligne. Pour la première fois, l'actualité m'exigeait commentateur d'une affaire dont j'étais aussi un protagoniste. *Dedans, dehors* : position certes intellectuellement stimulante, mais d'autant plus inconfortable que je me sentis immédiatement en complet désaccord avec la réaction de la direction. Après avoir, dans un premier entrefilet le 22 février, classiquement dénoncé une « campagne », elle diagnostiqua quelques jours plus tard (dans un long article de Plenel titré « *Le Monde* est-il un danger pour la démocratie ? ») une opération orchestrée en sous-main par « l'animosité de certains cercles mitterrandistes » et « la vindicte de milieux ultra-souverainistes [1] » (Ogres assez dissemblables, mais ayant apparemment signé un pacte pour la circonstance). En déformant des citations du livre et par différents amalgames (procédés classiques de l'emballement), elle tenta en outre de dénoncer, dans le « Péan-Cohen », un antisémitisme sous-jacent (et, à mon sens, totalement imaginaire).

Même si le livre suintait la volonté de détruire, et était truffé d'erreurs flagrantes, il me semblait que *Le Monde*, plutôt que de répondre comme un clan sicilien offensé par la provocation d'un clan rival (mutisme majestueux, chagrin insondable, bordée d'insultes et préparation minutieuse du bain de sang des représailles), devait répondre comme un journal dans une démocratie développée au XXIe siècle : en ouvrant ses bouches, ses comptes et ses archives. Je crois que les médias ont atteint une telle puissance dans le fonctionnement démocratique d'aujourd'hui qu'ils n'ont d'autre choix que d'être le plus transparent possible sur leurs secrets de cuisine.

À la vérité, je comprends bien pourquoi la direction a réagi ainsi, écoutant ses réflexes de corps offensé plutôt que de journalistes. L'honneur des hommes était blessé. Oui, l'honneur. On n'écrit plus souvent le mot « honneur », aujourd'hui, et dans *Le Monde* pas davantage

1. Edwy Plenel, « *Le Monde* est-il un danger pour la démocratie ? », *Le Monde*, 25 février 2003.

qu'ailleurs. L'époque des duels réparateurs, à l'épée et en haut-de-forme, semble appartenir à la Préhistoire. Pourtant, le vieil honneur a la vie dure. Nous devrions le savoir : il est notre matière quotidienne. L'honneur des autres, s'entend. « L'investigation » journalistique a broyé bien des honneurs de puissants, avant que le missile « Péan-Cohen » ne vienne frapper celui de nos directeurs et, par effet collatéral, celui du journal tout entier. Nous avons donc réagi en Latins plutôt qu'en Anglo-Saxons. Je le regrette. Il me semble que la presse française a davantage à emprunter aux modèles anglo-saxons qu'aux modèles latins. Nous nous devons davantage aux règles simples de notre métier (une seule réponse, les faits ; les affirmations de Péan et Cohen sont-elles vraies, sont-elles fausses ?) qu'à un code d'honneur exhumé de l'avant-dernier siècle. Notre journal, qui exige à longueur d'année la plus grande transparence possible de tous les pouvoirs (les réunions internes des partis, les comptes des entreprises, le contenu des bidons des coureurs du Tour de France sont sommés d'être absolument transparents), se voyait offrir sur un plateau l'occasion d'une magistrale démonstration de transparence.

Ce désaccord immédiat, j'aurais pu le garder pour moi, me cacher derrière mon petit doigt, et considérer que toute cette agitation, après tout, ne concernait pas directement mon champ d'intervention : la télévision. Mais la lecture du livre, achevée en quarante-huit heures, me persuada que je ne pouvais éviter ce débat. Comment décortiquer chaque semaine la course à l'audimat des chaînes, et éluder les questions sur le caractère racoleur des manchettes du journal ? Comment braquer la loupe de Sherlock Holmes chaque semaine sur les relations des rédactions audiovisuelles avec le pouvoir politique, et feindre de ne rien voir des ambiguïtés des rapports, avec ce même pouvoir, de la direction de mon propre journal ? Avec brutalité, mauvaise foi, mais aussi, hélas, avec des éléments convaincants, *La Face cachée* lançait un débat inévitable et salutaire sur le pouvoir d'informer.

Mon réflexe naturel fut donc de tenter d'organiser ce débat, sur le plateau d'« Arrêt sur images », entre les deux duos Péan-Cohen et Plenel-Colombani. Tous quatre étaient journalistes, et très certainement une rencontre entre eux promettait d'être riche et passionnée. Pourquoi ne se seraient-ils pas expliqués, les yeux dans les yeux ? Deux d'entre eux, certes, sont mes patrons. Mais pourquoi un journaliste ne pourrait-il traiter de ses propres patrons, de sa propre entreprise comme de tous les autres dirigeants, de toutes les autres entreprises ? Quel meilleur antidote à l'emballement que la confrontation directe des arguments contradictoires ?

J'avais croisé Pierre Péan vingt ans plus tôt au hasard d'une enquête. Je n'avais jamais rencontré Philippe Cohen. Je commençai par tenter de les joindre par l'intermédiaire de leur attachée de presse. Il me semblait avec une certaine naïveté qu'ils seraient les plus difficiles à convaincre. L'accord de Colombani et Plenel, attaqués, et qui seraient heureux de trouver une tribune pour se défendre, me paraissait plus facile à obtenir. Mais la voix glaciale au téléphone de l'attachée de presse de Mille et Une Nuits, cherchant mille et un pièges derrière chacune de mes propositions, et finissant par m'avouer, alors que j'évoquais « ses adversaires » : « Mais, *vous* êtes l'adversaire, monsieur Schneidermann ! » ne me laissa pas beaucoup d'espoir. Elle ne fermait pourtant pas la porte. Quelques instants plus tard, ce fut Edwy Plenel qui la claqua définitivement à la face de ce beau projet de débat contradictoire. Sa voix était furieuse : « Parler avec Péan et Cohen ? Non. La consigne, pour l'instant, c'est qu'on ne parle pas à l'extérieur. Et surtout pas avec Péan, qui est antisémite. » Antisémite, Péan ? Comme je tentais de lui faire remarquer que rien ne permettait de déceler, chez le confesseur du vichysme de François Mitterrand dont *Le Monde*, quelques années plus tôt, avait encensé les précédents ouvrages, la moindre trace d'antisémitisme, il s'emballa : « Il faut savoir où tu es, Schneidermann. Si tu es dedans ou dehors. On tient un comité de rédaction mercredi, on verra bien si tu es là ou non. » Bien. L'heure n'était décidément pas au débat. Sous la menace, je fus d'abord surtout sensible au fait qu'il m'interpelle par mon nom de famille, alors que nous nous connaissons depuis vingt ans, et nous donnons habituellement du « Edwy » et du « Daniel ». Mais il ne se situait plus dans les rapports de travail, les rapports entre un directeur (lui) et un chroniqueur (moi), voire entre un producteur d'émission (moi) et un invité potentiel (lui). Il était manifestement plongé dans un nouvel épisode décisif de ce cauchemar épique qu'il se raconte à lui-même sans doute depuis son entrée en journalisme (et dans lequel *Le Monde*, en guise de contre-attaque, allait tenter sans succès de plonger ses lecteurs) : les suppôts de la Raison d'État et du Souverainisme se liguant pour terrasser la Liberté de la Presse. Quant à moi, j'étais désormais à découvert entre les duels d'artillerie des deux camps avec, flottant au vent, mon petit drapeau blanc du Débat contradictoire, à peine brandi et déjà en charpie.

« Il faut savoir si tu es dedans ou dehors. » J'étais dedans évidemment, davantage que jamais attaché à ce journal qui publia mon premier article en 1979. Mais pas à l'intérieur de n'importe où. À l'intérieur d'un journal qui, justement, s'appelle *Le Monde*, et s'est longtemps fait gloire de ne pas sombrer dans les dérives des concurrents (sensationnalisme, superficialité, provincialisme français, soumission aux modes). En m'efforçant de ne pas céder au lyrisme, disons simplement que *Le Monde* est le seul journal où j'aie jamais souhaité travailler, par attachement à ses qualités de pluralisme, de curiosité et d'ouverture. Dans mes années étudiantes, ces qualités étaient notamment incarnées par un journaliste, Pierre Viansson-Ponté, qui jamais, je crois, ne se serait défendu d'une attaque, si odieuse fût-elle, par des imputations d'antisémitisme à l'égard de ses adversaires. « Dedans », oui, mais je me gardai d'assister au comité auquel j'avais été si aimablement convié par le directeur des rédactions, afin de pouvoir continuer d'en traiter avec la distance nécessaire.

Étant « dedans », et considérant *a priori* la liberté du chroniqueur comme entière, il était évident que ma chronique de la semaine devait être consacrée à ce foudroiement médiatique. Il n'est pas facile de prendre la plume, dans un journal, pour critiquer sa direction. Le faisant, j'avais bien conscience de quitter, sans doute pour assez longtemps, une confortable position d'observateur. Jusqu'alors, il avait pu m'arriver d'exprimer des désaccords avec telle ou telle décision (mineure) de Colombani ou de Plenel, concernant par exemple le choix de tel gros titre de « une ». Plus hardiment, j'avais exprimé des réserves générales sur cette politique de grasses « manchettes », et la dérive qu'elle entraînait mécaniquement [1]. Mais évidemment jamais je n'avais critiqué la direction dans les colonnes du journal : je considère qu'il est équitable, si le chroniqueur souhaite chroniquer librement, que la direction puisse diriger librement. Chacun son rôle. Cette fois, je savais bien que ce désaccord n'était pas seulement occasionnel, mais portait sur l'identité même du *Monde*. Que voulons-nous être, avant tout ? Un journal, ou un pouvoir ?

Après avoir rappelé que « le Péan-Cohen » comportait son lot d'inexactitudes manifestes, je concluais : *« Tout cela est pourtant secondaire. L'essentiel, c'est que cette enquête sur la part d'ombre du journal multiplie les faits. Les faits abondants, pour cer-*

1. Daniel Schneidermann, *Du journalisme après Bourdieu*, Fayard, 1999.

tains apparemment précis, et accablants parfois, comme ces terribles accusations de trafic d'influence qui assimilent Le Monde *aux feuilles de chantage balzaciennes. Orientés ? Partiels ? Peu importe. Ils seront lus. Et crus. Une réponse publique sur les faits, aussi précise que possible, à la première accalmie, est donc la seule voie (...). L'exigence, la sévérité, voire la brutalité des médias envers les autres ne sont légitimes que si nous admettons de les retourner aussi contre nous-mêmes. "Ne fais pas aux autres ce que tu ne voudrais pas qu'on te fît" : tout peut se ramener à ce vieux précepte, lointain ancêtre populaire du "penser contre soi-même"...* [1] »

Comme chaque semaine, j'envoyai par Internet ma chronique, titrée précisément « Contre soi-même », et rédigée à domicile. Elle est habituellement relue par les responsables du *Monde radio-télévision.* Il arrive que l'un ou l'autre m'appelle pour me signaler une erreur, s'assurer d'un détail, ou demander une retouche. La direction la lit-elle aussi avant publication ? Je n'en sais rien. En tout cas, elle n'y a jamais changé une virgule. Il est vrai que je ne sollicite pas non plus ses avis. Depuis 1992, sous deux directions successives, jamais je n'ai pris l'initiative de discuter du contenu de cette chronique avec les « hautes sphères » du journal. Si compréhensif, si affable, si délicieux que soit un directeur, il reste un directeur. Je sais trop comment l'aimable discussion à bâtons rompus peut se transformer insidieusement en conseil, le conseil en ordre, et l'ordre (s'il n'est pas exécuté) en contentieux empoisonné.

N'étant pas totalement naïf, je savais bien que celle-ci était particulière. Je n'étais pas certain qu'elle fût publiée. Si elle ne l'avait pas été, ç'aurait évidemment été la fin de près d'un quart de siècle de collaboration au *Monde.* Je serais parti le cœur lourd, mais la tête haute.

Ce fut chaud. Pendant une partie de l'après-midi (la scène m'a été rapportée par des témoins visuels *a priori*

1. Daniel Schneidermann, « Contre soi-même », *Le Monde,* 1er mars 2003.

dignes de foi, puisque journalistes au *Monde*) Edwy Plenel « consulta » la rédaction en chef à propos de l'opportunité de publier ce texte, ou à tout le moins de l'assortir d'une mention se dissociant de l'auteur d'un tel sacrilège : « Daniel Schneidermann est éditorialiste associé au *Monde* », par exemple. Mais la rédaction en chef s'opposa à ces demandes, d'autant plus facilement qu'elles n'étaient sans doute pas formulées avec une totale limpidité. « Je vais aller en parler à Jean-Marie », conclut le directeur des rédactions. J'ignore évidemment quel fut le ton de ce huis clos directorial. Mais la chronique fut publiée, sans aucune retouche. Quelles qu'aient pu être les nervosités passagères, cette conclusion, qui seule importait, me gonfla de joie et de soulagement : dans la tourmente, le journal restait fidèle à sa meilleure tradition.

Du reste, Jean-Marie Colombani ne tarda pas à en tirer argument. Dès le jour de la parution, le 28 février, lors d'un « chat » organisé avec les internautes du *Monde interactif*, une question lui fut posée : « Avez-vous relu avant parution la chronique de Daniel Schneidermann ? » Réponse : « Bien entendu, et je n'en ai pas changé une virgule. Daniel pourra vous le confirmer. C'est la preuve que *Le Monde* est bien l'entreprise totalitaire que décrivent ses adversaires. » Bien joué.

Mais même ce bon réflexe fut insuffisant à arrêter l'emballement. D'autant que la direction, les jours suivants, multiplia les erreurs de manœuvre. Dans sa propre chronique, le médiateur du *Monde* Robert Solé [1] arrivait

1. Institué en 1994 dès le début de la direction de Jean-Marie Colombani pour la première fois dans la presse française, le médiateur a pour tâche, selon le directeur du journal, de « veiller au respect par la rédaction de ses principes rédactionnels et de favoriser le dialogue avec les lecteurs. Personnalité indépendante, placé hors de la rédaction, le médiateur écrit dans les colonnes du quotidien sans aucune relecture préalable » (*Le Style du* Monde, Éd. Le Monde, 2002).

à des conclusions identiques aux miennes. Tout au moins dans sa version initiale, dans laquelle il estimait : « Le journal ne peut, me semble-t-il, s'en tenir à une réponse générale, une réfutation en bloc de *La Face cachée du* Monde. Il faut faire la lumière sur quelques accusations graves, qui risquent d'affecter durablement sa réputation et de resurgir à la moindre occasion. Car cette machine infernale est aussi une bombe à retardement. Une recension des "erreurs, mensonges, diffamations et calomnies" contenus dans le livre a commencé à la rédaction en chef. Elle devrait se traduire, tôt ou tard, par une publication. Le plus vite serait le mieux. Mais les éclaircissements que *Le Monde* doit à ses lecteurs ne sauraient se limiter à l'édition d'un catalogue d'erreurs. »

Cet extrait de sa chronique, les lecteurs ne purent pourtant en prendre connaissance. Il fut coupé à quelques instants du bouclage par Edwy Plenel, en contravention avec le livre de style du *Monde*, ce code de nos pratiques professionnelles qui stipule que « la chronique du médiateur est le seul article qui échappe au circuit habituel de relecture, nul n'étant habilité à y apporter des modifications ». Dans une lettre à Jean-Marie Colombani, le médiateur protesta immédiatement. Censurer la chronique de Solé, justement au plus fort d'une crise, c'était fouler aux pieds nos principes, donc commettre un évident abus de pouvoir.

Dans cette crise davantage que jamais, nos lecteurs avaient le droit d'être informés de notre fonctionnement, de nos soubresauts, de nos convulsions. D'autant qu'Edwy Plenel commençait, dans la rédaction, à minimiser l'incident en tentant d'accréditer une explication fumeuse : il n'avait coupé que quelques lignes, dans lesquelles le médiateur « annonçait la parution d'un supplément », finalement repoussé par la direction. Après en avoir informé Robert Solé, je dévoilai donc cet acte de censure sur France Inter le 5 mars, au micro de l'émission « Tam-tam, etc. », où Pascale Clark m'avait invité pour débattre face à Péan et Cohen (tous les hiérarques du *Monde* sollicités s'étant désistés). À quelques minutes de la fin de l'émission, je me lançai : « Quelque chose de sans précédent s'est passé dans le journal, la chronique du médiateur Robert Solé a été censurée, amputée de quelques lignes (...). Ce qui est très grave car le médiateur est au cœur de la relation de confiance entre le journal et son lectorat. » Solé relata longuement l'épisode de cette censure dans sa chronique suivante [1], en rétablissant évidemment le paragraphe censuré, et Plenel reconnut dans les colonnes du journal avoir commis « un infime, et exceptionnel, abus de pouvoir [2] ». Infime ! Comme si ces lignes, dans lesquelles le médiateur critiquait la direction, n'étaient pas justement les seules que l'on eût dû s'abstenir de toucher ! Enfin, cet incident-là était clos, mais l'emballement continuait.

Dedans, dehors ? Entre l'intérieur et l'extérieur du journal, en ces heures d'emballement, le décalage était total. À l'intérieur, régnait un silence de cauchemar, un silence terrifié à la fois par la violence de l'agression et par la brutalité d'une hiérarchie qui se déployait dans les couloirs pour cadenasser les bouches. Deux consœurs, élues de la Société des rédacteurs, Ariane Chemin et Sylvia Zappi, durent ainsi affronter les remontrances du chef adjoint de la séquence France, Hervé Gattegno, pour avoir fait leur devoir de journalistes et d'actionnaires en allant de leur propre initiative prendre connaissance du contenu du livre maudit, à la veille de sa publication, dans les locaux de l'éditeur. Électron libre incontrôlable, Plantu, qui n'a jamais abdiqué sa tonitruante et revigorante liberté de ton, se sentait bien seul.

1. Robert Solé, « Après la tourmente », *Le Monde*, 9 mars 2003.
2. « L'explication d'Edwy Plenel », *Le Monde*, 9 mars 2003.

À l'extérieur du journal, contraste total. Je ressentais une stupeur générale devant ce silence indéchiffrable de la plus influente rédaction de France. « Mais que se passe-t-il ? », « Pourquoi vous taisez-vous ? », « Vous n'avez rien à répondre ? » me demandait-on sans cesse. *Dedans, dehors ?* Avoir un pied dehors présentait quelques avantages, et me permettait de voir nettement combien, sur la scène médiatique, notre silence offrait une facile victoire à Péan et Cohen et à leurs accusations, les vraies, les fausses, les vraisemblables et les invraisemblables.

Nos confrères étaient à l'affût. À peine avais-je quitté les studios de France Inter après l'émission de Pascale Clark, que le service de communication de la station préparait une transcription de ma dénonciation de la censure. On sentait la machine médiatique avide de la moindre phrase, du moindre mot, qui nourriraient l'emballement contre *Le Monde.* Comment expliquer autrement, par exemple, l'écho d'une phrase contenue dans le livre, à propos des comptes du journal ? « Ça fait Enron » : phrase gravissime évidemment, puisqu'elle sous-entend que nos comptes seraient falsifiés, mais phrase anonyme, non argumentée, sans le moindre début de preuve, donc selon les critères de tout journaliste nulle et non avenue. Pourtant, elle embrasa la presse. Désir de nuire ? Peut-être, mais pas seulement. Dans l'emballement, tout paraissait possible. Si nos dirigeants étaient vraiment les démons dépeints dans le livre, alors pourquoi n'auraient-ils pas aussi falsifié les comptes ?

De cette brutalité implacable de la machine, je fis encore l'expérience quelques jours plus tard. Cette semaine-là (la deuxième après la publication du livre), les dirigeants du *Monde* acceptèrent enfin de répondre, accordant plusieurs interviews, publiant dans le journal plusieurs pages de réponses factuelles (d'une inégale pertinence) à plusieurs accusations du livre, et apparaissant tous trois (sans Péan et Cohen) à l'émission de Guillaume Durand, « Campus » (France 2), le 6 mars.

Consacrant pour la deuxième semaine consécutive ma chronique au feuilleton médiatique dont notre journal était le héros involontaire, je crus malin de citer quelques souvenirs personnels concernant Edwy, à l'époque (vingt ans plus tôt) où nous travaillions tous deux au service des informations générales, au deuxième étage de la rue des Italiens. Je racontai comment les reporters dont je faisais alors partie ne cessaient de pester contre l'inflation d'interviews et de tribunes libres du fameux Bernard Deleplace dont l'activisme de Plenel encombrait les colonnes du journal. Je racontai aussi comment ses articles arrivaient invariablement à l'extrême limite de l'heure du bouclage, assez tard pour que la hiérarchie ne puisse les relire en détail. La chronique fut composée et mise en page, prête à paraître dans le supplément du vendredi. Mais, le jeudi soir, il me revint de plusieurs sources « extérieures » (encore l'extérieur !) qu'Edwy s'en montrait affecté. Non pas irrité, me disait-on, mais « bouleversé ». Ces anecdotes ne se voulaient pourtant pas méchantes. Dans un contexte ordinaire, elles auraient été reçues comme des souvenirs de la vie de bureau, de ces piques où se disputent affection et perfidie, que l'on s'adresse entre collègues, par exemple lors d'un pot de changement de service. Mais l'heure n'était plus aux souvenirs innocents. Dans l'emballement, l'innocente anecdote se transformait en épisode lourdement significatif de la légende noire d'Edwy le Manipulateur. Après discussion avec mon ami Laurent Greilsamer, rédacteur en chef, je décidai alors, librement, parce que je ne voulais pas que le nécessaire débat d'idées dégénère en absurde corps à corps, parce que je souhaite pouvoir critiquer sans blesser, et parce que ce récit me faisait sortir de mon rôle de chroniqueur de télévision, de modifier ce texte en supprimant les coupables souvenirs. Hélas, la version initiale avait déjà « fuité » sur le site web du *Nouvel Observateur*. Et *L'Obs* en ligne assurait déjà que ce texte avait été « coupé » par la rédaction en chef. Toute la soirée de vendredi et la matinée de samedi, je m'employai à obtenir que *L'Obs* en ligne supprime le mot « coupé », qui était inexact. Mais c'était trop tard. D'autres sites critiques du *Monde* (comme le site « d'observatoire des médias » de l'association Action-Critique-Médias, Acrimed, qui effectue une recension notariale de toutes les informations et de toutes les rumeurs négatives envers notre journal) reprirent aussitôt la délectable fausse nouvelle de cette « censure ». « Censure » : le mot qui tue revenait en deuxième semaine ! Mais *Le Monde* ne m'avait pas du tout censuré. J'envoyai à l'Acrimed une mise au point qu'elle eut l'obligeance de mettre en ligne, sans pour autant, bien entendu, modifier son article « *Le Monde* censure Daniel Schneidermann [1] », bien trop « vendeur » certainement. Appelé par l'AFP, je réitérai la même explication : non il ne s'agissait pas de censure, oui j'avais modifié de mon plein gré, après discussion, comme cela devrait fonctionner dans n'importe quel journal, le texte de ma chronique. L'AFP laissa donc tomber l'affaire, évitant ainsi que ce mini-emballement dans l'emballement ne se propage d'Internet à la presse « hors ligne ».

Mais la machine, après la censure (réelle) de Robert Solé, avait besoin qu'un deuxième journaliste du *Monde* fût censuré. Elle avait physiquement besoin d'écrire ces mots : « encore une censure au *Monde* ». Elle fonctionnait désormais en pilotage automatique, les journalistes n'ayant plus pour fonction que de l'approvisionner. Comme l'emballement de l'insécurité se nourrissant du moindre fait divers (et, dans un final d'apothéose, se jetant sur le pauvre Papy Voise), il lui fallait du combus-

1 acrimed.samizdat.net/article.php3?id-article=970

tible, n'importe lequel. « Encore une censure au *Monde* », c'était un excellent combustible, ça faisait sacrément rebondir le feuilleton. Jamais je n'ai senti de si près cet appétit, cette soif obscènes. La machine est en mouvement, elle a faim, elle a soif, elle est folle, nourrissez-la d'urgence ! N'importe quoi fera l'affaire. Les rédacteurs en chef « achèteront ». Les lecteurs « achèteront ». Car cette machine folle est aussi fragile. Si elle ne trouve rien, elle s'arrête, elle s'étiole, elle meurt instantanément. Je fus encore appelé par l'AFP, qui me demanda fort aimablement de confirmer une autre rumeur : mon départ du journal. Je rassurai mon confrère (un peu ennuyé, le confrère, de me déranger ainsi à répétition) : non, non, je ne pars pas, je reste au *Monde*. J'y suis bien. Et la direction certes le dirige, mais elle n'en est pas propriétaire. C'est nous, les journalistes, qui en sommes les premiers actionnaires, par l'intermédiaire de notre chère Société des rédacteurs. Donc je suis chez moi. Et je reste.

Pendant plusieurs semaines, un épisode quasi quotidien vint nourrir l'emballement. Toutes les victimes passées du *Monde* y allèrent de leur bûche ou de leur brindille. Anciens ministres mitterrandiens, vieille garde jospiniste, affaires dans l'affaire : dans l'art du rebondissement quotidien, le Loft était enfoncé ! Les réactions rassemblées par l'hebdomadaire *Le Point*[1], pour ne prendre que lui, donnent une idée de l'unanimité. Michel Charasse (ancien ministre de Mitterrand) : « Je les déteste, parce que je leur reproche d'avoir trahi ce à quoi j'avais cru dans ma jeunesse : l'éthique de Beuve-Méry, un journal au-dessus de tout soupçon. » Nicolas Dupont-Aignan (député UMP) : « *Le Monde*, depuis des années, c'est Tartuffe. » Jean Glavany (ancien ministre de Jospin) : « Plenel était obsédé par la volonté d'être le grand maître de la police. Il est resté très marqué par son militantisme

1. « *Le Monde*, dix jours de tempête », *Le Point*, 7 mars 2003.

politique, qui l'a aveuglé. » Claude Allègre (ancien ministre de Jospin) : « Edwy Plenel m'a appelé un jour au téléphone pour me dire sur un ton menaçant que si Jospin ne nommait pas Patrice Bergougnoux directeur de la Police nationale, ce serait coûteux pour lui. » Éric Halphen (ancien juge d'instruction) : « Ils souffrent d'un ego surdimensionné », etc., etc. Pour que le feuilleton fût plus délectable encore, seuls les adversaires parlaient. Et les autres ? Et la grande armée des « amis du journal » ? On les devinait tétanisés, et pour certains sans doute secrètement pas mécontents. De toute manière, ils se taisaient.

De leur côté, la direction et la hiérarchie intermédiaire de la rédaction ne se privaient pas de faire courir des légendes noires sur... mon compte. Quelques échos me revinrent. Si j'avais rédigé ces deux chroniques, c'est parce que je voulais « partir du journal avec un gros paquet de fric » (j'y suis encore). Ou bien « prendre la place de Plenel » (doux Jésus !). Ou de Colombani (Jésus Marie !). Ou des deux à la fois (Jésus Marie Joseph !). Ou encore, j'étais en négociations avec *Le Nouvel Observateur* pour « succéder à Françoise Giroud » comme chroniqueur de télévision (jamais je n'ai évoqué ce sujet avec quiconque au *Nouvel Obs*). De toute manière, j'étais « une star de la télé ». Jean-Marie Colombani me traita publiquement de « chroniqueur extérieur », ou de « chroniqueur pigiste » (l'« extérieur » représentant alors, dans la bouche de la direction, le summum de l'infamie), mais je n'arrive pas à lui en vouloir. S'agissant d'un « collaborateur extérieur » qui depuis près d'un quart de siècle a publié près de deux mille articles dans les colonnes du journal, ce coup de patte décoché dans le désarroi me paraît plus bête que méchant.

Voilà pour le récit. Reste à comprendre pourquoi l'opération Péan-Cohen a si bien fonctionné. Pourquoi tant de nos propres lecteurs, par définition amateurs d'une information précise et recoupée, furent réceptifs à une si noire peinture de leur propre journal. Car la comparaison du portrait apocalyptique de la « troïka » par Péan et Cohen avec les modèles originaux ne tourne pas à l'avantage des deux conteurs des Mille et Une Nuits. Comme tous les emballements, le « choc Péan-Cohen » charria une bonne quantité de légendes noires, de délires sans fondement. Pour ne prendre qu'un seul exemple, le chapitre insinuant que Plenel pourrait être un agent de la CIA est si inepte que l'on ne peut qu'en rire, ou en pleurer. J'espère que le procès en diffamation, justement intenté par *Le Monde*, parviendra à en faire litière.

La créativité débridée de l'emballement est fascinante. Pour la première fois, il m'était donné de comparer une légende noire et les modèles originaux ayant servi à façonner ces allégories du Cynisme et de la Manipulation. Et dans le portrait diabolique tracé de la « troïka » — portrait prolongeant le travail de termites de quelques publications confidentielles, en ligne ou sur abonnement, généralement inspirées par la médiaphobie de feu Pierre Bourdieu, caricaturant Colombani en Raminagrobis capitaliste, et Plenel en roi du téléachat pour son assiduité à assurer dans son émission de LCI la promotion des livres écrits par les « amis de la maison » —, j'ai eu bien du mal à reconnaître des hommes que je connais (pour deux d'entre eux) depuis vingt ans, et dont le portrait professionnel et psychologique est heureusement plus nuancé.

Psychologiquement d'abord. Une longue fréquentation (même si, disais-je, elle s'est espacée depuis qu'ils dirigent le journal) de Colombani et Plenel impose plusieurs correctifs. Par exemple, je ne reconnais évidemment pas Jean-Marie Colombani dans la caricature qu'en dressent Péan et Cohen. Loin de l'emballement, je fréquente depuis vingt ans un Colombani brutal certes, *mais aussi* attentionné, cynique peut-être *mais aussi* sincèrement attentif aux bonheurs et aux malheurs privés de ses collaborateurs et qui, davantage qu'un journaliste, un patron ou un dictateur, est surtout un grand politique. Promouvoir, séduire, abandonner, soupeser, hésiter, laisser pourrir, trancher au moment le moins attendu, surprendre, opposer, inquiéter, rassurer, noyer, repêcher : tels sont ses mitterrandiens, et quotidiens, délices. Avant qu'il ne devienne directeur, je me souviens avoir critiqué un jour, dans un comité de rédaction, notre traitement sensationnaliste du Front national alors en pleine ascension. Je trouvais que nos bruyantes dénonciations nourrissaient l'emballement, et entretenaient paradoxalement le phénomène. Alors chef du service politique, Colombani m'exécuta publiquement en défendant ses troupes, sur un ton qui tua net le débat. Mais, le lendemain, je le vis s'approcher presque timidement de mon bureau : « Je m'excuse pour le ton que j'ai employé hier. Tu comprends, je croyais que c'était une opération contre le service politique ! »

J'ai longtemps été admiratif du combat acharné qu'il menait contre ses penchants les plus sombres (rancune et parano). L'ayant côtoyé d'assez près dans sa phase de conquête du pouvoir, en permanence inquiet et tendu, déstabilisé par les coups de l'adversaire, voyant sourdre des complots de partout, perpétuellement déchiré entre pulsion de meurtre et tendance naturelle à l'indulgence, j'ai été impressionné par la métamorphose physique qui lui a permis de franchir la dernière marche. En quelques mois, il a appris à sourire et — miracle suprême — à se moquer de lui-même. Peu de temps après être devenu directeur, il me racontait en riant un accident domestique : il était tombé d'une échelle en rangeant des valises dans sa maison de Corse. « Et le pire, souriait-il, c'est que c'est entièrement de ma faute. Je ne peux accuser personne de complot ! » Quand le parano se moque de sa parano, la guérison est proche. Il a gagné son combat contre ses démons, songeais-je alors. Hum ! Je n'en suis plus si certain aujourd'hui.

L'emballement rabote ces nuances de la psychologie, et bombarde de violents projecteurs les clairs-obscurs de l'âme humaine. Il y a autre chose : il arrive par exemple que l'Ogre se vive comme une victime. C'est difficile à croire mais c'est ainsi : un Ogre peut aussi trembler de douleur. « Je passe davantage de temps avec vous qu'avec ma famille. Vous êtes ma famille ! » lança Edwy à la rédaction en préambule du fameux comité, après la sortie du livre. Dans les jours les plus sombres de l'emballement, plusieurs proches collaborateurs dont il estimait qu'ils ne l'avaient pas assez soutenu, eurent la surprise de l'entendre soupirer, sincèrement accablé : « Je suis triste. J'attendais un signal de toi, rien n'est venu. Je suis triste. » L'indéniable brutalité humaine dont fait preuve Edwy Plenel, sa difficulté à fixer lui-même des bornes à son pouvoir sont d'autant plus déroutantes qu'elles s'entremêlent étroitement à une sincère autoreprésentation en victime (de son dévouement à la collectivité, de la logique de la raison d'État, des complots mitterrandiens et néo-mitterrandiens) qui le rend ultra-sensible à toutes les marques d'attention (et peut le pousser, par exemple, à pleurer sur un plateau quand sa collaboratrice Josyane Savigneau fait l'éloge d'un de ses livres, grand moment de télévision [1]). Ainsi s'est créée et s'entretient dans la rédaction une atmosphère d'infantilisation impossible à résumer dans une légende noire médiatique, subtil mélange de pression brutale et de chantage affectif, qui est certainement une des explications de l'incompréhensible silence des journalistes du *Monde* après la sortie du « Péan-Cohen ». D'autant que les qualités professionnelles de Plenel, estompées par Péan et Cohen qui le

1. « Campus », France 2, 4 octobre 2001.

réduisent à un manipulateur et un truqueur, sont indéniables : sa curiosité, sa réactivité, son énergie sont reconnues par une grande partie de ceux qui travaillent quotidiennement avec lui. Beaucoup lui vouent une réelle admiration, notamment ceux (la moitié de la rédaction actuelle) qui ont été embauchés par lui, et n'ont connu d'autorité que la sienne.

Mais, au-delà des personnes, c'est toute une pratique du « journalisme d'investigation », dont Plenel est la figure de proue, et sur laquelle *Le Monde* a assis son redressement dès l'affaire Greenpeace en 1985, qui s'est retrouvée sous les tirs. Péan et Cohen assurent ainsi que les « scoops » les plus retentissants ne seraient souvent que des réécritures de procès-verbaux judiciaires fournis par des juges ou des avocats qui instrumentalisent ainsi le journaliste à leurs propres fins. Dans le débat emballé qui a suivi la sortie du livre, le personnage du « journaliste d'investigation » s'est retrouvé caricaturé, attendant passivement à côté de son fax qu'arrivent les PV croustillants qui fourniront la matière des prochaines manchettes.

Évidemment le « journalisme d'investigation », comme toutes les victimes d'emballement médiatique, vaut mieux que cette caricature. Et un de nos spécialistes maison, Hervé Gattegno, a par exemple rappelé de manière convaincante qu'il avait commencé à se pencher sur l'implication de l'ancien ministre des Affaires étrangères Roland Dumas dans l'affaire Elf bien avant la justice. Mais si l'attaque de *La Face cachée* contre le « journalisme d'investigation » a porté, c'est parce que le système semble aujourd'hui à bout de souffle, notamment du fait de ses propres excès. L'exemple de Dominique Strauss-Kahn, poussé à la démission de son poste de ministre de l'Économie et des Finances par la pression médiatico-judiciaire avant de bénéficier d'une relaxe à la fin 2001, en a été l'exemple le plus éclatant, mais ce n'est pas le seul.

La relaxe en appel de Roland Dumas, début 2003, dans un volet de l'affaire Elf, est venue éclairer les excès de « l'investigation » à la Plenel-Gattegno. Rappelons l'historique : enquêtant sur les éventuels bénéfices personnels que l'ancien ministre de Mitterrand aurait pu retirer d'une éventuelle complaisance en faveur de la société Elf ou de certains de ses dirigeants, le journal a suivi à la loupe, depuis 1998, le moindre micro-épisode de l'affaire Dumas. Jour après jour, les lecteurs ont été informés de ses auditions par les policiers et les juges, de ses déclarations publiques, des accusations portées contre lui par son ancienne maîtresse Christine Deviers-Joncour, des échanges d'amabilités des deux anciens amants. *Le Monde* a décrit par le menu le « somptueux appartement de la rue de Lille » acquis par Christine Deviers-Joncour avec les millions d'Elf, rapporté la moindre des répliques de Dumas aux policiers qui l'interrogeaient ou le perquisitionnaient, condamné le moindre de ses accès d'énervement, ridiculisé le moindre de ses mots d'esprit, annoncé avant même qu'elle ait lieu sa mise en examen. L'enquête judiciaire ayant découvert au passage des dissimulations fiscales, *Le Monde* a appelé dans des éditoriaux vibrants à sa démission du poste de président du Conseil constitutionnel.

Péan et Cohen assurent que notre journal a consacré à l'affaire Dumas, entre 1997 et 2001, par moins de cinquante-deux titres, ou appels de « une ». « Vous avez bien lu : cinquante-deux ! » insistent-ils. C'est beaucoup. Incontestablement, il s'agit d'une campagne. Mais, après tout, on peut considérer que le journal est ainsi dans son rôle. On peut défendre que cet acharnement n'est que le revers de la nécessaire vigilance républicaine. Et je dois avouer que je partageais, jour après jour, la colère citoyenne de mon journal, contre ce prince de la Mitterrandie qui se croyait au-dessus des lois.

Mais le jour où l'ancien ministre, après des années de

marathon judiciaire, est enfin relaxé au terme de son procès en appel, aucun délit de complicité ni de recel d'abus de biens sociaux n'ayant finalement pu être prouvé contre lui, croit-on que le journal va tenter, prenant de la hauteur, de réfléchir sur le décalage ainsi révélé entre logique médiatique et logique judiciaire ? Croit-on qu'il va s'efforcer d'être à la fois *dedans et dehors* ? Non. Il salue cette décision judiciaire d'un éditorial grinçant : « L'innocent M. Dumas. » Après avoir rappelé une énième fois « les ventes d'art non déclarées » et les « magots dissimulés au fisc » par M. Dumas, ce texte (qui est censé engager le journal) conclut superbement : « La justice le proclame aujourd'hui non coupable. Elle ne dit pas que tous ses actes furent innocents [1]. » Ce fut, à mes yeux, l'éditorial de trop. J'ai été horrifié par le mépris que révélait cet éditorial, non pas à l'égard de Roland Dumas, mais de la justice. Oui, le président du Conseil constitutionnel doit avoir un comportement personnel exemplaire. Et s'il ne l'est pas, un journal est certes dans son rôle en en informant ses lecteurs. Mais le jour où la justice le relaxe en appel, sauf à donner l'impression que « l'affaire Dumas » ne fut rien d'autre qu'une chasse à courre, ne peut-on tenter de bonne foi de comprendre les motifs de la décision judiciaire ? Si la justice, à l'inverse de la presse, ne peut condamner que dans les limites de sa saisine, si elle choisit de relaxer ce qu'elle n'a pas prouvé, si elle préfère un coupable en liberté à un innocent condamné, bref si elle se montre particulièrement vigilante à éviter ses propres abus de pouvoir, sont-ce là des scrupules forcément méprisables ?

La distorsion du scandale Elf, transformé par le journal et quelques autres en « affaire Dumas », c'est-à-dire polarisé sur un aspect secondaire (les fameuses « bottines » orthopédiques du ministre, plutôt que le système

1. « L'innocent M. Dumas », *Le Monde*, 31 janvier 2003.

général des commissions et des intermédiaires dans l'industrie pétrolière), montre d'ailleurs aussi comment l'accessoire, dans l'emballement, peut masquer l'essentiel. Au printemps 2003, peu après la relaxe de Dumas, se tint le procès de l'affaire Elf, la grande, la vraie, où comparut l'ancien état-major de la multinationale pétrolière, Loïk Le Floch-Prigent, Alfred Sirven, André Tarallo, etc. Ce fut, pour le coup, un véritable feuilleton du réel. Les anciens dirigeants y déballèrent, jour après jour, leur petit linge sale et leurs turpitudes transnationales. Tous durent reconnaître avoir personnellement bénéficié, par centaines de millions, des largesses indues de la société. Pour *Le Monde*, ce procès fut magistralement couvert par la plume acérée de Pascale Robert-Diard. Mais il n'eut pas droit, lui, aux manchettes, ni aux appels de « une » à répétition. Un compte rendu quotidien, plutôt écrasé par la mise en page, et ce fut tout. Je ne cesse de me demander pourquoi. Était-ce parce que ces révélations-là ne devaient rien aux « investigateurs » maison, et tout à la justice ? Parce que l'on ne pouvait plus faire « tomber » les prévenus, déjà à terre, et que le jeu manquait donc de sel ?

Mais il y a peut-être autre chose. Dans un certain imaginaire, les politiques sont davantage prédisposés à la délinquance que les chefs d'entreprise. À force, trotskisme oblige, de pourchasser partout les méfaits et les empiétements d'un grand Satan appelé la raison d'État, sans doute n'a-t-on pas perçu avec autant de sensibilité les brûlures infligées au corps social par un autre démon : l'argent-roi. Contre les ravages et les empiétements de celui-ci, contre le système insensé et catastrophique des stock-options et des golden parachutes, contre les délocalisations, contre la force de frappe des justifications idéologiques et médiatiques de ce système emballé, avons-nous été assez vigilants ? Fallait-il vraiment transformer les grands patrons, dont certains sont certes nos partenaires en affaires, en héros des temps modernes ? Un seul exemple : était-il bien proportionné de consacrer un ensemble de onze articles à la mort de Jean-Luc Lagardère, et seulement deux à Henri Krasucki [1], ancien dirigeant de la CGT, disparu quelques semaines plus tôt ? Onze articles : Lagardère et l'édition, Lagardère et les médias, Lagardère et la course automobile, Lagardère et les courses hippiques, etc. Et, pour couronner le tout, un hommage de Jean-Marie Colombani à « Jean-Luc le fidèle [2] ». La biographie d'un industriel de l'armement et des médias est-elle vraiment six fois plus intéressante que celle d'un dirigeant syndicaliste ?

Plus grave encore que la mise en scène de l'investigation, est le refus de reconnaître nos erreurs. Ce refus a trouvé sa plus belle illustration dans l'enquête sur une somptueuse villa de la Côte d'Azur. Le 8 décembre 2002, sous le titre « Le mystère de la chambre du président », Hervé Gattegno revient sur le destin de la villa pharaonique du promoteur Christian Pellerin, qui vient d'être rasée au cap d'Antibes à la suite d'une décision de justice. « Qui en était le véritable destinataire ? » se demande l'appel de « une ». « Était-ce François Mitterrand, comme le laissent penser plusieurs faits troublants ? » Et, dans un long article que l'on dévore comme un polar, tout en précisant bien que cette hypothèse n'a jamais reçu « aucune confirmation formelle », Hervé Gattegno accumule les indices d'une commande mitterrandienne. À propos d'un rendez-vous sur le chantier de la somptueuse villa : « Le "client" n'était visiblement pas totalement maître de son emploi du temps. Le 21 juin était un

1. Michel Noblecourt, « Henri Krasucki, résistant et syndicaliste », et Claire Guélaud, « Hommage à Henri Krasucki, militant d'une "fidélité absolue" », *Le Monde*, 26 janvier 2003.

2. Jean-Marie Colombani, « Jean-Luc le fidèle », *Le Monde*, 16 mars 2003.

mercredi — jour de conseil des ministres pour un président en exercice —, mais une escapade aérienne de quelques heures pouvait aisément permettre un aller-retour Paris-Antibes dans l'après-midi. » À propos de Pellerin : « Lui-même est régulièrement convié à l'Élysée, le jeudi matin, pour partager avec quelques rares convives le petit déjeuner de François Mitterrand. » Autre indice : « À Antibes, où il a lancé une vaste zone d'activités et dont le maire, Pierre Merli, est un autre compagnon de Résistance de François Mitterrand, il ne rencontre guère d'obstacles. » Enfin, un témoin — et lequel ! — prononce le nom : « Plus précis, l'ex-capitaine Paul Barril, ancien membre de la fameuse "cellule anti-terroriste" de l'Élysée sous François Mitterrand, devenu, après sa mise à l'écart, familier de Pierre Merli, parle aujourd'hui d'un "secret de Polichinelle" et assure que "la villa avait évidemment été prévue pour François Mitterrand". À l'en croire, l'ancien président aurait discrètement visité la propriété au mois de décembre 1987, à l'occasion du sommet franco-africain qui se tenait à Antibes. »

Au total rien d'autre, donc, qu'une accumulation de ragots, glanés sur une Côte d'Azur où les imaginations galopent. Et quelques jours plus tard (le 13 décembre 2002), *Le Monde* publie une lettre cinglante d'André Rousselet, exécuteur testamentaire de Mitterrand : « M. Gattegno, journaliste d'investigation, méticuleux, apporte des dates précises. Notamment ce 29 novembre 1989 que révèlent sans appel les archives de la construction, date à laquelle se situe une visite sur les lieux du premier personnage de la République. Une date aussi précise ne s'invente pas... Bravo pour cet argument inattaquable, à cette nuance près que ce 29 novembre 1989, François Mitterrand était à Athènes en visite officielle, dont il ne devait revenir que le lendemain en fin de matinée. » Aucun commentaire du *Monde* ne suit cette lettre de Rousselet. Alors ? se demande le lecteur perplexe. L'hypothèse Mitterrand tient-elle ? Ne tient-elle pas ?

Il faudra attendre le 18 mars 2003, un article sur un tout autre sujet, intitulé : « Le promoteur Christian Pellerin travaille le jour et dort la nuit en prison », pour lire sous la plume de Gattegno un rappel des raisons de la condamnation du promoteur et, au détour d'un paragraphe, cette précision : « La sanction lui avait été infligée après la découverte, en 1993, des sous-sols cachés de sa villa du Cap-d'Antibes (Alpes-Maritimes), qui excédaient le permis de construire de deux mille mètres carrés. Détruite sur ordre de la direction départementale de l'Équipement en décembre 2002, la demeure avait été érigée à partir de 1988 grâce à une impressionnante série de complicités et de bienveillances administratives et politiques. Nombre d'indices ont, depuis, corroboré la thèse selon laquelle elle n'était pas destinée à M. Pellerin, mais à une haute personnalité — en laquelle certains croient reconnaître François Mitterrand, ce que n'atteste aucun élément probant » (*Le Monde* daté 8-9 décembre 2002). « Certains » ont donc cru reconnaître François Mitterrand, mais évidemment pas Gattegno lui-même ! C'était pourtant bien imité ! Quant au rappel de l'enquête originelle, summum d'hypocrisie, la phrase est construite de telle manière qu'il semble renvoyer à « l'absence d'élément probant ». Et si donc Gattegno est intimement persuadé que la villa n'était pas destinée à François Mitterrand, ne devrait-il pas prévoir une suite à ce feuilleton ? À quel chef d'État, français ou étranger, était-elle destinée ?

Est-ce à dire qu'il faudrait cesser de mener des enquêtes ? Bien sûr que non. Surtout ne pas jeter l'enquête avec l'eau de « l'investigation ». Si le journalisme de « coups » doit sa légitimité à l'époque où l'autorité politique, contrôlant la justice, pouvait encore étouffer les « affaires », l'enquête est évidemment l'oxygène d'un journaliste. Si la presse française se vend si mal, c'est à mon sens notamment parce qu'elle souffre d'un déficit de vraies enquêtes, approfondies, de longue haleine, sans acharnement ni complaisance. À cet égard, la création par la nouvelle direction, en 1995, d'une page quotidienne « Horizons », réservée chaque jour à un article au long cours, est une excellente chose, même si cela ne va pas assez loin. Il faudrait l'étendre à des domaines jusque-là préservés : par exemple, le monde culturel en général et l'édition en particulier. Mais il faudrait cesser d'écraser les enquêtes sous leur propre mise en scène. Et apprendre à reconnaître franchement, sans réticences ni ricanements, nos erreurs, toujours possibles (j'en sais quelque chose, voir page 58).

À cet égard, il me paraît inquiétant que nous n'ayons pas changé de comportement après le « Péan-Cohen ». À propos de l'affaire Alègre, à Toulouse, et de la mise en cause par des ex-prostituées du président du Conseil supérieur de l'audiovisuel Dominique Baudis, nous avons, à l'instar des médias les plus emballés, plongé complaisamment nos lecteurs dans un long cauchemar glauque, aussi peu étayé que lors d'affaires précédentes. Pour ne prendre qu'un seul exemple parmi la multiplicité d'articles consacrés au « volet des personnalités » de l'affaire, nos lecteurs pouvaient apprendre dans le journal du 17 juin 2003 que « les gendarmes ont examiné la maison suspectée d'être dans les années 90 l'un des sièges des soirées sadomasochistes ». Dans un article cosigné par un journaliste toulousain, Nicolas Fichot, et par Jean-Paul Besset, devenu entre-temps directeur adjoint de la rédaction du *Monde*, on apprenait, parmi de nombreux autres détails, que « derrière les tentures qu'ils ont arrachées, les gendarmes ont découvert dans les murs plusieurs fixations d'anneaux qui avaient été meulés. Ces anneaux étaient situés bas, à une cinquantaine de centimètres du sol, à hauteur d'enfant ou d'une personne devant se tenir accroupie ou à quatre pattes [1] ».

« À hauteur d'enfant » : le détail n'est pas indifférent. Quelques jours plus tôt, le 18 mai au « Vrai Journal », une des anciennes prostituées à l'origine de la mise en cause de personnalités, « Fanny », avait déclaré avoir vu dans ces soirées « des mineurs de douze ou treize ans ». Ainsi (sans que personne, au passage, se demande quel âge pourraient avoir des enfants que l'on attacherait à un anneau fixé à cinquante centimètres du sol) les détails révélés par *Le Monde* viennent-ils participer à la polyphonie de la révélation d'un volet « pédophile » dans l'affaire Alègre. Mais, le lendemain, les lecteurs du *Monde* prennent connaissance d'un communiqué du procureur de Toulouse, Michel Bréard, dans lequel il « dément formellement les prétendues constatations contenues dans cet article », et « regrette le manque manifeste de recoupements ayant précédé une telle annonce ». Et puis ? Et puis rien, une fois encore. À nos lecteurs de se débrouiller avec le paquet cadeau des révélations cauchemardesques et de leur démenti. Maintenons-nous, ou retirons-nous des informations aussi sèchement démenties ? Les gendarmes ont-ils seulement pénétré dans la maison ? Nos lecteurs n'en sauront rien.

Quelques semaines à peine après avoir été nous-mêmes au cœur d'un cauchemar médiatique, comment pouvons-nous continuer à nous emballer de la sorte, et à délirer sans lendemain ? C'est pour moi un mystère. Ne jamais laisser d'erreur sans rectification ; ne pas mener de « campagne » ; chasser de son esprit la tentation toujours insistante de faire « tomber » tel ou tel puissant ; ne pas confondre notre rôle avec celui des politiques, des poli-

1. Jean-Paul Besset, Nicolas Fichot, « Affaire Alègre : les enquêteurs reconstituent l'histoire de "la maison du lac de Noé" », *Le Monde*, 17 juin 2003.

ciers ou des juges : telles sont quelques leçons élémentaires que nous pourrions tirer de ce qui nous est arrivé.

Venons-en enfin à la « terreur » qui régnerait dans la rédaction. Celle-là, Péan et Cohen y insistent. Plenel, écrivent-ils, « se plaît manifestement à brider ou à humilier » sa rédaction. « Son autorité ne souffre plus aucune contestation. » Et « un dissident » (anonyme) de noter : « Les gens ont peur. » D'ailleurs, les enquêteurs Péan et Cohen ont rencontré bien des difficultés. « Certains journalistes craignaient manifestement de s'exprimer par téléphone, imaginant des “écoutes” internes. D'autres exigeaient des lieux de rendez-vous excentrés. » Diable !

Cette peur est-elle une légende cauchemardesque, développée par les auteurs ? Qu'est-il de plus impalpable qu'une atmosphère de terreur ? Dans les semaines qui ont suivi la sortie du livre, j'ai discuté avec de nombreux confrères du journal, sur leur ligne téléphonique professionnelle, ou sur leur portable. Et j'ai eu la surprise d'entendre certains supposer, avec un frisson d'angoisse ou un soupir fataliste, qu'ils pouvaient être écoutés par la direction. « Écoute, je préfère qu'on en parle de vive voix », « Salut à ceux qui nous écoutent » : j'ai entendu ces phrases-là. Et de la part de professionnels chevronnés, à qui vingt ou trente ans de carrière ont pourtant appris à démêler la réalité du fantasme. Je m'empresse d'ajouter qu'aucun indice, évidemment, ne m'a jamais personnellement laissé supposer que mes conversations aient pu être écoutées par les grandes oreilles d'Edwy. L'hypothèse me paraît non seulement insultante pour lui, mais grotesque et irréaliste. Mais le fait est là : certains, parmi les têtes les plus froides de la rédaction, ne l'ont pas rejetée d'emblée. Avoir lu ce soupçon, exprimé anonymement dans le Péan-Cohen, a peut-être libéré leurs propres angoisses. Ainsi typiquement, dans l'emballement, galopent les plus folles rumeurs.

Paradoxalement, les auteurs de *La Face cachée* auront en tout cas contribué à assainir l'atmosphère. Piquée au vif, une grande partie de la rédaction a retrouvé, dans un mouvement lent mais profond, une liberté de ton qu'elle avait peu à peu abandonnée au fil des années.

Avec plusieurs confrères, critiques ou simplement interrogatifs, nous avons pris l'habitude de discussions régulières sur notre cher journal. Pendant plusieurs semaines, dans une brasserie de la rue Soufflot (lieu certes « excentré » de quelques centaines de mètres, mais que nous avons pris soin d'indiquer sur la messagerie interne pour y convier qui le souhaitait), nous avons vérifié autour de quelques bières belges que la liberté d'échanger ne s'usait que si l'on ne s'en servait pas. Cinq d'entre nous se sont présentés aux élections internes à la Société des rédacteurs. Sur les cinq postes à pourvoir (à bulletins secrets), trois de ces candidats (Hervé Kempf, Jean-Pierre Tuquoi et Sylvia Zappi) ont été élus, succès qui en dit long sur le désir de changement de la rédaction.

Les bouches se sont ouvertes. Le deuxième comité de rédaction, consacré aux suites du livre, a été marqué par une expression plus libre que le premier. On y a entendu de nombreuses critiques, fermes et calmes, sur le caporalisme d'Edwy Plenel. Une rédactrice lui a demandé sans ambages des comptes sur son « mensonge » à propos de l'épisode de la censure de l'article de Solé. Au cours de la même période, la direction a eu l'étrange idée de célébrer la future impression décentralisée du *Monde* au Maroc par... la publication d'une série de reportages sur la société marocaine. Cette initiative, qui nous exposait au soupçon de mélange des genres (ces articles seraient-ils de l'information, ou un ascenseur renvoyé au pouvoir marocain qui autorisait l'impression du journal au

Maroc ?), serait sans doute passée comme une lettre à la poste un an plus tôt. Quelques semaines après le foudroiement du livre, elle a donné lieu à un intense débat interne, et à des interpellations publiques de la direction. La série d'articles a finalement été publiée, mais... l'impression du journal au Maroc reportée.

Bref, peut-être en effet que nous avons eu peur. Mais le « Péan-Cohen » a commencé de nous faire comprendre que cette peur, comme souvent, était surtout dans nos têtes. Si le duo Colombani-Plenel est certainement autoritaire, s'il joue en virtuose de la grâce, de la disgrâce et du froncement de moustache, s'il incline volontiers à accorder les promotions à la fidélité au moins autant qu'à la compétence (ayant ainsi créé une hiérarchie intermédiaire pléthorique, dont il attend surtout de la docilité), nous devons nous souvenir que nous sommes dans une entreprise en 2003, que notre liberté d'expression est protégée par un Code du travail (que la direction n'a jamais enfreint), des syndicats, des conseils de prud'hommes, et notre statut de premiers actionnaires du journal.

Le « Péan-Cohen » aura au moins eu le mérite de tirer, lentement mais sûrement, la rédaction de l'infantilisme dans lequel l'avait plongée un système de pouvoir mi-brutal mi-affectif. Et surtout, incroyablement masculin. Regardons l'« ours » de la rédaction en chef du *Monde*. Directeur des rédactions : un homme. Quatre adjoints (quatre !) : tous des hommes. Quant à la rédaction en chef, on y compte quatre femmes pour quinze hommes. La parité est loin. Heureusement, noyées ailleurs dans l'ours, une « directeur général » (*sic*), une « déléguée générale », une « directrice de la coordination des publications » (re-*sic*, tiens, pourquoi celle-ci est-elle directrice, alors que la première est directeur ?), une chef d'édition sauvent l'honneur. Cette impossibilité de la direction de la rédaction à s'ouvrir à la moitié de l'humanité (qui passe bizarrement inaperçue de Péan et Cohen) reste pour moi un mystère supplémentaire. Mais ses conséquences sont claires : humour et mentalité de chambrée, ordres plutôt qu'arguments. Elle n'a pas peu compté dans la rébellion larvée de la rédaction.

On le voit donc, l'impact de *La Face cachée* auprès de nos lecteurs, en dépit de ses délires manifestes, repose aussi sur un incontestable « noyau dur » de faits vrais ou vraisemblables, d'authentiques dysfonctionnements, et l'incapacité de la direction du journal à opposer au livre une contre-enquête crédible fut une sorte d'aveu.

Ainsi de la situation ambiguë créée par la double casquette de Jean-Marie Colombani : directeur de la publication et président du directoire d'un journal engagé dans le processus industriel de la constitution d'un groupe de presse. Le même homme, chargé de négocier avec des groupes industriels, se trouve donc dans la position de superviser le traitement rédactionnel de l'activité de ces mêmes groupes. Cette situation pourrait être vivable si lui-même, au prix d'un certain effort de schizophrénie, parvenait à faire la part des choses, ce qui n'est pas toujours le cas. Le jour de la mort de Lagardère, quel Colombani signe l'article d'hommage à « Jean-Luc le fidèle » ? Est-ce le journaliste, directeur de la publication du *Monde* ? Ou le patron, partenaire de Hachette ? Même si l'on comprend que le patron connaisse et apprécie « Jean-Luc », et si l'on respecte son émotion au jour de la disparition d'un partenaire « franc, loyal et fidèle », le journaliste ne devrait connaître que Lagardère. Il est donc compréhensible que la coïncidence d'un éditorial hostile aux journaux gratuits, et d'une phase de tension dans la négociation entre le *Monde* et un éditeur de... journaux gratuits, puisse faire naître tous les soupçons. N'aurions-nous pas dû signaler à nos lecteurs cette coïncidence ? Le refus de la direction, obnubilée par ses résultats économiques et la constitution à marche forcée d'un groupe de presse, de séparer clairement le journal-entreprise et le journal-porteur d'informations, et de se doter de garde-fous institutionnels contre la confusion des genres, a certainement nourri la légende noire du journal pratiquant assidûment l'abus de pouvoir.

D'autant que ce mélange de genres laisse planer une ombre sur notre transparence, pourtant réelle, à propos de nos propres comptes. Certes, nos chiffres sont publiés chaque année. Mais le lecteur qui n'est pas lui-même expert-comptable peut renoncer d'emblée à toute compréhension. Si l'on en croit les titres, tout va pour le mieux depuis le début de l'ère Colombani. 1996 : « *Le Monde* a renoué avec les bénéfices. » 1997 : « *Le Monde* a consolidé son redressement. » 1998 : « *Le Monde* a renforcé sa capacité de développement. » 1999 : « *Le Monde* a renforcé ses positions. » 2000 : « *Le Monde* confirme sa progression et étend ses activités. » 2001 : « *Le Monde* continue sa progression et son expansion. » 2002 : « *Le Monde* a poursuivi son développement. » Que de consolidations, de renforcements, de progressions ! Il faut lire les articles et les tableaux de chiffres, évidemment, pour apprendre qu'en 2001 et 2002, après cinq ans d'exercice bénéficiaire imputables à la gestion Colombani, *Le Monde* a été déficitaire respectivement de onze millions et seize millions d'euros. Pour éviter à l'avenir les cauchemardesques et injurieuses références à Enron, ne devrions-nous pas traiter nos comptes comme toutes les autres informations : avec simplicité et pédagogie ?

Est-ce à dire que la stratégie de constitution d'un groupe, couronnée en juillet 2003 par l'annonce de la naissance du groupe « *La Vie-Le Monde* » soit mauvaise ? Ne disposant pas de toutes les données, je me garderai de tout jugement. Certes, j'ai tiqué à la lecture du texte fondateur du nouveau groupe, cosigné par Jean-Marie Colombani et Jean-Pierre Hourdin. Notamment en lisant que « les valeurs chrétiennes et humanistes fortes qui ont forgé l'identité spécifique du groupe PVC sont également à la source de l'éthique du *Monde* : recherche de la vérité, respect des consciences, liberté et intégrité des journalistes [1] ». Jusqu'alors, *Le Monde* ne revendiquait dans son socle commun que l'attachement à la démocratie et aux valeurs de l'humanisme.

Le journal a certes toujours compté, dans ses meilleures plumes, de « grandes figures » que nous savions croyants, ou pratiquants. Mais ils ne se revendiquaient pas publiquement des « valeurs du christianisme ». Après avoir été, pendant des années, lecteur fervent de la chronique de Pierre Viansson-Ponté, je n'ai découvert qu'à mon arrivée au *Monde* qu'il était chrétien. C'est très bien ainsi. Ces choses-là ne se disent pas. Pas plus que les lycéens ne doivent connaître celles de leurs professeurs, le lecteur n'a à connaître nos préférences philosophiques, politiques ou religieuses. Libre à lui, si l'exercice l'amuse, de tenter de les deviner entre les lignes de nos articles. *A fortiori Le Monde*, sous la plume de son directeur, ne doit en aucun cas se revendiquer, fût-ce pour accélérer une fusion, de valeurs religieuses. Non, même *Télérama* ne vaut pas « bien une messe » ! Même si nos confrères de *Télérama* ont établi avec les convictions chrétiennes de leurs actionnaires un équilibre subtil et respectable, *Le Monde*, lui, est un journal laïc, et doit le rester. Je suis certain que notre Société des rédacteurs saura le rappeler fortement. Sur le fond, je ne vois pas de raison de refuser *a priori* la constitution d'un groupe avec des partenaires aussi honorables que PVC. Pour peu que l'on se garde d'y voir la panacée définitive à nos déficits, et que l'on ne perde jamais de vue que la croissance est un moyen, et

1. Jean-Marie Colombani, Jean-Pierre Hourdin, « *Le Monde* deviendra l'actionnaire majoritaire du groupe des publications de *La Vie catholique* », *Le Monde*, 9 juillet 2003.

non une fin. La fin ? Cela reste de livrer aux lecteurs une information pertinente, indépendante (y compris des « valeurs chrétiennes ») et honnête (y compris à propos de notre propre entreprise).

Concluons. Certes, nous avons vu à plusieurs reprises ici le journal se dresser salutairement contre l'emballement : en détaillant le plus précisément possible la statistique de l'insécurité, en donnant la parole aux analyses hétérodoxes d'un Emmanuel Todd, en réagissant très vite, dans un éditorial sans aucune ambiguïté, contre l'emballement-Meyssan, et l'on pourrait donner nombre d'autres exemples. À chaque fois qu'il résiste ainsi, il remplit sa mission : par le pouvoir des mots, faire contrepoids à celui des images, et réagir contre « la dominance des médias audiovisuels », justement dénoncée par Jean-Marie Colombani et Jean-Pierre Hourdin dans le même texte fondateur du nouveau groupe « *La Vie-Le Monde* ». Par la force d'une parole libre, faire contrepoids à l'information-marchandise. Mais l'obsession de la visibilité du journal nous a parfois conduits à nous approcher de trop près du média dominant, la télévision, et à nous époumoner dans la promotion d'éphémères opérations médiatiques. Un exemple ? Cette manchette le 13 juin 2003 : « La contre-attaque de la gauche », qui, en pleine grève des enseignants, semble enfin annoncer que la gauche a trouvé un discours, une tactique, un message. Hélas, on lit et relit les articles annoncés par cette fière annonce. Où est donc cette contre-attaque ? On le comprend finalement : le soir même de la parution du journal, le premier secrétaire du PS François Hollande doit participer à une émission de France 2, dans laquelle il sera interrogé par... Hervé Gattegno. Voilà donc la « contre-attaque ». Comme si le rôle du *Monde* consistait à transformer sa « une » en affichette de promotion d'une émission de télévision.

Choisir la manchette de « une », non en fonction de l'intérêt de l'information, mais pour « faire vendre », ou promouvoir des « coups » médiatiques : ce mélange des genres est à mon sens un mauvais calcul. Un journal, écrit ou télévisé, livre bien davantage d'informations à ses lecteurs et ses téléspectateurs qu'il ne le croit, ou ne le souhaiterait. Ses arrière-pensées, ses inclinations, la promotion oblique de ses intérêts se voient comme le nez au milieu de la figure dans une époque qui consomme de plus en plus intelligemment son information. S'il « monte » telle information à la « une » uniquement pour vendre davantage de papier, sans y croire lui-même, le public s'en rend immédiatement compte, et mesure dans le même instant la petite supercherie dont il est victime. Consacrer trois manchettes au Loft est un choix qui pouvait se défendre. Mais pour écarter les soupçons d'arrière-pensées commerciales, pourquoi ne pas avoir consacré aussi une enquête aux hausses des ventes que valaient ces manchettes à toute la presse écrite, nous-mêmes comme les autres ? Rien de plus visible que l'insincérité. Peut-être le public achètera-t-il (la chair est faible) ce jour-là, mais la crédibilité s'épuise. Le lecteur, lentement mais sûrement, prend l'habitude de ne plus croire ce qu'il a lu dans le journal.

Alors, *dedans, dehors* ? Les deux si possible, chef. *Le Monde* est un journal où l'on s'est toujours fait un devoir d'accorder place aux arguments de ceux qui ne pensent pas comme vous. Chroniqueur au *Monde*, oui, et plus que jamais fier de l'être, mais justement au nom d'une certaine idée du journal il me semblait que nous ne devions pas, aussi difficile que ce soit, nous conformer à notre caricature. Dans tous les emballements (pro-guerre, anti-guerre, pro-Chirac, anti-Chirac, pro-Baudis, anti-Baudis, et même anti-*Monde*), *Le Monde* doit être celui qui résiste à la puissance du cauchemar, et qui observe le champ de bataille d'une position de surplomb. Cela exige, comme le répète souvent Edwy Plenel dans cette formule empruntée à Péguy, de savoir « penser contre soi-même », mais c'est pour moi sa raison d'être. C'est dans ces moments où les repères se brouillent, où l'on n'est plus sûr de rien, que nos lecteurs ont besoin de ce journal-là. Plonger assez profondément *dans* l'emballement du monde pour saisir ses ressorts, tout en restant assez *dehors* pour ne pas être emporté par les remous : voici une définition du journalisme qui, après tout, en vaut une autre. Tant il est vrai que le tumulte informe des emballements est aujourd'hui la plus efficace des censures.

Postface

On ne s'éveille jamais du cauchemar médiatique. On ne s'en éveille que pour y replonger. Et la publication de ce livre n'a nullement empêché les médias de reproduire ces cauchemars [1]. Ogres, victimes, effondrements, foudroiements : tout au long de ces derniers mois la légende noire s'est poursuivie dans les colonnes des journaux et sur les écrans de télévision. Elle se poursuit encore. Les cauchemars sont éternels. Et finissent souvent par se dégonfler. Alors que je terminais la rédaction de ce livre, l'affaire des « orgies sado-masochistes » de Toulouse cessait d'être l'affaire Baudis (une affaire de notables compromis, faisant pression sur la justice et les médias) pour redevenir l'affaire Alègre (celle d'un tueur en série tristement « classique »). Alors que j'écris cette postface, un an plus tard, l'effarant procès du pseudo-réseau

1. Je ne parle pas ici évidemment de mon minicauchemar personnel, puisque les pages de ce livre consacrées au *Monde* m'ont valu d'être licencié par le directeur de ce journal, après vingt-quatre ans de collaboration.

pédophile d'Outreau a restitué à ce feuilleton cauchemardesque ses dimensions de sordide affaire d'inceste familial. *Exit* les « notables » là aussi, dont la présence avait semblé relever cette soupe indigeste. Des cauchemars médiatiques se dégonflent. D'autres leur succéderont.

Outreau, Toulouse. Les deux feuilletons, semble-t-il, ont pour point de départ le même foudroiement : l'affaire Dutroux (dont le procès est venu, au même moment, raviver le souvenir dans l'imaginaire collectif français). Et plus particulièrement, cette scène cauchemardesque des gendarmes belges perquisitionnant le pavillon de Dutroux, et passant à quelques pas de deux fillettes emmurées, sans entendre leurs chuchotements. Scène mille fois racontée. Un des gendarmes croit entendre un murmure. Chacun fait silence. Mais le murmure se tait. Les fillettes ne seront pas sauvées. Tout se passe comme si chacun — magistrat, policier, gendarme, expert, journaliste — s'était dit : « Plus jamais ça ! » Ne plus jamais risquer d'être sourd au murmure des petites martyres. Et donc prêter désormais l'oreille à toute plainte, surtout murmurée.

Dans les légendes que colportent ces plaintes, on retrouve avec des variantes mêmes personnages et mêmes péripéties : l'exploitation de la chair prolétaire, le juge ou le gendarme courageux mais dessaisi par la hiérarchie (le juge Connerotte dans l'affaire Dutroux, le gendarme Roussel à Toulouse), les notables concupiscents tapis dans l'ombre protectrice des vastes demeures (un plan furtif au journal télévisé sur la grande maison de « l'huissier » d'Outreau suffit à enflammer les imaginations). Ici et là-bas, des victimes accusatrices. À Toulouse, des anciennes prostituées. À Outreau, des enfants. Ici et là-bas leur parole est recueillie pieusement, sanctifiée. Par des gendarmes, des psychiatres, des magistrats, des journalistes. « Si Patricia m'avait dit que ça s'était passé à la lumière d'une soucoupe volante, je l'aurais écrit aussi », expliquera l'adjudant de gendarmerie Michel Roussel, qui recueillit les premiers témoignages des anciennes prostituées. Dans les deux cas on découvre par la suite les abîmes psychologiques, les souffrances bien réelles qui ont pu conduire ces femmes, ces enfants, à mentir ou à fabuler. Mais quand les victimes sont entrées dans l'engrenage des révélations médiatisées, il est trop tard. Se voir à la télévision, lire ses déclarations dans les journaux, savoir que des magistrats, des jurés, le pays entier est suspendu à vos lèvres. Pour ces êtres de souffrance, quelle douce revanche !

Première parole de souffrance recueillie sans distance. Ratifications plus ou moins forcées des autres protagonistes (la mère proférant des accusations dans un rapport de fascination avec le juge d'instruction, les enfants répétant les accusations de la mère, et la mère venant surenchérir aux accusations des enfants, sans peut-être même se souvenir que c'étaient les siennes) : cette polyphonie donne naissance à une vérité médiatique et judiciaire désormais intangible. Plus rien ne peut arrêter la machine.

Deux confirmations en tout cas. Pour dissiper le cauchemar, il ne faut compter ni sur la justice, ni sur les médias. La justice d'abord. Dutroux fut-il un pervers individuel ou le maillon d'un occulte réseau de puissants, enserrant le royaume ? De son procès, on espérait voir jaillir la lumière. Hélas. Que vit-on ? Qu'entendit-on ? Une cascade de détails monstrueux sur sa perversité, cristallisant la représentation de l'Ogre. Quant à cette « thèse du réseau », avancée par l'accusé, elle ne fit qu'accroître la confusion. Réveillées le matin au tambour des promesses de révélations (« il pourrait bien parler aujourd'hui »), les populations s'endormaient le soir au son démoralisant du « pschitt » (« finalement il n'a rien dit »). N'était-ce pas le meilleur moyen d'entretenir l'ambiguïté ?

Quant aux médias ! Au plus fort du cauchemar, il fut révélé que deux des mis en examen d'Outreau, Daniel Legrand père et fils, tenaient un sex-shop à Ostende. Ils y faisaient commerce de cassettes pornographiques enregistrées dans une grange, en Belgique. Tous les médias français ou presque se firent l'écho de ces accusations. Quelques journalistes allèrent jusqu'à filmer la porte de la grange. Mais pas un seul (à l'exception du magazine de France 3 « Pièces à conviction » qui avait, il est vrai, beaucoup à se faire pardonner en matière de dénonciation de réseaux pédophiles imaginaires) pour se rendre en Belgique, enquêter à Ostende sur les traces du prétendu sex-shop des Legrand père et fils, etc. Pas un seul. De même qu'aucun journaliste n'a pénétré dans la « maison des tortures » près de Toulouse où des enfants étaient prétendument soumis à d'atroces sévices.

Des dizaines de limiers des médias sur les deux affaires, et pas un pour toquer à la porte des châteaux de Barbe-Bleue. Pas même pour le tenter. Pourquoi cette inertie ? Par paresse peut-être, parce qu'il est plus commode de se recopier les uns les autres. Par manque de moyens certainement. Pour ne pas contrarier les rédacteurs en chef, qui eux-mêmes ne veulent pas contrarier l'air du temps, sans doute. Sans oublier les surenchères de la concurrence qui, dans l'affaire de Toulouse, poussent les deux principales chaînes françaises à ouvrir leur antenne à un mythomane flagrant affirmant avoir reconnu Tony Blair et Nicolas Sarkozy dans des orgies. Bien entendu. Peut-être. Mais toutes ces explications ne suffisent pas. L'inertie des médias, d'une affaire l'autre, oblige à explorer plus avant ce besoin de croire. Et à admettre que le cauchemar n'est pas seulement permanent, il est nécessaire. Si les investigations médiatico-judiciaires, et même les procès, ne permettent que rarement de sortir du cauchemar, ne laissant au public d'autre choix que de se partager entre croyants et non-croyants, n'est-ce pas aussi parce que ce public, au final, s'en satisfait ?

Et maintenant ? Selon le mécanisme infernal décrit dans ces pages, le contre-emballement est désormais à craindre. Les larmes au « 20 heures » des ex-« notables » d'Outreau aux vies brisées, la boulangère, le chauffeur de taxi, la femme de l'huissier, sont de nature à créer un choc équivalent à celui des fillettes emmurées. Dans l'imaginaire désormais les deux détresses s'équilibrent, se neutralisent. Il est à craindre que les enfants, même authentiquement victimes de sévices, dans leur famille par exemple, aient désormais bien des difficultés à se faire entendre. Au soir du verdict qui pourtant l'acquittait, Pierre Martel, le chauffeur de taxi d'Outreau, en larmes, racontait une anecdote devant les caméras : dans un supermarché, il n'avait pas osé aborder un enfant qui avait perdu sa mère, pour l'aider et l'amener au personnel de l'établissement. Il en était arrivé à avoir peur d'un enfant. Ne plus oser regarder les manèges : absurde et stupéfiant renversement, qui fait de l'enfant une nouvelle et inattendue figure de l'Ogre. Pour ne pas parler des juges, nouvelles figures de méchants. Et pourtant toutes les instructions ne sont pas aussi catastrophiques que celle du juge Burgaud, en charge de l'affaire d'Outreau. Et pourtant toutes les plaintes enfantines ne sont pas infondées. De l'enfant victime, Outreau aura fait basculer l'imaginaire vers l'enfant menteur, insolent et manipulateur. Comme si l'on était, dans ce domaine, condamnés à errer d'un cauchemar l'autre. Il n'est pas certain que quiconque y ait gagné.

Juillet 2004

DU MÊME AUTEUR

Aux Éditions Denoël

LE CAUCHEMAR MÉDIATIQUE (Folio documents n° 22)

Aux Éditions Fayard

OÙ VONT LES JUGES ? (2002, en collaboration avec Laurent Greilsamer)

DU JOURNALISME APRÈS BOURDIEU (1999)

L'ÉTRANGE PROCÈS (1998)

ARRÊTS SUR IMAGES (1994)

LA DISPARUE DE SISTERANE (1992)

LES JUGES PARLENT (1992, en collaboration avec Laurent Greilsamer)

UN CERTAIN MONSIEUR PAUL, L'AFFAIRE TOUVIER (1989, en collaboration avec Laurent Greilsamer)

Aux Éditions Plon

NOS MYTHOLOGIES (1995)

Aux Éditions Arléa

ANXIETY SHOW (1994)

Aux Éditions Belfond

OÙ SONT LES CAMÉRAS ? (1989)

TOUT VA TRÈS BIEN, MONSIEUR LE MINISTRE (1987)

Composé et achevé d'imprimer
par la Société Nouvelle Firmin-Didot
à Mesnil-sur-l'Estrée, le 27 août 2004.
Dépôt légal : août 2004.
Numéro d'imprimeur : 69020.

ISBN 2-07-031704-8/Imprimé en France.

130187